山那边

胡加斋 著

浙江工商大学出版社
ZHEJIANG GONGSHANG UNIVERSITY PRESS
·杭州·

图书在版编目(CIP)数据

山那边 / 胡加斋著 . — 杭州 ：浙江工商大学出版社，2020.10
ISBN 978-7-5178-4139-5

Ⅰ . ①山… Ⅱ . ①胡… Ⅲ . ①长篇小说－中国－当代 Ⅳ . ① I247.5

中国版本图书馆 CIP 数据核字 (2020) 第 194643 号

山那边
SHAN NABIAN

胡加斋 著

责任编辑	徐　凌	
封面设计	林朦朦	
责任印制	包建辉	
出版发行	浙江工商大学出版社	
	（杭州市教工路 198 号　邮政编码 310012）	
	（E-mail：zjgsupress@163.com）	
	（网址：http://www.zjgsupress.com）	
	电话：0571-88904980，88831806（传真）	
排　　版	杭州彩地电脑图文有限公司	
印　　刷	杭州高腾印务有限公司	
开　　本	880 mm × 1230 mm　1/32	
印　　张	10.875	
字　　数	208 千	
版印次	2020 年 10 月第 1 版　2020 年 10 月第 1 次印刷	
书　　号	ISBN 978-7-5178-4139-5	
定　　价	40.00 元	

序

太阳从山底爬起露出脸时，公鸡或已困在打鸣的沙哑中，只有在大山里生活过的人，才能知晓一个村庄于炊烟弥漫中苏醒，会怎样掀开面纱。一个村庄的命运，一群山民的人生，在彼此纠葛中，岁月成了一把利刃，层层翻开的皮肉，是这片大山绵延的肌肤之痛。加斋老师是这方面的行家里手，他的老家位于那片大山深处，在许多年的时光碎片中，他的手都握过劈柴割禾的沉重，并结茧于内心，指间一动，便把山里自觉掩藏的沧桑给写明了。

以一部长篇的分量，这似乎是必须的。在小说里，村庄被具名龙口，层峦叠嶂、虎踞龙盘，这是大山里人们开门仰望最常见的雄姿。于巨龙口部的位置，历代生息的山民，从一开始就对脚下这片土地寄予祈福的厚望。生活匮乏的影子与起居僻远相随，直至脚步艰难地从大山里迈出。

就是在这样的生存环境中，一个山里的普通家族，从二十世纪三十年代始，际遇于一场枪战的偶遇，亦如同一个民族的转折点，在时光不经意地计量中，以大半个世纪的人生篇幅，谱写了几代人繁衍生息的命运样本：长顺、春桃、秋菊、奎福、金四、永昌、希建、雪莲、克聪、新民、巧竹等，几乎是一个村庄的群像，在时空流淌中变幻着红颜白骨，世事沧桑，以及一声事外遥望的叹息。

在加斋老师的笔下，这样的人物群像，被安排得妥妥帖帖，在命运曲折的时间线上，几代人的成长历练，情爱纠葛，生存选择，被有条不紊地一幕接着一幕娓娓道来。看着零散，却又不经意地拧在一起，如蛇影一般映在你的心房。

与一般小说不同的是，在加斋老师的叙述中，没有刻意奇妙的巧合，没有摧肝裂胆的情爱，没有一路闯关的逆袭，也没有闪耀亮眼的主角光环，它肯定不是网络"爽文"，甚至在传统文学领域，这种克制的书写都是鲜见的。但这种克制成了这部作品最大的亮点。

可以这么说，克制到骨子里，那骨子就会映照出生活最真实的样子。对于许多写作者来说，这种克制是写作过程中最难的煎熬，如同父母对于自己的孩子，情感的泛滥几乎是某种共同的流露。而作为读者，在感受许多作者的如火热情时，情绪会被迅速挑逗起来，但在一番酣畅淋漓后，往往留下的只是一地鸡汤的余痕。

在加斋老师的叙述中，克制已经成为一种本能，人物的性格，命运的选择，连爱恨情仇、生离死别的波澜，都被日常给掩藏得好好的。山里的炊烟袅袅升起，看似宁静的鸡犬相闻中，各种命运在这里碰撞激荡。在表面的风平浪静中，内心早已激湃不已，而这一切都被作者以克制的语调淡淡道出。

当然，以个人眼光看来，这部作品读来亦有些许遗憾，似乎有那么一丝节奏缓慢，而最鲜明的，是故事的脉络与时代大环境有某种程度的疏离，这或许是由于大山深处自带地域意识的隔离，或许是作者认知里不自觉的回避……

大概，这部作品还算不上伟大，但它一定是有意义的。于我个人视角而言，它最大的意义——虽然是基于虚构的前提——是把一个村庄的群像图谱，在变迁最大的时代中刻录下来，因为克制而真实，因为细节而丰满，甚至可以这么说，就是在宏大的文学史上，也应该有这样一个山村偏僻的位置。而在个人阅读里，这样安静的文字，适合安置在枕边一隅，随手翻阅，让我们得以追寻那段逐渐远去的光阴。

说白了，这是一部好书，以个人的名义推荐阅读是发自内心的。哪怕是在这个喧嚣的时代，也应该有更多人屏住内心的喘息，一起分享。

当加斋老师嘱我写点阅后感受时，我的内心是忐忑的。但面对这等能提前拜读学习的机会，我亦是雀跃的。加斋老师文如其人，克制内敛，坚韧慈悯，是我尊重的兄长，更是我学习的榜样。些许感受，泛泛皮毛，不及一二，聊表敬意。

富健旺

二〇二〇年六月

目　录

CONTENT

　　龙口人说话常会不经意地溜出一句口头禅："咱不能做孬种。"晚辈说："土。"长辈说："咱原本就是土生土长的山里人，一抬头满眼都是山，连天空也被挤得窄窄的。村子是祖先用半把大刀劈出来的……"

01 / 枪 声

　　一九三六年秋的一天傍晚，洞宫山的西麓布满铅色的浓云，即将坠落的太阳如一只带血的眼珠，箭一般地射出一道道光芒，给虎头山的树木、岩石覆上一层红色。山坳的炭窑里，大顺和长顺背着木炭，活像两只黑鼠，穿梭似的在洞口里爬进爬出。

　　"啪啪啪……"山冈那边传来一阵急促的枪声。长顺看见树丛里冒出一位穿着黑衣服的后生，头戴斗笠，挂着长枪，一瘸一拐地向窑边挪来。长顺连忙退进窑里，跟大顺说："哥，有人。"

　　大顺站在窑门口往外看，只见黑衣人一步一步地靠近炭窑，大腿上的血"笃笃"地往下滴。山谷里催命似的又响起一阵"啪啪"的枪声，黑衣人一个趔趄扑倒在地，像一只受伤的大鸟，绝望地扇动着翅膀，在地里扑腾着，挣扎着。大顺急忙跑了出去，长顺跟在身后，两人把黑衣人扶进窑里。

　　大顺见黑衣人身上的衣服满是补丁，便疑惑地问："你是……"黑衣人摘下斗笠，露出绣着红五星的军帽，说："老乡，我们是帮穷人打天下的，部队被打散了。"

　　黑衣人脸色发白，嘴唇发抖。山谷里的枪声愈来愈清脆了，大顺忙跟长顺说："快，快！把他的衣服脱下来。"

　　大顺换上黑衣人的衣服，戴上斗笠，扛起长枪，走出窑洞，拿起砍刀往腿肚子上一划，血"噗"的一声砸到地上，把地面的粉尘凝成一个个红色的小圆球，小圆球随着大顺脚步的前行，似一群搬家的蚂蚁迅速向林子里延伸。

　　长顺撕下一绺衣襟扎住黑衣人腿上的伤口，帮黑衣人换上大顺的衣服，又抓了一把炭粉抹在黑衣人的脸上，叫他往窑外出炭。

　　五六个穿黄衣服的兵冲进炭窑，端起枪对准长顺和黑衣人。两人屏住呼吸，只顾出炭。山冈那边"砰"的传来一声枪响，一个黑影在林间晃过。那些兵立即转身向山冈上奔去……

　　天边的黑幕渐渐吞噬了残留的白光，天空上的星星偷窥似的若隐若现。大顺折回炭窑，扛起黑衣人往山下走去，径直扎进大昆的草寮棚里。

草寮棚里亮起一盏火篮灯[①]，灯光下影影绰绰地晃动几个人影。

大昆惊恐地看了一眼靠在墙上的枪，伛偻着腰，拿起剪刀剪开黑衣人的裤子。黑衣人的大腿上露出一块红肿得如熟透的桃子一般的伤疤，大昆面色凝重地摇了摇头。大顺说要把这人腿里的子弹取出来，不取出来他就会死。大昆支支吾吾地说需要一把锋利的刀。长顺飞奔进满金的家，拿来一把宰猪时剔骨用的尖刀，放在火篮灯上烤。

大顺给黑衣人灌了一杯烧酒，按住黑衣人叫大昆下刀。大昆用草药给村人治过病，可从未给人动过刀子，面对着伤疤哆哆嗦嗦不敢下手，满是褶皱的脸上蓄满了一颗颗汗珠。

黑衣人抬起头，催促道："老乡，你来吧！"

满金风风火火地踏进草寮棚里，一把夺过大昆手里的尖刀，喊道："你这样慢腾腾的，等你动了刀子人都死了！"说完便挥起刀，如同宰猪剔骨头一般往伤疤上一刀划下去。黑衣人"啊"的一声惨叫，震得草寮棚里的瓶瓶罐罐嗡嗡作响。

满金的尖刀在黑衣人的伤口里掏来掏去，刀尖碰到骨头，不时发出"咔咔"的响声。黑衣人咬着牙，两鬓的汗水如榨油般析出来，脸扭曲成歪瓜形状。满金终于在黑衣人的

---

① 火蓝灯：方言，一种把松明放在铁篮子里点的灯。

腿骨边掏出一颗弹头，"当"的一声落到门板上。大昆给黑衣人的伤口敷上草药粉，用布带扎紧。

黄泥坳上，包谷家的狗"汪汪"地叫个不停，作发上气不接下气地跑进草寮棚里，说："不好，有兵来了。"

黑衣人"嘣"地从门板上坐起，伸手拿起边上的长枪，想从门板上下来。大顺忙按住黑衣人。棚里的人们如同被施了定身法似的僵在那里，不知所措。

谢大爷挂着一根长烟筒走了进来，一边走一边咳着，问："从哪个方向来的？"

作发说："从虎头山底方向来的，已下黄泥坳了。"

长顺把墙上的火篮灯拿下来想捣灭，谢大爷忙说："别捣，来不及了。"

谢大爷撩了一把胡子，对满金说："你把他背到白骨洞里藏起来。"满金扛起黑衣人，借着月光"呼哧呼哧"地往后山奔去。

谢大爷叫作发和长顺先撤，长顺看了大顺一眼不肯动身。

"快走！"谢大爷撑起脖子喊道，长烟筒"笃笃"地敲打着地面。长顺和作发这才撤出草寮棚。

谢大爷叫大顺躺在门板上让大昆治。大昆噤若寒蝉，拿着一截棉布蘸着烧酒给长顺擦洗腿肚子上的刀疤，脸上的汗水"噗噗"地往下滴。

一伙穿黄衣服的兵举着火把闯了进来，把草寮棚里照得如同白昼一般。带头的手里拿着驳壳枪，把大昆往边上一推，声嘶力竭地喊道："有匪！"七八条枪顿时齐刷刷地对准大顺。

谢大爷弓着腰来到带头的跟前，指着大顺腿肚子上的伤疤说："老总，不是匪，这后生的腿被柴划伤了。"

大昆忽见大顺腿边的门板上有一粒黑乎乎的东西，定睛一看，是一颗指尖大小的弹头，便缩起脑袋把身子转向一边。过了一会儿，大昆偷偷转过身来，只见弹头不见了。谢大爷一阵"咳咳"，伸缩几下脖子，身子发癫狂病似的痉挛了几下，然后又咳了一阵子。

"就是匪，带走！"带头的脑袋往门板那里一撇，两个士兵"呼"地奔过来，拽住大顺的手臂。

"慢来，慢来。"谢大爷一边咳，一边从裤腰里掏出一个小布袋，布袋里发出"咔咔"的响声。谢大爷伸出枯树枝一般的手，从袋里抓了一把"银钱"放进带头的手里，然后又往每个兵的手里放了两个："老总，我们都是好人，不是匪。"

带头的颠了颠手里的银钱，又一把抓过谢大爷的布袋子，手一挥，喊："弟兄们，撤！"穿黄衣服的兵举起火把，呼啸着往山底村奔去。

两天之后，谢大爷感到腹部胀胀的，咳得喘不出气来，腿一蹬便驾鹤归西了。由于没了买棺材的钱，奎福只好用一床篾席裹了谢大爷的尸身，含着泪把他背到白骨洞的旁边，挖了一个泥窟，将人连同那根长烟筒一起埋了。

半个月后，黑衣人来到炭窑边与大顺和长顺告别，说以后还会见面的。两人目送着黑衣人消失在虎头山茂密的树林里。

十几年以后，长顺的院子里走进一大一小两个陌生人，身穿米黄色的军装，戴着军帽。大的三十来岁，身材魁伟，腰间挂着一支驳壳枪。小的十五六岁，扛着一杆与他齐身高的步枪，一双虾米眼紧盯着路口。

长顺觉得自己仿佛在哪儿见过那位年长的。

年长的男人冷峻的脸上挤出一丝微笑，说："不认识了吧？当年你还救过我呢。"长顺这才想起眼前的这个人正是当年他和大顺在虎头山炭窑里遇到的那个黑衣人。

"虾米眼"上前介绍："他是我们的邓首长。"

"我叫邓法，是县大队里的。"邓法盘起双腿坐在水缸边的石板上。虾米眼站在院门口四处张望，眼珠子滴溜溜地直转，似一只猫探视着角落里的老鼠。

秋菊从屋里端出一碗茶递给邓法，等邓法把水喝完，她便说："首长，我家大顺没有打共产党。"

邓法愣了一下，虾米眼警觉地赶到邓法的身边。邓法问："这位大嫂是……"

长顺说："她是我哥家里的。"

邓法"哦"了一声，问："那你哥呢？"

长顺说："五年前，我哥被国民党兵抓去带路，后来就没回来。村里有人说他跟着国民党去打共产党了。我嫂子老是念叨这事，说我哥不会打共产党的。"

邓法叹了口气说："唉，都是苦命人。目前情况不明，我们不能轻易下结论啊。"秋菊端着碗往灶台走去，嘴里嘟哝着："大顺不会打共产党的。"

村里人像看年戏一般赶了过来，把长顺家的院子挤得满满的。

邓法对长顺说："我这次来，主要是动员你们村里的民兵去打刘家铺的。那地方地势险，我们打了十几天也没打下来。"

"打仗要死人的。"金四戴着一顶烂了边的草帽，轻声嘀咕道，缩起脑袋，抖动着一身虚浮的肉，往自家草寮棚走去。

包谷对着金四的后背"呸"地唾了一口，说："你这金算盘，又算计着让自己活让别人死是吧？"说完便起身愤愤地往黄泥坳走去。

"刘家铺不就是我们老东家的地盘吗？"村里人七嘴八舌地说道。

邓法说："打下刘家铺，你们就不要往那里交租了。"村人摩拳擦掌，都说要去。

邓法说："人去多了也派不上用场，最要紧的是要有武器。"

包谷扛来一杆黑不溜秋的土铳，坐在岩坎上吹去铳管上的灰尘，拿下腰里的黑布袋往铳管里装砂子。

满金提着宰猪的篮子赶了过来，篮里放着两把尖刀，还有一把"大肉剪"①，磨得闪亮闪亮的。包谷见状哈哈大笑，说："你这'林板门'②，是叫你去打仗的，又不是叫你去宰猪！"满金看了一眼包谷细如竹竿一般的身子，摆了摆胸膛，鼻孔里"哼"了一声，说："往远处打不如你，靠近的话比你强多了。"

邓法指着满金对长顺说："这位就是满金兄弟吧！"

长顺说："是的，当年就是他用刀子把你腿里的子弹取出来，然后又背你去白骨洞养伤的。"

邓法紧紧扶住满金的手说："兄弟，你那刀子下得好啊，没你那一刀我早就去见马克思了。"满金低下头用手挠了挠冬瓜一般粗壮的脖子。

邓法从石板上下来，拿起尖刀放在手里颠了颠，然后又放回篮子里，指了指腰间的驳壳枪，又指了指包谷的土铳，说："兄弟，打仗跟宰猪可不一样，要用枪和铳打。"邓法说完起身往龙脊背走去，长顺、奎福、包谷几位民兵紧紧跟在后面。包谷的那条大黄狗也跟了上来，包谷弯下腰来抚了抚狗额头上的毛说："你回去吧，今天不是去打野猪，是打敌人。"狗立在原地，眼巴巴地瞅着包谷，不一会儿便转身回黄泥坳去了。

---

① 大肉剪：方言。一种专砍肉骨头的刀。刀面开阔，刀口呈半圆形。
② 林板门：绰号，意为林姓长得板门一样壮硕的男人。

满金急急地跑回家里，拿来一杆刺南瓜用的"长枪"，"呼哧呼哧"地赶了上来。

一伙人匆匆来到刘家铺地界，远远便听到村里传来"噼噼啪啪"的枪声，像爆玉米花似的。

刘家铺村口两边的山崖刀削斧劈似的，中间拦着一堵五六丈高的石墙，石墙下面一扇包着铁皮的大门紧闭着。往年长顺他们挑着谷子经过门洞给刘家少爷交租。

长顺一干人跟县大队的人马一起伏在石墙外的土坡上，不停地往里面射击，里面的人伏在石墙上的垛口，不停地向外边射出子弹。满金抚弄着手里的那杆"长枪"，瞪着田螺一般的眼睛焦急地看着里面。

枪声停了，县大队组织人马往里面冲，刚跃出土坡，石墙里的子弹又射了出来，人们只好又退了回来。

土坡上的人越聚越多。忽然传来"轰"的一声巨响，石墙坍下一大片，外面的人便蜂拥似的往缺口里冲去。

原来县大队从双溪口那边找来一把"大铳"，圆鼓鼓的像小猪的身体，当地人称作"猪儿拱"，铳管里装进硝、铁钉、耙齿，射出去后威力无比，把石墙炸开了一个缺口。

满金扛着"长枪"紧紧地跟在长顺、奎福、包谷的后面，忽然看到对面靠墙处有一个"白军"端着枪往这边瞄准。满金大喊一声"退后"，向前跨了一步，身体像一堵墙似的挡在长顺他们前面，抡起手里的"长枪"向白军扔了过去。"砰"的一声枪响了，满金应声倒地，投出去的长枪

"噗"的一声刺中了那白军的心窝。

长顺一干人急忙去看倒在地上的满金，只见满金直挺挺地躺着，脑袋歪向一边，胸口冒出一股血，好像开出了一朵红花……

战斗结束了，长顺他们把满金抬回龙口，满金的母亲谢氏见状当场昏了过去。满金的老婆春桃怀里抱着刚出生不久的儿子炳茂，伏在满金的身上撕心裂肺地哭着，站在旁边的人纷纷落泪。

邓法带着两位战士来到龙口村，伸手轻轻拭去满金脸上的淤泥，脱下自己的帽子戴在满金的头上，向满金深深地鞠了三个躬。虎头山的山峦铁色一般凝重，山顶在苍茫中把最后一线残红吞噬，两位战士"啪啪"地对着天空开了两枪。邓法说："满金为革命事业献出了生命，人民是永远不会忘记他的。"

刘家铺解放以后，长顺组织村里人分田分地。村人为了照顾春桃，把土质最好的桃花坺分给了她。

02 /桃花树下

　　大年三十的夜晚，龙口村的上空响起一阵"噼噼啪啪"的鞭炮声。吃过年夜饭之后，人们渐渐进入了幸福的梦乡。忽然，长顺听到窗外传来一阵"哩哩啦啦"的响声，立即披衣起床，走到院子抬头一看，只见上屋林家的草寮棚火光冲天。长顺立即拿出铜锣"哐哐哐"地敲起来，大声呼喊："上屋着火了，快去救火啊！"然后拿起木盆拔腿往上屋奔去，气喘吁吁地跑到草寮棚前。春桃带着炳荣从里面急急跑出来，一见长顺便哭喊着说炳茂和他奶奶还在里面呢。长顺往自己的身上泼了一盆水，一头扎进草寮棚里。棚里烟雾弥漫，呛得长顺喘不出气来。长顺听到墙角处传来咳嗽声，便循声摸去，摸到床上的炳茂，抱起来便往外走，刚跨出草寮棚，草寮棚便"哗啦啦"一声塌了下来。长顺一个趔趄扑倒在地上，人们赶紧抱走炳茂，扶起长顺，又纷纷往草寮棚里泼水。无奈火势太大，不一会儿，草寮棚便被烧成了一堆灰烬，春桃的婆婆谢氏被烧死在里面。可怜春桃上一年没了丈夫，如今又烧了草寮棚，还烧死了婆婆，不免哭得天昏地暗、死去活来。

天亮了,灰蒙蒙的天空铁板似的沉沉压了下来。龙口村的空气似乎凝固了,没有一丝新年的气息。人们埋了谢氏,秋菊把春桃接到家里。春桃瘫坐在堂前间的板凳上,嘶哑着喉咙不停地絮叨着:"都怪我,都怪我,睡觉的时候忘了把火柴头浇灭。哎呀……我真是个害人精啊。"

秋菊轻轻地拍打着春桃的后背,轻声说:"妹子,不怪你,天灾人祸,谁也避免不了的。"

春桃说:"多亏了长顺兄弟,把炳茂救出来。我这辈子,不知怎样报答……你们。"

炳荣在旁边傻傻地站着,炳茂手里拿着一个糍粑啃起来。秋菊说:"妹子,你要挺住啊,两个孩子都还小呢。"

春桃趴在秋菊的肩上"呜呜"地哭着。

村人砍来树木,割来麻草,又在春桃的草寮基上搭起了一个草棚,垒起了锅灶。春桃想回草寮棚里住,秋菊说:"莫急,草寮里连个像样的家当也没有,孩子住着不方便。先在我家住着吧!"

"那怎么行,我们三个人来了以后,让你们也过得挤挤的,还占了你的睡房,怎么过意得去呢?"

"妹子说哪里话,我们两家本来就是上下屋的,不是亲也是邻啊。你只管住着,不打紧。"

夜里,秋菊跟婆婆包氏说:"春桃年纪轻轻就没了男人,又带着两个孩子,怪可怜的。长顺岁数也不小了,不如把春桃娶过来当媳妇，把两个孩子带大。那可是头等好事啊！"

包氏连连摇头，说："使不得，使不得。我看春桃天生就是克夫的命，当'新妇囡'时克死瓦窑坪的男人，后来那家死绝了。嫁到林家以后，满金又给枪子打死了，连草寮棚也烧了，还烧死了她婆婆。长顺娶了春桃后，要是被春桃克死了，咱胡家就绝后了。"

秋菊听到包氏说起"克夫"两字，心里感到被塞了棉花团似的，闷得喘不过气来——

那天早上，大顺挥着锄头在挖田种冬菜，秋菊提着篮子，低着头在田边采野菊花，霞光把秋菊的脸映得红彤彤的。突然，一队穿黄衣服的兵闯进田里，端着枪气势汹汹地架着大顺的脖子叫他带路。秋菊上前去拉大顺，被一个兵一脚踹进田里。大顺扭过脖子喊："阿菊，你在家等着，我很快会回来的。"秋菊慌慌张张地回到家里，想起大顺还没吃早饭，立即舀起一勺番薯丝，装进草桑袋里赶了上去。到了龙脊背的时候，忽然听到山里传来一阵"啪啪"的枪声。秋菊赶过去一看，大顺和那队兵已不知去向。长顺和村人随后赶来，他们到附近的山里找，始终没见到大顺的踪影。村里人说，大顺或许是被国民党抓去当兵了。秋菊一天天在家里等着，可一直没见大顺回来。

一颗苦涩的泪珠从秋菊的眼角里滚落下来，无声地落到草席上。秋菊想到公公也早早没了，如今一家三口，两个寡妇，莫不是自己和婆婆都是克夫的命？

春桃从包氏的房间外走过，依稀听见包氏说"克夫"之类的话，泪水从眼眶里喷涌而出。她立即带着炳荣和炳茂，趁着月色，悄悄地回到草寮棚里。

草棚里黑漆漆冷冰冰的，娘仨拥在一起，靠着墙根坐着。风呼呼地从草墙的缝隙间钻了进来，炳茂说："妈，冷。"春桃把炳茂紧紧地搂在怀里，心想已是深夜了，找根稻草跟找根金条一样艰难啊。

草寮棚的门被轻轻地推开，长顺嘴里衔着一根火篾灯①走了进来，腋下一边夹着一捆稻草，一边夹着一条被子。长顺放下被铺和稻草，转身走了。

春桃默默地铺好稻草，铺上被子。不一会儿，兄弟俩便传来均匀的鼾声。春桃睁着眼睛难以入眠，感觉有一块石板重重地向她压了过来，让她不能喘气，不能动弹。

清晨的阳光从草壁上筛了进来，炳荣和炳茂依然睡着，春桃坐在灶台前发呆。这时，秋菊左手提着一个黑布袋，右手腋下夹着一菜篮番薯丝走进棚里。她把手里的东西放在灶台上，转身到棚外找来一些干柴，在锅灶里点起了火，嘴里絮叨着："妹子，老太太脑子不好使了，尽说浑话，你别往心里去。"春桃的脸上挂下两行眼泪，嘴唇不停地哆嗦着。

---

① 火篾灯：竹子被劈成细条后，取里层黄色部分浸泡月余，暴晒后即成火篾，火篾燃烧时不会冒烟，可用铁夹夹住放入灯罩内，即为火篾灯。

不一会儿，草寮棚外聚集了不少人，有送番薯丝的，有送旧衣服的，有送凳子的……

清明节过后，布谷鸟"咕咕咕"地叫着。春桃戴着斗笠，挥起锄耙在桃花坵里铲田坎，准备整出田地播下谷种。长顺扶着犁耙，"嗌嗌"地赶着一头老牛在一旁耕地。

乌云沉沉地压下来，天空忽然响起一声猛雷，沙沙地下起一阵急雨。春桃赶忙跑到田埂边的桃树底下躲雨，她看见长顺站在田里，便喊："长顺兄弟，快过来躲雨吧！"

长顺放下犁耙跑到桃树底下。桃树还没长叶，雨水簌簌地透过缀满桃花的枝条落下来。长顺脱下马褂撑开来，让春桃钻到底下。春桃发丝上的水珠一滴滴往下淌，像河水一般淌过起伏的山峰，淌过平坦的河滩，淌过深陷的沟壑。一股诱人的体香飘进长顺的鼻息里，长顺心中的血不断地往上涌，一把抱住春桃翻倒在桃树底下。

春桃挣扎着，说："长顺兄弟，别，你不怕我……克死你吗？"

"不怕，就是死了……我也情愿。"长顺喘着粗气。

桃花坵里忽然刮起一阵风，桃树底下飘起了一阵桃花雨。

云散了，雨停了，一轮红日挂上碧蓝的天空。秋菊穿着蓑衣从龙脊背上下来，她看见长顺和春桃在桃花树底下坐着，便笑着说："你们俩真笨啊，桃花树下怎能躲雨呢？"春桃低下头，脸涨得宛如桃花一般艳红艳红的。

龙溪像肠子般绕过龙口的田地，溪水碰到石头，溅起一朵朵白色的水花。春桃弯着腰在水潭里荡衣服，忽感喉头漫上一股腥味，便忍不住呕起来，呕得头晕眼花。秋菊挎着簸箕从旁边经过，忙跑过来扶住春桃，轻轻拍打她的后背，问："妹子，你这是怎么了？"

春桃捂着肚子，苦涩地说："大姐，我以后见不得人了。"

"我知道，都是长顺惹的祸。你放心，我会替你安排妥当的。"

秋菊回到家里，见包氏正坐在中堂的竹椅上，便俯下身子跟包氏说："妈，长顺和春桃好上了。"

"好上了？这个孽障，怎么就往死路上走啊！"包氏气得直打哆嗦。

"妈，可别这样说，说不准长顺和春桃原本就是天生的一对。两人一合，什么祸事都没了。"

包氏抖了抖嘴唇说不出话来。

"春桃的肚里已经有了长顺的种，您是愿意让长顺给春桃当上门郎呢，还是把春桃娶到家里来？"

包氏摇摇头，长长地叹了口气："你去把长顺这个孽障给我叫回来。"

秋菊来到屋外，站在岩坎上喊："长顺，妈叫你回来。"长顺光着膀子从黄泥岗上下来，来到包氏身旁。

包氏说："跪下，你这个没出息的东西。"长顺呆呆地跪在包氏跟前。包氏拿起蒙花①刷头狠狠地往长顺的背上打了几下，说："你要了人家，就把她娶回来。"

东方升起一缕殷红的朝霞，春桃挎着包袱，带着炳荣和炳茂从草寮棚里出来。包谷站在岩坎上"哒哒嘟嘟"地吹起了唢呐。春桃来到院门口，长顺上前把包袱接了过来。

包氏头戴黑色的布箍，裹着小脚坐在中堂里。春桃来到中堂，跪在地上向包氏磕了三个响头，炳荣和炳茂也跟着磕起头来。包氏把头往一边别去。秋菊把春桃扶了起来，炳荣和炳茂也跟着站了起来。

院子里闹满了人。春桃站在中堂里哽咽着说："各位乡邻，从今天开始，我便是长顺的人了。我是个'苦命锤'，出生不久爸妈就死了，六岁就当了童养媳，后来嫁给了满金。满金死后，照理我应替他守寡，可现在婆婆没了，炳荣和炳茂还小，我实在过不下去了，只能嫁人。我离开了林家，也不能让林家绝后，炳荣仍旧姓林，接林家的宗枝。炳茂是长顺救出来的，改姓胡，就当长顺的亲儿子。我没别的要求，只求把兄弟俩养大成人，我就是为胡家做牛做马也无半句怨言。"

人群里传来一阵抽泣声，妇女们拿起手帕抹眼泪。

春桃接过秋菊的毛巾，拭去脸上的泪水，抹了一把鼻涕

---

① 蒙花：方言，芦苇的一种。

说："我也是个'硬命鬼'，当'新妇囡'时就克死了自己的男人，后来又克死了满金。从此以后，我便修心积德，为自己赎罪，为胡家旺子添孙。长顺说我若是克死他，他也是情愿的。他要是死了，我便发誓不再嫁人。天上的玉帝爷爷你听着，我如果克死胡家别的人，你就派雷神下来把我劈死吧。"

秋菊赶紧上前捂住春桃的嘴，说大喜的日子不要说胡话。

03 / 白骨洞

　　龙口村的草寮棚上升起一缕缕青烟，由稀变稠，与清晨的雾霭混在一起，把狭小的天空渐渐拉近。长顺躺在中堂的竹躺椅上吸烟丝，头顶上的烟雾撞到天花板后，又似乌云一般压下来。

　　一对乌黑的燕子从屋檐下斜着身子飞进田里，穿梭似的衔来田泥粘在横木上，那泥巢便渐渐变圆变大。

　　炳荣、炳茂吃完早饭后跑到楼上捉迷藏，踩得地板咚咚作响，整座房子像挨冻的老人一般颤抖起来。一只肥胖的黑蜘蛛坠落到地上，伸开细细的长脚，顶着圆滚滚的身子在地上快速奔跑着。一只秃头的小鸡"唧"的一声飞奔过来，瞅了瞅蜘蛛不敢下嘴，眼睁睁地看着这个怪物钻进岩坎下的小洞里。

　　长顺抬头看看木房子。这房子是胡太公留下来的，已有一百多年的历史了。乌枝树做的柱子，松木做的抬梁，两边砌着泥墙。由于柱子和抬梁尺寸过小，房子只好盖得又矮又小。楼板上开着裂缝，漏下一束束白光，人踩在上面战战兢兢的，有随时断裂的畏惧感。

整个龙口村一百多号人只有长顺、奎福和包谷三家住着木房子，他们是入村最早的。自虎头山、龙脊背一带林地被刘家老爷收走以后，后来进村的人们便再也盖不起木房子了。满金的父亲林大爷当年想盖房子，偷偷从虎头山背回一棵乌枝树，后来被刘家老爷的家丁发现了。刘家老爷便派人打断了林大爷的腿，林大爷不久便去世了。

听祖上说，虎头山、龙口这片土地原本是不属于刘家老爷的。胡太公他们开村以后，刘家老爷想找一块风水宝地做坟地，便带着一位风水先生到处游山看风水，这才发现了龙口村。刘家老爷像苍蝇探到腥气一般赶了过来，带着一队家丁威风凛凛地来到龙口，说此山叫刘家山，是皇上赏赐给他祖上的宝地，有地契为证，然后便拿出一张写着密密麻麻黑字的黄纸给胡太公他们看，纸上还盖着一个鲜红的大印。明明是自己开的山，怎么是他的呢？谢太公想发作，被胡太公阻了下来。刘家老爷又跟胡太公说："你们不准上山砍树，种地要交租交税。"往后每到秋收以后，龙口村的人们便把谷子一袋袋地挑到刘家铺里交租。

长顺狠狠地吸了一口烟，"嘶"的一声从鼻孔里喷出一缕烟雾。

太阳缓缓升高，山上的雾霭渐渐散去，龙脊背上青翠的树林一览无余地显现在人们的眼前。"土改"以后，那里的山林重新回到龙口人的手中。长顺想：如今再也不缺盖房子的木料了，该把这老旧的房子拆掉重新盖。可盖房子毕竟是项大工程，要做瓦砌墙做木的，一个人势单力薄，最好找户人家一起盖，那样可以互相帮忙，请老司^①也不会零碎。找谁呢？长顺想起了奎福。奎福会做石头，比起别家来相对宽裕一些，他早有盖新房的打算了。长顺转过身子"梆梆"地往墙角的石头上磕掉烟灰，起身把烟筒插进背后的拦腰^②带上扭了两圈固定好，背着手走出院子。

院子外，坎坷不平的石阶往下伸去，沿着几座草寮棚肠子般环绕着。草寮棚枯黄的蒙杆帐向两边垂下，颇像山上烂了脚的蘑菇。长顺走下石阶，来到水口。水口边的那棵大栎树时而飘下几片黄叶，稀稀疏疏地铺在地上。几只乌鸦在树顶上"哇哇"地叫着，似对长顺发出"哈哈"的嘲笑声。长顺拿起一块巴掌大的石块，抡了几圈胳臂，狠命地向老栎树抛去。石块画出一道弧线掉进龙潭里，"咚"的一声溅起几朵水花，乌鸦在树上依然"哇哇"地叫着。长顺想，要是春桃一家住的是木房子，就不会发生这样的惨事了。

水口处在龙脊背下"龙口"位置，南面是悬崖，直面清溪河。往东下龙口岭，过清溪埠，上山底岭，然后便到山底村。那是离龙口最近的村庄，约十五里。往西过外弯，上虎头山坳，下虎头山岭，便到虎头山底，约二十里；往北经白

---

① 老司：方言，即"师傅"。
② 拦腰：方言，即系在腰部的"围兜"。

骨洞，上龙脊背，过虎头山密林，到刘家铺，约三十里。由于山势陡峭，每一条山道只得歪歪扭扭地向外延伸。长顺觉得龙口村就像一个在山间迷路的老人，前不着村后不着店的，孤零零地在荒郊野外徘徊。

长顺跨过龙溪丁埠来到黄泥岗山脚，只见陈狗儿的草寮棚上散漫地飘起一缕青烟，估摸着狗儿这懒鬼才起床烧饭了。长顺绕过黄泥岗，经过一条山岭来到外湾，展现在眼前的又是一座座草寮棚，层层叠叠，上下排列着。

奎福家的木房子立在路口，跟长顺家的一样矮小，只是两边的墙用石头砌成，岩缝处塞进黄泥巴，显得比长顺家的结实。房子前的院子里有一棵老梨树，斑驳的枝条上稀疏地爆出一粒粒淡绿色的嫩芽。长顺走进院子，在梨树底下的一块石板上坐下来。

奎福正在给牛喂水，一只蝇虻嗡嗡地飞了过来，飞进牛栏里，停在牛背上。奎福拿起墙边的扫帚，往牛背上狠命一拍，不偏不倚，帚把砸中蝇虻的头部，蝇虻嗡的一声滚落到牛栏里的草垫上。奎福歇了手，走过院子，并排坐在长顺旁边。阳光在梨树的枝条间投下一片片影子，在奎福光光的脑门上一晃一晃的，仿佛田里游动着一群泥鳅。

两人各自点起烟丝吸起来，头顶上的烟圈交织在一起，袅袅地升上天空。一筒烟过后，长顺转头对奎福说："阿福，你想盖房子不？"

"想嘞，你看这房子，鸡笼似的。"奎福拍拍秃顶的脑袋，指着自家的房子。

"那就一起盖吧，烧瓦做木请老司也好安排。"

"用着①。杨梅红后先砍树，割了稻子后请老司过来烧瓦做木。"

长顺也应了句"用着"，然后手搭在奎福的肩膀站起来。奎福肩膀狭小，肩骨似钢板一般坚实有力。

三言两语，便与奎福敲定了盖房子的事，长顺颇为自得地回到家里，靠在椅子上，脑子里活生生地浮现出一幢崭新的房子来：两层楼，一个中堂，中堂两侧各一间正房，外加一间厢房。长顺又计算起盖这样房子需要多少根柱子，多少根横木，多少根抬梁。正算得入神，耳边忽然传来一声呵斥："好哇！你们这些当干部的，盖房子也不吱一声，想瞒着盖是不？"

长顺的身体惊颤一下，一抬头，便见金四嘴里横叼着烟斗，瞪着一双田螺眼，板门似的挡在眼前，烟杆上挂下的黑布烟袋示威似的颤动起来。

长顺不慌不忙地从椅子上欠起身，对金四说："你瞪着我做什么，盖房子的事八字还没一撇呢！"长顺一努嘴，示意金四坐到旁边的小竹椅上。

金四"吱呀"一声坐在椅子上，说："顺哥，我也想盖房子。"

---

① 用着：方言，意为"好的"。

　　长顺纳闷，自己刚刚跟奎福聊了几句盖房子的事儿，怎么一会儿就传到金四那里去了。长顺说："好嘞！那就一起盖吧。"

　　"可别落了我，落下我可不依。"金四站起来，挪着身子走出中堂。

　　金四走了以后，长顺重重地拍了一下自己的脑袋：是啊，自己是村里领头的，怎能只顾自己不顾别人呢？龙口村的人，自古以来就是靠互相救济取长补短才存活下来的。长顺家的出炭了，村人起早贪黑，把木炭背到双溪口里，赚回几个铜子；哪家有人生病了，作发家的抓几把草药，命大的活了下来，命不大的便归了天；包谷家的打来猎物，留下皮毛，送到双溪口的铺子里换点零钱，肉则由全村人分享；需做石头的，叫上奎福家的，给顿粗饭；需杀猪宰羊的，叫上满金家的，送点碎肉……

　　长顺的眼前又浮现出那天在乡公所里入党时的画面：邓法书记领着一批新党员，举起拳头，面对着一面鲜红的党旗宣誓："我志愿加入中国共产党……"宣誓后，邓书记对长顺说："龙口村环境差，你要带领大家一起克服困难，共同过上幸福的日子。"

　　长顺想：在没有土地的日子里，村人的念想是塞饱肚子。如今有了土地，有了木料，村人必定会想搬出又矮又黑又潮的草寮棚，住上舒适的木房子。怎样才能让全村人都住上木房子呢？

当天晚上，长顺叫来奎福、包谷几位党员，细细合计一番，最后决定把村里的劳力匀起来，一幢一幢地盖，不落下一户人家。

包谷说："劳力匀起来好是好，只怕那些劳力足的会说自己吃亏，不愿意。"

长顺"吧嗒吧嗒"狠命吸了几口烟，说："这个，我自有办法。"

清明节，村里的梨花、桃花相继开放，家家户户做起绵菜糍粑，祭祖扫墓。奎福拿着一面铜锣，走上石阶一边敲一边喊："祭胡太公喽！去白骨洞祭胡太公喽……"

龙口人虽然来自不同的地方，有不同的姓氏，但他们都把胡太公当作自己共同的祖先，每年清明节沿袭祭胡太公的习俗。

男人们纷纷来到白骨洞前，一群山雀从乌枝树上飞起，叽叽喳喳地飞向另一处山头。人们进入白骨洞里，在香炉里点上香，往供桌上摆上猪头、糍粑、斗米。长顺把一截用红布包裹起来的大刀放在供桌上。红布层层掀开，渐渐露出了刀背和刀口。刀背布满红色的锈迹，刀刃有很多破口。阳光穿过树梢射入洞里，那半截大刀顿时熠熠生辉。

这把大刀是胡太公留下的。相传龙口一带原是一片密林，人迹罕至，野兽肆虐。胡太公来到白骨洞里，用大刀赶跑里面的豺狗，和胡太奶奶一同住了下来。往后又用这把刀开山护村，最终只剩下半截。至于胡太公为什么来到这深山密林里，从哪里来，祖上并没有流传下什么说法，至今仍是一个谜。

长顺是胡太公第五代子孙，他身材高大，浓眉大眼，鼻孔下蓄着一撮黑黝黝的胡子，外形猛如三国时期的张飞。村人说或许胡太公当年就长这般模样。

包谷打了三响土铳，程老爷站在供桌旁边声嘶力竭地喊道："祭拜仪式开始，一拜——"村人跟着长顺缓缓弯下腰，拜了三拜。每人的脸都绷得紧紧的，不敢漏出半点笑意，也不敢说半句玩笑话。

祭拜仪式结束后，长顺重新把刀用红布包裹起来，抱在胸前。人们的身体便渐渐舒展开来，有站着的，有蹲着的，有靠着树的，有坐在石头上的。

长顺站在供桌前说："乡亲们，跟大伙儿说个事。咱龙口人住的大都是草寮，现在有了田地，有了木料，咱把木房子盖起来好不好？"

一听说要盖房子，那些年轻的都一个劲儿地欢呼："好！好！"年纪大的嘀咕道："盖房子哪能那么容易啊，没钱没劳力的。"

长顺说："村里的劳力匀起来统一指派，老司的工资自家负责。"底下立即有人嘀咕道："那我们不是亏了吗？"

长顺瞪大眼睛喊道："谁说亏了，你有胆站出来当着胡太公的面说一句。"长顺扬了扬半截大刀，说："咱龙口人原本就是靠互相救济才活下来的，穷人帮穷人，天经地义。有难同当，有福同享，是咱祖先的传统，谁自私就是丢咱老祖宗的脸，天理难容！"底下人默不作声。

"盖房子苦肯定是苦的，但我们龙口人从来不怕吃苦。"长顺指了指山坳那边满金的墓，继续说，"你看满金他们，为了大家连死都不怕，我们还怕吃苦吗？"

"怕吃苦的是孬种！"奎福喊道。

"不能做孬种！不能做孬种！"底下人应和着，欢呼着。

端午节过后，龙脊背的杨梅红了，人们纷纷到自家的林子里砍树。木料晒干以后，村里的劳力一起上山把木料背到各户的家里。

秋菊系上拦腰想上山背木料。村里的年轻人说："秋菊婶，这是我们男人的事。你帮顺叔看好地里的庄稼就行了。"长顺也叫秋菊不要上山。秋菊便不再坚持，拿起锄耙下地去了。

秋收过后，金四从山阳那边请来两位做瓦的老司。一位看上去六十多岁，白花花的胡子，瘦瘦的，弯腰驼背，走起路来一直咳嗽，像蜗牛爬动一般慢腾腾的。另一位是他的徒弟，十五六岁年纪。村里人埋怨金四找了这么一对老司，老的老，小的小。金四说，好多村都在盖房子，壮实的早就被人请走了。

里湾和外湾在黄泥岗上各筑起一个瓦窑，窑边搭起一个草棚，棚边挖了一个泥塘。村里的劳力从黄泥岗上挑来黄泥倒进塘里，放上水。金四牵着一头老牛一趟趟地在泥塘里转圈圈，一直转了一个上午，塘里的黄泥被踩得黏糊糊的。

白胡子老司在草棚底下支起一个架，上面放上"瓦桶"，然后拿起一个木架子紧贴着"泥墙"上沿一划，泥就被线割成薄薄的一层。老司双手伸到泥层下面一端，泥就离开墙面，好像棉布一般，软软地弯成一张弓。老司把泥片贴到瓦桶上，一边转一边磨，然后提起瓦桶放在一个用沙子铺平的场地上，往里一缩，提走瓦桶，留下瓦坯。

金五在旁边看得心痒痒的，也拿来老司的木架子往泥墙上一割，将手伸到下面把泥端起来。泥离开泥墙以后，便晃晃悠悠地荡了起来。金五急忙往瓦桶架那边奔去，快接近瓦桶的时候，"啪"的一声，泥掉到地上。

老司说："手要柔，用力要匀。"

金五又端起了"泥布"，蹑手蹑脚像过独木桥一样往瓦桶那里走去。大伙儿看了"嚯"地笑出声来，说："你是做贼还是做瓦啊！"金五"嘘"的一声叫大伙儿不要吵，最后泥还是掉到地上，引得旁人一阵哄笑。金五摇了摇脑袋嘀咕道："看来还真是需要点技术。"

一天下来，长顺悄悄地数了数老司做出的瓦坯数量，感觉并不比那些正当壮年的老司做得少。他又数了数奎福那组的，跟自己组的差不多。长顺舒了口气，心想：不怕慢，只怕站，这对老司到底勤快，做出瓦坯的数量也不少。

瓦坯晾干了，人们摆上馍糍①，点上香，敬了山神，然后把瓦坯一层一层地集中放进瓦窑里。

炳荣看到人们在瓦窑里进进出出的，便好奇地挤了进去，抬头一看，只见窑顶上的大砖块凭空悬着，急忙从窑里跑了出来，大声说："小心啊，上面的石头快掉下来啦！"不想这话正好冲了进窑的忌讳。长顺狠命地往炳荣的光脑袋上敲了一记头栗，直骂："好你个'嘴头刀'，再说就撕烂你的嘴，滚远点。"炳荣便捂着脑袋跑开了。

瓦坯放到窑里以后，大伙儿又把窑洞的门用泥筑起来，只留下一个一尺见方的口子。

人们上山把晒干的树枝、细柴一捆捆地背到瓦窑边，往窑洞里塞进柴火，把火烧得旺旺的，添柴的人热得直冒汗。包谷的老婆翠梅提来一桶茶水，人们拿起瓢子咕噜噜地灌了一气。不久，窑顶的烟囱里冒出了黑黑的"煤烟"，人们远远就闻到一股泥气。添柴的人不停地往窑洞里添柴，烧了六天六夜，"煤烟"就变成了"青烟"，然后人们就闭上窑门和烟囱，闭了三天三夜，一窑的瓦就烧成了。

出窑的时候，瓦坯被烧得红红硬硬的。炳荣手骚，伸手摸一下瓦片，立刻就把手缩了回来，喊道："天嘞，烫死人了。"大伙儿找来破布把手包住，蘸了水把瓦快速地往外传，一层层叠在场地上。

---

① 馍糍：即麻糍，一种用糯米制作的小吃。

这边忙着烧瓦，那边做"大木"的老司也开工了。金四跟长顺说，做瓦、做木的老司都是他叫过来的，要先把他家的房子盖起来。长顺想了一下，说："你住在村口，自然先盖你家的。"

做木老司把木料做成柱子、横梁，连成架子，村人喊"一，二，三"，一起用力，把木架子在地基上立起来。做木的老司爬上木架，给木料接上榫头，用斧子"当当当"地敲实。

上栋梁了，一位满头白发的老司登上云梯，两旁的帮手把栋梁拉上中堂正柱上，老司把"五谷"撒到撑开的被单上。老司念："金盘落地，大吉大利；锣鼓三通，发炮万响。"随之锣鼓齐响，事先挂在栋梁上的鞭炮燃放起来，老司把梁安置在柱子上，然后步下云梯。

金四家刚上完栋梁，炳荣便急匆匆地从石阶上跑下来，跟长顺说："叔，妈生了。"

"生了，这么快就生了？"长顺急急地往家里跑去。

人们拉住炳荣的手问："生的是姆还是囡？"①炳荣说："姆。"金四听了面露喜色，说："吉，我家栋梁一上，龙口就添了个男丁。"

秋菊在水缸边给兔子脱毛，看到长顺便说："都怪我，没看住妹子，提水的时候摔了一跤。金四家刚好又响了三

---

① 姆、囡为方言，意为儿子、女儿。

铳，生生把肚子里的孩子吓出来了。"

长顺走进屋里，见春桃头上裹着一条毛巾，怀里抱着刚出生的婴儿，旁边蹲坐着永明。长顺抱过婴儿，感到轻飘飘的，只有酒壶般大小。婴儿"哇"地哭了一声，声音细如蚊蝇的叫声。

春桃苦涩地说："这孩子在我肚里只待了七个多月，不知能不能养活。"

秋菊端着一碗热气腾腾的米酒进来，立即"呸呸呸"了几声，说："妹子别说不吉利的话，你看这孩子生龙活虎的，怎么养不活？"说完拿起勺子把米酒喂进春桃的嘴里。

两年以后，龙口村的人们拆掉草寮棚，欢欢喜喜地搬进新房子里。

邓法带着一伙人来龙口参观，看见一幢幢崭新的木房子，不由得发出"啧啧"的赞叹声。邓法说："你们齐心协力，艰苦奋斗，全乡的人民都要向龙口学习。"

04
/ 月 夜

　　龙口村的人们住上新房以后，龙口的春天似乎比往年来得更早了，刚过正月初四，梨树枝头便爆出一粒粒花骨朵，胀胀的，一副含苞待放的模样。讨年糕的乞丐似乎也比往年来得更勤了，一拨一拨的，像赶集似的。

　　驮峹村的包如背着一个"长筒"，挎着一个布袋走进奎福家的院子里，坐在梨树底下的石板上"咚咚咚"地敲起了长筒，敞开粗犷的喉咙唱起了《孟姜女哭长城》："正月里来是新春，家家户户挂红灯；人家丈夫团圆聚，孟姜女的丈夫修长城……"包如从"正月"唱起，每月四句，唱到"六月"便停下来不唱了。奎福的老母亲胡氏裹着小脚，挽着发髻，迈着碎步从屋里出来，拿了半支年糕递给包如。包如弓着腰双手接过，嘴里连声说"发财，发财"。

　　不久，又来了一对"唱元宝"的，两人手里拿着一个木做的元宝，站在中堂里一唱一和："赤脚蓬头利市仙，利市仙师送金钱……元宝动一动，金银宝贝满箱笼。元宝有立珠，阿嫂养儿好读书。元宝红一红，姆儿读书真用功。元宝点点金，读书毕业上北京。元宝扭一扭，阿嫂养猪大如牛……"

一对年轻的唱曲夫妇走进奎福家的院子里。那男的在梨树底下坐着，"嘎咕"一声调了一下二胡的音调，然后便拉起了曲子，女的合着音韵唱起了"高机"："道光坐天真明君，且说一本好新闻：家住浙江平阳县，河漕江口白射村。员外名字高良晋，娶妻何氏配姻婚。生下高机子一个，又号一名高师君……"一群喜鹊叽叽喳喳地飞过来，栖息在梨树的枝条上。

往常来村里唱曲的、做卦的、讨饭的都是男的，如今来个女的，奎福便备感稀奇，眼巴巴地盯着那女的看起来。只见那女的约莫三十岁，穿一身灰色的旗袍，腰细臀突，颇为窈窕，惹得奎福两眼发光。而那男的瘦得跟芦苇竿似的，弯腰驼背，颇像靠在墙壁上的那架谷耙。那女的一边唱，一边水蛇一般扭起细腰来，一双水汪汪的眼睛一眨一眨的，不时地往奎福身上瞟，奎福像被勾了魂似的怔怔地看着。曲子戛然而止，胡氏拿了一支年糕放进那男的布袋里。那女的便跟着男的一扭一扭地走了，奎福的目光像粘在那女的身上似的，直到那女的消失了才缓缓地收回来。

往后，奎福的眼前便时常浮现出"细腰女"来，那一扭一扭的身段，那一闪一闪的眼睛，在奎福跟前一晃一晃的，晃得奎福两眼发光，心头发麻。奎福时刻盼望着那唱曲的再次到来。可自那次以后，那对唱曲的便再也没有出现了。奎福不免感到茶饭无味。

奎福已到了成家的年纪，胡氏托人给他说媒提亲。奎福自小跟着谢大爷做石头，由于干着搬石块、挥铁锤的力气活，练就了一身好力气。可他的身材却异常矮小，村里人就给他取了个外号叫"三寸钉"。奎福虽长得瘦小，但毕竟有一门打石的手艺，能过得下日子，有许多姑娘愿意嫁给他。奎福自见了那唱曲的之后，便对那些姑娘挑肥拣瘦起来。山里女孩大多腰粗体壮，奎福全看不上眼，气得胡氏直跺脚，训斥道："你这个孽障，也不撒泡尿照照自己，长得跟武大郎似的，还对别人挑三拣四！"

夏日的午后，奎福去石岭打石砌墙，竟然在龙口岭头遇见了细腰女。细腰女一见奎福就拉住他的胳臂，哽咽地说："好兄弟，救救我男人吧。"奎福一见"芦苇竿"直挺挺地躺在石阶上，口吐白沫，便知是中暑症状，他赶忙把"芦苇竿"背到树荫底下，解开"芦苇竿"的上衣纽扣，在他的胸上拧起了痧，又喂了几口水，"芦苇竿"便缓过气来。

奎福救活"芦苇竿"后，细腰女嗲声嗲气地跟奎福说："兄弟，你救活了我男人，我以后会报答你的。"由于要赶着去做石头，奎福便匆匆上路了。

怎么报答呢？奎福整日想入非非。

一个月后的一天晚上，奎福正靠在竹躺椅上看星星看月亮，忽见梨花树底晃晃悠悠地飘来一位女人。奎福以为是梦，使劲眨了眨眼睛，又掐一下眉心，只见细腰女婷婷地站在眼前。细腰女哭着说，她男人死了，她是来投奔奎福的。细腰女那楚楚可怜的样子在月光下越发妩媚动人，奎福心头的血便不断往上涌，忍不住抱起细腰女，直奔楼上房间里。喘着粗气的奎福趴在细腰女的身上一阵翻江倒海，细腰女只喊疼，奎福没想到细腰女竟然还是个雏。细腰女用手指点了一下奎福的眉心，说："你以为戏子都风流吗？"然后便哽咽着向奎福叙述起自己的身世来。

原来细腰女名叫秀丽，江南人，父母早逝，自小便给大户人家小姐当丫鬟。秀丽长得颇有姿色，那家老爷想娶她做小。但那老爷已六十多岁了，秀丽不愿。老爷威胁她，若她不肯就把她卖到窑子里去。秀丽非常害怕，便寻一个机会逃了出来，不想后面的家仆紧追不舍，危急之时遇到了一个戏班子，拉二胡的"芦苇竿"把她藏了起来，往后又引荐给老板。秀丽天生一副好嗓子，又身材窈窕，老板便教她唱瓯剧，后来她便在台上演起了旦角。之后，秀丽嫁给了"芦苇竿"，入洞房的时候才知他是个不中用的男人。戏班子散了后，夫妻俩便外出唱小曲过生活。凡演旦角的都讲究眼功和身段，秀丽为了赢得主家的喜欢，多讨粮食，唱曲的时候自然使出百般技艺来，一双眼睛顾盼生辉，一副身段似杨柳拂水，把奎福迷得神魂颠倒。

第二天早上，胡氏见秀丽从奎福的房间里出来。见秀丽那般模样，便认定她是从窑子里出来的，顿感这是辱没祖宗的事。胡氏见生米已煮成熟饭，本就老迈的身体经受不住打击，一口气缓不过来便驾鹤西奔了。出殡那天，秀丽跪在胡氏的棺材前哭泣着说："妈，你走了，我便更不能离开阿福了。阿福对我有情，我要留下来给谢家做牛做马。"

夜里，奎福搂着秀丽问："你那天唱曲的时候用眼睛勾我，是不是早就对我有意啦？"秀丽用手指点着奎福的光脑门说："你臭美吧！这是我们做戏子的功底，看谁都一样。"

说者无心，听着有意。奎福想：秀丽长得那般妩媚，再用眼睛一勾，但凡是男的，骨头都酥了。于是便时刻留意着秀丽，看她的眼睛有没有去勾男人。凡多看一眼，心里便不爽，又怕秀丽说他小气，只得闷在肚子里。

一天，奎福从外地做石头回来，秀丽正在床上哄儿子立洪睡觉。奎福一进房间，便迫不及待地跟秀丽亲热一番。秀丽忽然看见窗格子外有一双眼睛瞪过来，忙推开奎福走出房间，只见窗外立着一位十三四岁的男孩，穿的衣服破破烂烂的，好像和尚的百衲衣一般。那孩子一见秀丽便跑，一瘸一拐的。秀丽抓住男孩，拧住他的耳朵，杏眼圆睁，大声喝道："你偷偷摸摸想干什么？"那小孩满口外地腔，哀求道："大姐，我饿。"秀丽才知那小孩是个乞丐，顿生怜悯之心，便扶小孩走进家里，一边走一边问："你刚才看见什么了？"小孩摇摇头说："我什么也没看见。"秀丽从饭甑①里舀出一碗番薯丝递给小孩，小孩便狼吞虎咽地吃起来。奎福问："阿丽，谁来了？"秀丽说："是讨饭的。""讨饭的，还不叫他走？"奎福说完，便呼呼睡去了。

或许是同病相怜吧，秀丽便忍不住问起小孩的身世来。原来那小孩姓金，名叫福安，金华永康人。小时候得了小儿麻痹症，一条腿伸不直，像犁脚②一般弯曲着。福安从小失去父母，跟着一个老乞丐四处流浪。后来老乞丐死了，他便孤身一人乞讨到了龙口。

听了福安的讲述，秀丽的泪水不由得像小河一般从脸颊上淌下来。

秀丽见福安浑身脏兮兮的，如同从灰堆里爬出的小狗一般，便安排他洗漱一番，拿了奎福的衣服给他换上。福安洗净之后好像变了一个人似的，皮肤白皙，方脸大眼，除了跛脚之外，活生生一个美少年。秀丽愈看愈生怜悯之心，便留福安在家里过夜。

秀丽在枕边对奎福说："这小孩挺可怜的，不如把他留下来给你当兄弟吧。你经常在外做石头，我一个人在家里怪闷的，还带着立洪，又辛苦，他留下来我也有个照应。"奎

---

① 饭甑：一种民间炊具，流行于南方地区，一般呈上大下小桶状，中间用竹篾编织的藤条捆住。

② 犁脚：方言，犁的底部弯曲部分。

福说："好是好，可他是个瘸子。"秀丽说："他要不是瘸子，谁愿意给你当兄弟啊！"奎福便默不作声。

第二天早上，福安起身要走，秀丽拉住他说："你不要走了，就留在我们家里过日子吧。"福安愣了一下，忽地"扑通"一声跪在奎福的跟前磕起头来。奎福连忙把福安扶起来。秀丽说："快叫哥。"福安便叫了声"哥"，奎福"哎"地应了一声。秀丽又跟福安说："既然当了兄弟，就把名字改过来吧。以后改姓谢，叫奎安好了。"福安点了点头。自此，奎安便留在了谢家。奎安到底是苦出身，勤快懂事，他时常跟着奎福下地干活。奎福不在家时，便形影不离地跟着秀丽，帮她做家务。

村里的生活单调乏味，秀丽时常抱着立洪去村里串门，奎安紧紧地跟在后面。村里的男人见了，便喊："秀丽，后面跟着谁啊？"

"我弟呢。"

"不是亲弟弟吧？"

"亲不亲关你什么事，你可管得真宽！"秀丽白了男人一眼。

一天，秀丽与奎安从园里割番薯藤回来，秀丽感到浑身汗津津的，连忙烧了水到房间里搓澡。脱掉长衫以后，才发现忘了带毛巾，便喊："奎安，把我的毛巾拿过来。"奎安拿来毛巾后站在门外，对着里面喊："嫂子，毛巾在这儿呢！"门"吱呀"打开一条缝，伸出一条润如白雪又细又长的胳臂。奎安怔怔地看着。秀丽抖动着手指，催促道："快！把毛巾给我。"奎安醒悟过来，连忙把毛巾放在秀丽嫩姜一般的手指上。

门"吱呀"一声又关上了，里面传出潺潺的滴水声。奎安坐在堂前间里，心里打鼓似的咚咚直跳。不一会儿，门开了，秀丽披着头发走了出来，刘海上粘着一颗颗细小的水珠，对着奎安嫣然一笑。

奎福对秀丽说："奎安老粘着你也不是个出路，不如让他跟我学做石头吧，以后也能独立支撑起一个家。"秀丽不舍，可考虑到奎安以后的生计，只好答应了。

日子一天天过去，奎安一天天长大。

一个夏日，奎福和奎安在石岭那边赶工盖房子。当时正值农忙季节，龙口队里忙着插秧。奎福便叫奎安回龙口参加队里的劳动，自己一个人留在石岭。

奎安一连插了十几天秧，秀丽怕他浸在水里得风湿病，晚饭时便烫了一壶红酒给奎安喝下祛湿。几杯酒下肚之后，奎安感到头晕眼花的，桌子对面的秀丽在他眼前开始晃动起来。晕晕乎乎时，眼前又浮现出那条细长白嫩的胳臂。奎安忽又想起秀丽是自己的嫂子，不免仰起头"咕咕咕"地灌了几杯，最后便醉得趴在桌子上了。秀丽怕奎安挨冻生病，忙把他扶进房间里，与立洪一起睡在自己的床上，然后拿出一床被单，自己躺在堂前间的凳子上歇息。

奎福在石岭待了十来天之后，内心感到异常空虚，便趁夜回家想与秀丽团聚。刚出门的时候，天空还挂着一钩弯月，一踏进龙口便下起一阵急雨。奎福急急跑进家里，进了间里用手电筒一照，发现奎安躺在自己的床上呼呼大睡，不由怒从心起，大骂一声"畜生"，拿起笤帚劈头盖脸地打过去。奎安被惊醒，迷迷糊糊地看见大哥怒气冲冲地站在眼前。一看自己躺在嫂子的床上，顿时羞愧难当，也不辩解，起身便往外跑。恰遇秀丽背簟^①盖灰^②回来，便一把拽住奎安，问："奎安，你去哪里？"

奎福在中堂里发怒，指着秀丽大声喊道："你放手，让这畜生走！"秀丽摸不着头脑，只是死死拉住奎安不放。

奎福又在里面咆哮着："你们都走！一对狗男女。"

秀丽此时才明白，奎福误会她和奎安了，便大声喊道："阿福，你疯了啦，我们没有！"

"还说没有！"奎福气呼呼地坐到椅子上。秀丽知道奎福倔，认定的事一下子转不过弯来，便松了手，呆呆地跪在院子里，任由豆大的雨点打在自己的头上，顺着发丝流下来。

第二天早上，秀丽气得离开了龙口，投奔江南的表姨家去了。由于家里有牲口有孩子，到底缺不了一个女人。五天之后，奎福又把秀丽求了回来，但心里的疙瘩一直没解开，他对奎安一直怀恨在心。

---

① 簟：方言，指一种用竹篾编织而成的器具，通常铺在地上用来晒稻谷。

② 盖灰：山灰可做肥料。盖住山灰，是为了防止被雨淋湿。

虽说已到秋日，天气却异常闷热。长顺家的院子中间燃起一堆艾草，一家人围着火堆坐着。火堆里冒出带着草味的浓烟，赶跑嗡嗡袭来的蚊子。秋菊依在包氏的旁边，拿着蒲扇不停地给包氏扇风。春桃给叶茶喂着奶，长顺吸着烟丝，永昌双手倚在长顺的肩上。炳荣、炳茂、永明三兄弟在院子里捉萤火虫。

天空挂着一钩弯月。今天正是九月初三，秋菊清晰地记得，十年前的今天正是她与大顺成亲的日子，可第二天早上大顺就消失了。秋菊看着院子里这群生龙活虎的孩子，眼泪不由得从眼眶里涌出来。

天边飘过一片浓云，天上的月亮、星星躲进了厚厚的云层里。不一会儿，天空筛豆子似的下起一阵急雨，一家人连忙撤进屋里。

一担"鞘笼"①被急急挑进屋子里。"担鞘的"②抹了一把脸上的雨水说："主人家，借你的屋子歇歇。"

包氏听见了，忙说："阿顺，快把他引进来，出门人可怜。"

长顺把担子拎进中堂，又邀"担鞘的"进入堂前间。"担鞘的"推辞："不用不用，我在你家屋檐底下过一夜

---

① 鞘笼：方言，用竹篾编织而成放货物的笼子。

② 担鞘的：方言，即"货郎"，对挑着担子卖货人的称呼。

就行。"

包氏说："那怎么行呢？冻坏了身子我们可经不起啊。"包氏便吩咐秋菊去收拾一个房间给"担鞘的"过夜。

那"担鞘的"大抵四十岁模样，身材高大。秋菊原想腾出自己的床给"担鞘的"过一夜，想想又不妥，便拿着火篾灯，来到厢房放农具的房间里，收拾出一块床位，铺上稻草，拿来自己盖的床单给"担鞘的"过夜。自己则挨着包氏睡下。

第二天早上，秋菊起床烧饭，发现"担鞘的"已经走了，床位上留下一面镜子和一把木梳，秋菊悄悄地收进自己的房间里。

之后，那"担鞘的"每次路过龙口，都到长顺家里过夜。每次过来都捎来一些新花样的东西，有鱼鲞、拨浪鼓、花布……

后来，长顺一家了解到，那"担鞘的"是双溪口人，名叫贵平，四十岁，至今孤身一人。长顺一家见贵平老实本分，便如亲戚朋友一般接待他，孩子们也时常盼望他过来。农忙时节，贵平还帮长顺家里干农活。

春桃跟长顺说："贵平是个靠得住的男人，不如把他招进来给嫂子当上门郎吧。"

长顺说："我看也合适，不知嫂子是怎么想的。"

春桃把自己的意思跟秋菊一说，秋菊连说春桃糊涂，大顺没个着落，自己怎好嫁人呢？春桃便无话可说。

秋菊经春桃一撩，忽想起自己与贵平是在九月初三相遇的，恰好与大顺成亲是同一日子，莫非真的有缘？有了这般想法，往后反而有意避着贵平了。

夜晚，一缕月光透过窗棂子照射进来。贵平躺在床上，感到孤独冷落，心里虚空如蜕壳。忽见窗外有一个人影晃过，起来一看，只见秋菊正往厢房外走去，月光投下一个窈窕的身影。贵平不由得心潮涌动，想入非非，等秋菊回来经过厢房门外时，贵平一把拉住秋菊进了房间。秋菊急喊："贵平你想干什么？"贵平从腰里拿出一袋担鞘赚的零钱，放在秋菊的手里，说要跟秋菊一起过日子。然后抱住秋菊，嘴巴只往秋菊的脸上喁去。秋菊一阵目眩，便软绵绵地靠在贵平的身上。忽然，秋菊的眼前浮现出大顺的影子，秋菊便缩起身子用力推贵平。可贵平把她箍得死死的，秋菊急了，一巴掌扇在贵平的脸上，训斥道："你这个白眼狼，我家对你这么好，你还来欺负我！"贵平松了手，秋菊一撇头便离开了厢房。

此后，贵平便再也没来龙口了。没见到贵平，秋菊心里感到空荡荡的。每天傍晚，秋菊梳齐头发，站在院子里不时地望着对面的山岭，希冀贵平挑着担笼晃悠晃悠地走下来。孩子们时常问："伯母，贵平叔怎么还不来啊？"

秋风萧瑟，地上起了霜。村里传来消息，说一个"担鞘的"走夜路时滑下叶山岗的空心崖死了。秋菊闻讯后，含着泪默默地把那面镜子和那把梳子收进箱子里。

05 / 高山密林

中午时分，春桃坐在堂前间的凳子上头给叶茶喂奶。秋菊端着饭甑放在凳角上，打开饭甑的盖子，堂前间里便弥漫着番薯丝的香味。秋菊把番薯丝一碗碗盛好摆在桌上，轻喊一声："吃饭喽。"炳荣、炳茂、永明、永昌便"呼"地跑进了堂前间里，拿起碗呼呼地把番薯丝收进肚子里。包氏分了半碗给永昌，春桃端起碗想分给永明。秋菊说："妹子，你要奶孩子呢，多吃点吧。"然后拿起永明的碗，把饭甑底下的几尾番薯丝舀进碗里递给永明，自己端起一碗苦菜汤喝进肚子里。

长顺的眼眶里热乎乎的。他吃完番薯丝后走出堂前间，上了楼梯，打开仓库的木门，只见仓里的谷子和番薯丝像漏水的木桶一般一天天浅了下去，不免面色凝重地摇了摇头。

新中国成立以后，龙口村的人口如雨后春笋般增长起来，由原先的不足一百人增到一百五十多人。孩子们正是长身体的时候，一个个像小燕子一般张着饥饿的嘴巴等待着大人给他们喂食。可龙口处在山脊上，田地少，土质瘦，产量低。各家各户分到的粮食一到春耕时节便所剩无几。村人只好勒紧裤腰带过日子，把粮食省给孩子和老人吃，壮年的时常吃野菜凑数。山里的那些可吃的野菜一露出嫩芽便被妇女们采去，近处的采完了便往深山里采。

清明节过后，秋菊、美兰、翠梅和秋花等一群妇女戴着斗笠，挎起篮子上虎头山顶采山蕨，秀丽也要跟着去。翠梅说："我的大小姐，你就好好待在家里伺候阿福吧。看你长得细皮嫩肉的，怎能赶那么远的山路呢？"秀丽不满地白了翠梅一眼，说："你还看扁我，我偏要去。"妇女们风风火火地向虎头山进发，秀丽摆着腰跟在后面。人伙儿直催秀丽快点，说这样慢腾腾地到了山顶天都黑了。秀丽只好小步跑着，到了龙脊背的时候便喘不上气，捂着肚子喊疼，累得直淌眼泪。翠梅说："妹子，你别逞强了。"秋菊说："你还是回去吧。我们回来后分给你一些。"秀丽拍了拍膝盖，叹自己的腿不争气，便捂着肚子往回走。翠梅喊："妹子，你别空着篮子回去，空手回去让村里人笑话。"秀丽忙抬头问："姐，那我怎么办？"翠梅说："你到龙脊背那里摘点苦菜回去吧！碰到人不要说采山蕨，就说是采苦菜的。"秀丽远远地应着"知道了"，便挎着篮子走进龙脊背的园子里。

妇女们爬了二十几里山路，终于到达虎头山顶，只见草丛里藏着一根根山蕨，有的像筷子一般长，有的刚冒出头打成卷儿。妇女们一字排开，从山底开始往山上采，不放过每一根山蕨。

金四的老婆美兰是畲族人，姓雷，二十多岁。她像山鼠一样在草丛中钻来钻去，一会儿往东，一会儿往西，人们总是赶不上她的脚步。别的妇女篮子里只有几根山蕨，美兰已装上了半篮。

金四是怎样娶到美兰的呢？话要从金四"兑牛"说起。金四是个可怜人，他父母在生金四之前生了三个孩子都没能养活，生到金四的时候已四十多岁了，后来又生了金五。金四十二岁的时候，父母便先后去世了，留下一个刚满两岁的金五。金四靠给刘家少爷养牛活了下来。有道是"穷人的孩子早当家"，金四后来揣摩出"兑牛"的门路来。每年春耕以后，有的村嫌牛老了，怕它来年承当不起耕地的任务，于是就补给对方一定的差价，换一头年轻的牛。也有的村子恰好牛力充足，用村里的新牛换头老牛可以得到一定的补偿。金四四处转悠，了解各村耕牛的底细，根据村里的需求做起了介绍人的生意，从中获取一定的利润，人们都叫他"兑牛人"。

金四去双山那边"兑牛"的时候认识了美兰。金四已经三十好几了，比美兰大十四岁。金四想"老牛吃嫩草"，就托了媒人去说亲。起初美兰的家人嫌金四岁数大不同意，后来经媒人油嘴滑舌的一说，便同意了。美兰的家人想：金四脑子活络，美兰跟着他不会吃苦。

　　话说"苗好一半谷，妻好一半福"，畲族那边的女人都下地劳动，个个身强力壮。美兰长得虎背熊腰，种庄稼比金四还强。人们都说金四娶了美兰这样又年轻又勤快的老婆，真是"前世点过清油灯"。

　　妇女们一直采到太阳快下山才往回赶，每个人的篮子里都装得满满的。

　　夏日里，虎头山的山蕨都长了叶子。长顺一班人一早便向虎头山出发，准备挖蕨根做粉，煮熟后当粮食吃。炳荣、炳茂紧紧跟在他们身后。

　　人们来到虎头山山顶。山顶上的土块硬邦邦的，锄头一碰便发出"叮当"的响声，震得人们的虎口发麻。太阳烤得山里的草木啦啦响，烤得人们直冒汗。长顺叫炳荣和炳茂兄弟俩下山取水。

　　两人各自背着一个竹筒顺着山脊往山下走去，快到山脚的时候才听见叮叮咚咚的泉水声。两人奔过去，只见树荫底下有一条细细的山泉从岩缝间流出来。炳荣和炳茂把头埋进溪坑里咕咕地灌了一肚子。由于喝得太急，炳茂呛得直咳嗽。两人往竹筒里注满水，用龙枝叶把筒口塞紧，背起竹筒往山顶爬去。往上一看，才知道山是那样的高，路是那样的陡。炳茂感到自己的双腿像灌了铅一般迈不开步子。到了半山腰的时候，炳茂说："哥，我实在爬不动了，歇歇吧！"

　　炳荣说："快走吧，山上的人等着咱俩呢！"

两人继续往上爬，只听到"扑通"一声，炳茂趴倒在山岭上，竹筒滚到一边，水汩汩地流了出来，炳荣赶紧扶正竹筒。只见炳茂脸色发白，嘴里直喘着粗气。炳茂说："哥，你先走吧，我慢慢上来。"

炳荣把炳茂扶到树底下，嘱咐炳茂好好休息，过会儿下来接他。

炳荣背起竹筒继续往山上爬去，到了山顶的时候已过了正午。大伙儿围过来轮流喝了一口水，然后吃了几口番薯丝。

长顺问炳茂怎么还没上来。炳荣说："还在山下。"长顺发起火来："你这小子，怎么抛下你弟弟一个人上山呢？"

炳荣说了事情的经过。作发说"可能是发痧了"，便跟炳荣一起下山，来到炳茂休息的地方。只见炳茂靠在树上迷迷糊糊地睡着了。

炳荣推醒了炳茂。作发从竹筒里倒出一点水，用手指蘸了蘸，夹住炳茂的眉心拧了起来。炳茂的眉心中间立时现出一道紫色的血痕。作发又解开炳茂马褂上的纽扣，炳茂便露出山脊一样凸起的胸骨。作发夹着炳茂的胸口拧起来，炳茂皱起眉头只叫疼，炳荣叫他忍着点。不久，炳茂的胸口出现了一道道红印。

作发问炳茂："好些了没有？"炳茂说："好些了。"炳荣便扶着炳茂站了起来，一步一挨地往山上爬，爬爬歇歇终于到了山顶。炳茂拿起锄头挖蕨根，感到自己的骨头像散了架似的，锄头挥到一半就落了下去。大家忙叫炳茂坐到树底下休息。

没过多久，只见炳荣也"噗"的一声一头栽到地上。大伙儿赶紧把炳荣扶到炳茂旁边。作发又给炳荣拧了"痧"，让他坐着休息。

太阳从山坳里缓缓坠落，夜色渐渐笼罩在虎头山上。人们挑着蕨根下山，到龙口的时候天已黑了。

第二天，妇女们早早来到龙潭里，把蕨根一根根洗干净。男人们抡起木锤子"梆梆"地把蕨根敲碎。又背来一个稻桶，在上面支起布袋，把捶碎的蕨根放在布袋里，用水冲洗过滤。浑浊的水就从布袋下面流到桶里去了。

过了一夜，人们倒掉桶里的水，蕨粉就沉到桶底了。白白的，滑滑的，跟番薯粉一个模样。女人们戳了几块放到盆子里，倒进水搅匀，然后倒进锅里烧，不停地搅拌，锅里的粉水便越来越稠，颜色也由白变灰。每人舀了一碗喝了起来，黏黏的，都说好吃。

人们已经好几个月没闻到肉味了，包谷说："到虎头山里弄点野味打打牙祭吧！"永明听了，咽了咽口水说："叔，我也去。"包谷说："你还小，叫你两个哥哥过来一起去吧。"

永明飞身跑回家里，叫炳荣、炳茂跟包谷一起进山打野兽。兄弟俩忙拿下挂在堂前间墙壁上原先长顺用的土铳和砂子袋，急急往龙脊背赶去，到了白骨洞的时候刚好遇上包谷。包谷指点炳荣装上砂子和火药，便带着猎狗黄毛往虎头山进发。

三人来到虎头山脚下，包谷钻进树林里，黄毛在后面紧紧跟着。包谷长得高高细细的，在树林间像影子般穿来穿去，炳荣和炳茂跟在后面直冒汗。来到半山腰处，黄毛"汪汪"地叫了起来。包谷说："有野兽！"便叫炳荣和炳茂到山顶上埋伏，自己去了另一个山头。

兄弟俩急急跑到山坳里，在一棵乌枝树底下藏了起来。黄毛"汪汪汪"的叫声越来越近，炳茂忽然看见对面山脊上有一只灰色的小山羊向这边窜过来，便推了推炳荣。炳荣轻轻地说："看到了。"然后端起土铳瞄准山羊。两人屏住呼吸，等着山羊靠近。

小山羊越走越近，炳荣的心"突突突"地跳起来，等山羊离自己只有十来米距离的时候，便"叮"的一声扣动扳机。炳茂连忙用双手捂住耳朵，可土铳并没发出响声。炳荣又扣了一下，忽然想起为了防止"走火"，机头上的红硝都是临时放的，便赶忙从袋子里拿出红硝抹在机头上。

那山羊听到炳荣扣扳机的声音，立即停下脚步，竖起两只长耳朵往四面转了一下，然后便没命似的往另一边山上窜去。

炳荣上好了红硝，对着山羊的屁股扣动了扳机，"砰"

的一声巨响，一串火苗从铳口喷了出去，两人埋伏的乌枝树下升起一缕青烟。那山羊一个劲地往山那边跑，两人呆呆地看着那山羊越跑越远，最终消失在密林里。

包谷听到土铳声后急急跑过来，问："打着了没有。"

炳荣说："今天运气不好，没打着。"他不敢把忘了上红硝的事说出来。

三人垂头丧气带着黄毛回村。

那天晚上，炳荣眼前满是那只灰灰的山羊的影子。

第二天早上，三人带着黄毛去了另一个山头转了一圈，山里的野兽似乎预料到包谷要找它们似的，不知躲到哪里去了，也不来龙脊背了。直到第五天，包谷听到黄毛在林子里"汪"地叫了一声，急忙跑了过去。他在一处树底下发现了野猪的脚印，撑开手指量了一下尺寸，嘀咕道："是一头大野猪。"包谷和炳荣连忙往铳管里添上小铁条。包谷放出黄毛，黄毛便"汪汪"地跑进林子里，三人急忙上山在山坳里埋伏下来。

黄毛在半山腰里"汪汪"直叫，包谷静静地趴在一棵碗口粗的松树底下。林间忽然传来一阵沙沙的响声，不一会儿，便见一头大野猪从树丛里窜出来。那野猪长着一身乌黑的毛，一边走一边"吁吁"地叫着，尖尖的嘴巴露出两颗长牙。

"好家伙，足有一百多斤！"包谷嘀咕道，立即在扳机头上抹了红硝，铳口对着野猪转动。野猪越走越近，包谷扣动了扳机，"砰"的一声巨响，铳管里的沙子、小铁条便向野猪射了过去。

野猪中了枪，"吁"的一声向包谷埋伏的地方蹿了过来。包谷急忙扔下铳，抓住身边的松树"倏"的一声爬了上去。包谷只觉得脚被什么东西一拽，低头一看，草鞋没了，不由得发出一声惊呼："皇天嘞！"包谷浑身立即起了鸡皮疙瘩，惊出了一头冷汗。包谷收起腿摸了摸脚丫子，感觉脚还是完整的，心想真是祖师爷有力，否则脚非掉下半截不可。

那野猪像大木段一般往山下倾去，黄毛在后面"汪汪汪"紧紧追着。

炳荣和炳茂循着土铳声赶了过来。三人顺着狗叫声和野猪的血迹一路追过去，追出七八百米，发现野猪倒在山崖底下。

黄毛紧紧咬住野猪的腿。包谷喝退了黄毛，砍来树藤把野猪的腿捆结实。三人轮流抬着野猪下山。

夕阳的余晖下，村人远远看到炳荣和炳茂抬着一头野猪从龙脊背上下来，包谷扛着铳跟在后面，立即欢呼着迎了上去，一起把野猪抬到包谷的家里。

翠梅烧了开水，人们给野猪褪了毛，清理胃里的脏东西。

村人问包谷是怎样打死野猪的，包谷便哈哈笑起来，手舞足蹈地讲述打死野猪的经过，当讲到自己的鞋被野猪叼走的时候，人们不由得打了一个寒战。这时人们才发现，包谷的一只脚还赤着呢。翠梅赶忙拿来鞋给他套上。

奎福挥起刀按级份给大伙儿分野猪肉，包谷是开铳的，野猪头归包谷。炳荣、炳茂上山的每人各两份，黄毛分两份，其余的每户人家一份。包谷想把野猪肚抛掉，说野猪肚有臊气，翠梅忙说："别抛。"叫奎福拿回家给秀丽吃，秀丽怕寒，吃了暖胃。

众人欢欢喜喜地提着野猪肉想往回走，翠梅忙出来留人："不要走，一起喝野猪头汤。"

包谷把野猪头放进烧开了水的大锅里，放进苦菜一起炖。不久，整个龙口村便飘溢着野猪肉的香味。

吃完早饭后，长顺正坐在屋檐下吸烟丝，立洪急急赶来，说："大伯，大昆爷爷走了。"

"好好的怎么一下就走了呢？"长顺嘀咕道。心想，大昆用草药不知治好了多少村人的病，走了真是可惜。

长顺起身往外弯赶去，在黄泥岗山脚遇到了包怀。包怀正赶着一头老牛去竹林里吃草。这头牛原本是包谷的老父亲包鸣放养的，如今包鸣躺在床上起不来。

牛撅着屁股懒洋洋地挪动着身子。包怀嫌牛走着慢，挥着竹枝不停地抽打着牛屁股，"嚯嚯"地催着。长顺忙喊："包怀，别催，牛老了，走不动了。"

"是啊，大伯，又不能耕地，真是白养它了。"包怀埋怨似的说。

长顺来到作发的家里，作发的媳妇秋花跟长顺唠叨："昨夜都好好的，怎么早上就去了呢？"长顺撩起盖在大昆头上黑头巾一看，只见那面孔瘦成骷髅似的。作发含泪说："我爸好长时间没吃到肉了，上次包谷叔打来的野猪肉，他也偷偷给翠红吃了。"

长顺"唉"地叹了口气，心想村人吃不到肉体质会越来越差。如今又有几个老人躺在了床上，照这样下去非死人不可。

"一定要给大家吃点荤味，增加点营养。"长顺跟奎福说道。

奎福说："话是在理，但到哪里去找荤味呢？"

由于缺乏饲料，各家的猪也养不大，鸡也瘦成苕莛梗似的，兔子也常常拉肚子。包谷他们上山好几天也没有找到野兽的踪迹，连蛇和老鼠都躲得无影无踪。

长顺的眼前忽然出现早上包怀赶着老牛的情形，便抖着嘴唇说："我看只有把包谷家养的那头老牛宰了，给大家增加点营养。"

奎福立即摇摇头说："不行啊，耕牛是大家的恩人，杀了它，那是忘恩负义的事情。"

长顺说："救人要紧，为了让更多的人活下来，不得不做这种缺德的事了。"

消息传出去以后，老人们念起"阿弥陀佛"，说牛辛辛苦苦帮我们耕地，宰了它会被天打五雷轰的。

长顺不去理会，狠下心来要宰牛。

包谷家的那头老牛被牵到黄泥岗上，人们看到牛的眼睛里一闪一闪的，那分明是眼泪。人们把牛的缰绳一头敷在一棵大树上，又拿来一块黑布给牛蒙上了眼睛。

天空忽然下起了瓢泼大雨，长顺挥起了斧子，对准牛的眉心间砸了下去。老牛发出"哞"的一声惨叫便跪倒了，然后横躺在地上。村人见状"扑通"一声跪下来，对着老牛不停地拜着。这头老牛是金四十年前从双山那边兑过来的，金四点起了香，嘴里不停地念叨着："老牛啊，你一路走好，我下辈子给你做牛吧。"

男人们含着泪上前剥了牛皮，剔了肉，放在大锅里烧了起来。烧熟了，人们端起了碗，但谁也不想动筷子。

长顺噙着泪说："为了活命，大家一定要吃下去，不能让老牛白死啊！"然后就夹了一块牛肉放在嘴里嚼了起来，奎福也夹了一块放在嘴里。大家一边呜咽着一边嚼着。

翠梅端了一碗牛肉来到包鸣的床边，包鸣摇摇头不愿下嘴。两天之后，包鸣就过世了。

宰了那头老牛之后，长顺夜里时常做梦，梦见那头老牛含着泪一步一步向他走来。梦醒之后，长顺发现自己浑身汗津津的。

06 / 水

　　太阳像个火刺猬，螫得天红地赤。龙口村已有二十几天没下雨了，田里裂开一道道手指宽的缝，禾苗由青变黄，奄奄一息地耷拉着脑袋。眼看粮食又要减产，人们的心烟熏火燎一般急。听说山阳那边的"马佛娘娘"已抬出来好几次了，可天依旧不下雨。长顺只好发动村人到龙潭里挑水浇苗，从近处的浇起，一直往高处浇，说多救活一棵苗就多争得一口粮食。壮劳力挑着尿桶，妇女们提着水桶，小孩们端着脸盆，一趟趟往田里送水。水倒进土里，"嗞"的一声往下渗，立即变成蒸汽消失得无影无踪。龙溪的水越来越少，水流的叮咚声嘶哑了，上端完全干枯，下端的水流只剩下一条细线，像榨油时从石嘴里流下的茶油。龙潭里的水运走后只留下一摊水迹，人们只好等第二天清早潭水积起来以后继续运。

　　长顺早早起床，抬头看了看天，只见天空一片碧蓝，没有一丝下雨的迹象。长顺急躁地搔搔后脑勺，诅咒道："这该死的天，怎么还不下雨啊！"咒完之后，打开牛栏的门，一头小牛犊从里面奔出来，然后又慢腾腾地走出一头老牛。长顺把牛往龙脊背上赶去，一直赶到虎头山脚下，听到虎溪里的水哗哗地流着，一直流到山脚下的清溪里。长顺来到溪边，贪婪地看着溪里白花花的水流，把头埋进水潭里咕噜噜猛灌一气。长顺想，要是把虎溪里的水引到龙溪里去就好了，可虎溪和龙溪隔着一道山梁，地势比龙溪低得多。长顺想找找有没有比龙脊高的水源，便沿着虎溪往上游爬去，越爬越高，一直爬到水口崖底下，抬头一看，只见一泓清水从崖顶的一个水桶般大小的岩洞里流出，沿着崖壁四散开来，挂下一道水帘，风一吹，水便成了碎末，像雪花似的飘洒开来。崖下是一个石潭，水碧青碧青的，倒映着白云、崖石、树木。水面上时有黑色的蜻蜓盘旋着，潭里冷不丁跳出几条石斑鱼，见了人影便闪电般窜到石头底下。人们都说虎溪在水口崖上面便断流了，这么大的水怎么说没就没了呢？长顺想上去看个究竟。可水口崖像一堵城墙，崖壁直直的，足有十几丈高，往常人们到崖顶都要绕道龙脊背，要绕十几里山路。

　　长顺不甘心往回走，他细细观察崖壁，只见崖壁的下端长满大麻草，上端是一片杂树林，有山茶树、乌枝树、苦栎树……由于缺少泥土，每棵树的树干都只有手腕那么粗。长顺想，要是爬到那片小树林里，就可以顺着那处凹槽爬上去，一直爬到崖顶。长顺发现离大麻草上端半丈许有一棵手腕粗的山茶树，再往右斜上端半丈许是一棵乌枝树，上到

乌枝树那里就可以爬到那片杂树林了。长顺迟疑了一会，张
开手臂扩了几下胸，然后便像蜘蛛一般紧贴在崖壁上，抓住
大麻草往上爬。爬到半崖处，脚踩大麻草的根部往上一跳，
长手臂一伸便抓住了那棵山茶树干，身体极力往上缩，脚踩
山茶树根紧贴着崖壁站起来。长顺不敢回头往下看，怕看了
脚会发抖。他伸手去抓那棵乌枝树，发现离手还有半米许。
长顺铆足了劲斜着往右一跳，手腕幸运地抓到了那棵乌枝树
干。长顺缩起身子岔开两腿坐在小树干上歇了一会儿，看着
底下竖起的崖壁，心里咚咚打鼓，心想这一跳要是没抓住乌
枝树就活不成了。长顺擦了把汗，弯下身子爬上那片杂树
林，爬爬歇歇，终于爬到了崖顶。长顺坐在石头上往对面一
看，映入眼帘的是层层叠叠的山峰，山间云雾缭绕，龙脊像
扁担一般横亘在眼前，到了西端便缓缓地降下去。长顺听到
自己的肚子咕噜噜地叫起来，一抬头，发现太阳已到头顶正
中位置，他懊悔没带一些番薯丝过来当午饭。长顺看着脚下
的出水口，估摸这里大抵与龙脊一般高。水往低处流，要想
把这里的水引过去，就要像腰带一般绕过龙脊又回到龙口，
至少有二十里路。若是有更高的水源，水就能越过龙脊背直
接流到龙溪里。

长顺转身往上看，只见溪涧里布满一块块桌子大小的乱
石，水流不知躲到哪里去了。

长顺攀着石头继续往上爬，一直爬到接近山顶的地方，
耳边依稀传来一阵叮叮咚咚的水声。长顺以为是幻觉，侧着

脑袋又细听了一会，那水声便越来越清晰了。长顺循声飞奔过去，发现一块大石头下有一个豆腐桶般大小的洞口，洞里传出叮叮咚咚的流水声。长顺心里欢喜，想进入洞里探个仔细。忽然脚底一滑，身子像断了线的秤砣一般掉了下去，"咚"的一声摔进一个小水潭里。

洞里漆黑一片，长顺从水潭里爬起来，坐在一块石头上，从兜里掏出火柴盒，暗暗庆幸火柴盒还是干的。长顺划了一根火柴，只见洞里空荡荡的，一条小溪从脚边潺潺流过。火柴灭了，长顺坐在一块石头上，拿出烟筒，装上烟丝吧嗒吧嗒地吸着。他想这里的地势比龙脊高，可是怎样才能把水引出洞口呢？长顺又划了一根火柴，往上游走去。不一会儿火柴又灭了，长顺不敢再点亮火柴，他明白盒里没剩几根了。他吸了几口烟丝，借着烟窟里微弱的光，弯下腰来紧贴着地面一步步摸索着向前。洞里弯弯曲曲，一层层向上延伸，大约爬了二十米许，上面便越来越窄，最后只剩下一个碗口大的石窟，水从窟里噗噗地冒出来。长顺心想，这里比洞口高多了，便一步步地往下撤，直撤到原来坠落的地方。他想走出洞里，抬头一看，上面的洞口小小的，如天上的星星一般。长顺点亮一根火柴往四周一看，只见四壁滑溜溜的，根本没有上去的路。长顺暗暗叫苦，便大声喊道："有人吗？"洞里回荡着"有——人——吗——"的回音。长顺知道，外边连个鬼影也没有，他懊悔早上没把炳茂带过来。平常，炳茂总是像跟屁虫似的跟着自己，可早上偏偏跟春桃一起下园子找猪食料去了。长顺明白，现在只能靠自己了，他借着烟筒里的火星循着溪流往下走去，越往下洞便越窄，最后完全闭塞了。长顺只好摸索着往回走，脚底下忽然踩到一个圆滚滚的东西。借着烟筒的火光一看，不由得惊叫了一声，原来是一具骷髅。长顺跪在地上拜了三拜，然后又退回到洞口下面。他想这具骷髅一定是跟自己一样误入洞里出不去的死鬼。自己要是出不去了，几年以后也会变成一具骷髅。想到这里，长顺不由得打了一个寒战。他想起了春桃，莫非春桃真是克夫的命？长顺眼前又浮现出那阵桃花雨来，心想春桃确实是一个好女人，她进家之后，家里被她拾掇得舒舒服服、干干净净的。她对自己温柔体贴，还为自己生了儿子永明、永昌，女儿叶茶。自己就是被她克了，也没什么遗憾的。只是自己没了，旁人又会啐她，她只能带着孩子清苦地过一辈子了。

一缕阳光照进洞里，长顺看着洞外狭小的天空。他想外边阳光正亮，春桃正等着自己回家吃饭呢。如今自己就像一只掉进空酒坛里的老鼠。那酒坛口子小，肚子大，四壁光滑，老鼠无论如何努力也跳不出酒坛。长顺不由得烦躁起来，蹲下身子呜呜地哭了起来。

哭了一会儿，长顺渐渐冷静下来，他想自己的境况至少比那只老鼠好。那老鼠不停地在酒坛里跳着，哭喊着，要是被主人发现了，主人就会拿来棒槌把它砸死。要是主人没发现，它便会在坛里饿死、渴死。而自己要是被村里人发现

了，他们会把他救出去；如果没被发现，至少不会渴死，洞
里有的是水。长顺想，现在唯一的办法就是在洞里等着，等
着村里的人找到他。村里人怎样才能发现他呢？他觉得一定
要在洞口留下点记号。长顺便摘下头上的竹笠，使劲地往洞
口抛去。竹笠撞到洞口的石头之后又掉了下来。长顺找到竹
笠，重新向上抛去，竹笠终于像展开翅膀的老鹰一般飞出了
洞口，掉到乱石堆里。长顺又往水里丢下一只草鞋，希望借
着水力把草鞋带出去。可草鞋浸了水之后只流了一米多的距
离后就沉了下去，牢牢地搁在水底的石头上。

　　天色渐渐暗下来，春桃焦急地站在院子里张望着龙脊
背。秋菊说，长顺一定是进山采草药去了。往年，长顺时常
从山里采回矮茶、"老鼠痣"，秋菊便用这些药材炖兔子肉
给家人滋补身体。

　　月亮爬上了树梢，天幕上星光点点。长顺依旧没有回
来，春桃叫炳荣、炳茂、永明兄弟仨点起火篾灯到龙脊背
去接。兄弟仨来到山坳路口，等了一会儿还不见长顺回来，
便往虎溪里走去。三人一边走一边喊，可就是听不到回音。
三人来到虎溪边的竹林里，只见队里的那头老牛和小牛犊静
静地站在竹子底下。兄弟仨又在虎溪边上转了一圈，可始终
不见长顺的踪影。兄弟仨决定先回龙口，或许长顺已通过别
的道回家了。炳荣想顺手把两头牛牵回，但牛极为倔强，一
动不动地立在那里，任凭怎么拉也拉不回来。兄弟仨回到家

里，可长顺仍没有回家，春桃急得只掉眼泪。村里男女老少都聚集了过来。村人说当年有个老司到村里做篾，夜里出去后就再也没回来，后来发现那位老司死在大清潭边，鼻孔、嘴巴里都塞满了泥。大伙儿又安慰说："长顺那身子骨，长得像铁搭似的，应该不会有事！"

春桃一家人便一直等着，可天亮了长顺仍然没有回来。

奎福发动全村的劳力去虎头山里找，山底村的劳力也过来帮忙。人们到了虎溪边的时候，看见那两头牛依然在竹林里静静地站着。众人便兵分两路，一路往虎溪上游找，一路往虎溪下游找。两路人马一边找一边喊，像梳子梳头发一般把虎溪周围的草丛、岩石底下细细地梳了一遍。往上游找的人一直找到水口崖底下，往下游找的一直找到大清潭边。包谷带着黄毛一路找过去，黄毛起先还"汪汪"地叫着，到了虎溪那里就不叫了。由于天晴，地上没留下一丝长顺的痕迹。

太阳渐渐在虎头山坳坠落，两路人马相继回到竹林里，都说长顺像水汽一般从人间蒸发了。黑夜降临，人们无奈地回到龙口，包氏躺在床上，急得两眼发直。春桃跪在床前，泣不成声地说："妈，我对不起你们胡家啊。我克死了炳荣他爸，又要克死长顺了，我还是死了算了。"秋菊赶紧扶起春桃，说："妹子，你千万别这么说。要是长顺没了，只怪他自己命薄。"秀丽、翠梅等人也来安慰春桃。春桃便抱住秋菊，哭着说："大姐，我的命真苦啊！"

水 | 063

　　虎头山上传来猫头鹰凄厉的叫声。长顺想起不远处那具骷髅，顿时感到后脊阴森森的，像有一条蛇爬了上来。长顺屏住呼吸，甩一下脑袋，瞪起眼睛环顾一下四周，梆梆地拍几下胸部，震得洞里打雷一般轰轰响，大声喊道："洞里洞外的妖魔鬼怪，你有胆冲老子来，老子不怕你。"喊完之后，长顺便感到什么也不怕了。长顺想那具骷髅跟自己一样，是一个落难之人。既然是同命运的，应该如兄弟一般，不会互相伤害吧。

　　"兄弟？"长顺忽然想起哥哥大顺来。当年哥哥就是在虎头山上失踪的，莫不是哥哥也在这里？

　　长顺立即划了一根火柴，往那具骷髅走去。火柴的光亮映出一副长长的骨架，长顺觉得这骷髅的体长和哥哥的差不多。长顺低头细看，发现骷髅的旁边有一颗黑乎乎的桃核一般的东西，长顺捡起来一看，发现是一个烂了管子的烟筒头。

　　这烟筒头长顺认得，是当年兄弟俩一起去石竹园里挖来的。长顺顿时泪如雨下，扶着骷髅哭着："大哥，可找到你了，找得我好苦啊。"想起当年与哥哥一起上山下地的情景，长顺愈哭愈伤心。

　　"哥，我一定带你出去。"长顺越发坚定了活着出去的信念。他想，村里人一定会来救他的，目前唯一的办法就是坚持，多坚持一分钟就多一分活下去的希望。怎样才能让自己坚持得更久呢？那就尽量保存体力，不做无谓的消耗。

　　长顺在石头上静静地坐着，肚子里空荡荡的，咕咕咕的犹如青蛙在里面跳动。一缕月光射进洞里，长顺仰起头张着嘴巴贪婪地望着洞外，似乎想把那缕月光牢牢地吸进肚子里藏起来。

　　天亮了，洞里漏进一缕白光。长顺感到头昏脑涨的，连直起腰的力气也没有了。长顺坚持着站起身来，搓了搓手，跺了跺脚，到溪里搓了把脸，喝一口水。他坐回到石头上，睁大眼睛望着洞外那一角湛蓝色的天空。

　　长顺舍不得抽掉烟盒里仅存的几撮烟丝，也不想浪费最后几根火柴。他呆呆地在石头上坐着，像一只孤独失落的石蛙。

　　一缕阳光从洞口里射进来。长顺钻到阳光底下，感到一丝暖意。一晃眼，阳光又消失了，长顺冷得瑟瑟发抖。他想，外面艳阳如火，村里的人们正在忙着挑水浇苗呢。要是自己能活着出去，就可以带领大家把这里的水引到龙溪里去，龙口村就再也不怕大旱了。可这里实在太偏僻了，村人是不会到这里来找他的。长顺绝望地低下了头，呆呆地听着脚边叮叮咚咚的水声。过了一会儿，长顺重重地拍了一下脑袋，自己怎么就没想到呢？水是往下游流去的，自己可以制造一些异常情况，下面的人发现了就会找上来。

　　长顺随即下到水里，搬来水底的石头和砂子，筑了一道水坝。水渐渐满了起来，长顺迅速把水坝拆开，水便哗哗地往下流。长顺懊悔自己太迟钝，没有早点想到这个办法。他掐指算了一下，自己在洞里已经待了六天六夜了。长顺管不了那么多，一趟趟地拦水，放水，直到天黑了才歇下来。

第二天早上，长顺感到自己的身体快僵硬了，他用力晃了一下脑袋，听到自己的脖子发出了咯吱咯吱的响声，就像房屋的抬梁断裂似的。长顺又下到水里，筑坝，拦水，放水，后来连直起腰的力气也没有了。长顺多想躺在溪边的石头上，美美地睡上一觉，犹如腾云驾雾一般升上天空，悠悠荡荡地离开这个世界。长顺的眼前迷迷糊糊地浮现出母亲的影子：母亲裹着小脚，迈着碎步急促地向他走来。一边走，一边喊："阿顺，你在哪儿啊！"长顺迎了上去："妈，我在这儿呢！"一伸手，母亲便像一缕青烟，散开了。长顺急喊着："妈，别走！"

长顺又想起了春桃，想起了那群孩子，想起龙口的人们，他多想化成一只蝙蝠，飞出洞口，飞到龙口的家里。长顺挥拳重重地敲打自己的眉心，好让自己清醒过来。他一手撑着岩壁，一手抓着石块，继续筑坝，拦水，放水，最后累得趴在崖壁上。他坐下来，点燃烟袋里的最后一撮烟丝，轻轻地吸着，把烟雾全都吞进肚里。他看到烟筒头的火光一闪一闪的，就像一朵绽放的桃花，眼前便浮现出那阵刻骨铭心的桃花雨来：桃树下，春桃笑盈盈地向他招着手。长顺把春桃拥进怀里，感到浑身暖融融的。春桃忽然变成了一棵冰柱子，长顺急喊："春桃，你怎么了？"长顺睁开眼睛，发现烟筒窟里的亮光没了，他伸手去摸烟袋里的烟丝，里面空空的。长顺冷得发抖，他用刀把竹烟筒劈成两半，用最后一根火柴点燃竹片。竹片发出"嗞嗞"的声音，冒着白光，长顺把燃烧的竹片搂进怀里。拥有热量之后，长顺又下到水里，搬起砂石，拦水，放水。

长顺身上的热量很快散尽，他眼前浮现出哥哥的影子，长顺迎了上去，紧紧地把哥哥抱进怀里。

七天以后，村里人放弃了寻找，说长顺没有活着的可能了。程大爷背着长烟筒，一边走一边咳，他说这或许就是胡家的宿命，当年胡大爷也是毫无前兆地就失踪了，现在轮到大顺和长顺兄弟了。村里人听了摇着头叹着气。

清晨，春桃带着炳荣、炳茂、永明、永昌来到龙脊背上。春桃跪在地上凄惨地哭喊着，喊得太阳穴一炸一炸地疼："长顺，你回来吧！"炳荣喊道："叔，你回来吧！"炳茂、永明、永昌跟着喊："爸，你回来吧！"春桃不甘心，叫炳荣、炳茂兄弟继续去山里找。

春桃带着永明和永昌回到家里，包氏从床上抬起头来，一双眼睛直直地瞪着她。春桃打了个哆嗦，把头埋进秋菊的肩膀里。包氏头一歪便断了气，那双眼睛依然如铜铃一般睁着。

村口有几只黑头鸟"噗噗噗"地飞了起来，屋里传出一阵哭声。

炳荣、炳茂来到水口崖底下。炳茂抬头一看，发现水口崖里的水没了，便奇怪地问："哥，怎么没水了？"

炳荣摸着脑袋说："是啊，真是奇了。"

忽然，水口崖冲出一股水柱，白花花地泄了下来。兄弟俩顿时目瞪口呆。

炳荣喊："快，叔在上面。"

兄弟俩立即像壁虎一般拉着大麻草爬了上去，抓住了那棵山茶树，一跳又抓住了那棵乌枝树，经过那片杂树林，急急地到达崖顶，又像河蟹一般在乱石堆里爬上爬下。炳茂忽然发现石头底下有一个竹笠，便大声喊："哥，快来看啊。"炳荣跑了过来，一看是长顺的斗笠。两人发现斗笠的旁边有一个岩洞，里面传出潺潺的水声。炳茂把脑袋探进石洞里，脚底下一滑便掉了下去，"咚"的一声掉进一个水潭里。洞里黑漆漆的，炳茂喊："哥，里面很黑，看不见。"炳荣砍了几根松明，点燃后用绳子挂着放进洞里。洞里被照得雪亮。炳茂一看，惊得合不拢嘴。只见长顺紧紧地抱着一个骷髅头，靠在一个石壁上，旁边放着一把砍柴刀。炳茂一阵欣喜，对着洞口喊："哥，找到啦，找到啦！"炳荣问："还活着不？"炳茂叫了声"爸"，没有回音。他用手指在长顺的鼻孔前探一探，发现还有微微的气息，便对着洞口喊："还活着呢！快放绳子下来。"

炳荣喊："你在下面等着，我回村里叫人过来帮忙。"炳荣风似的往山下跑去，一直跑到龙口。

炳荣气喘吁吁地跑进院子，大声喊："找到了，找到了！"春桃听见后从中堂里跑了出来，问："什么找到了？"

"叔叔找到了！"

"还活着吗？"

"活着呢！"

村人听了立即"呼"的一声往虎头山跑去，跑到洞口，放下棕绳。炳荣下到洞里，与炳茂一起把绳子捆在长顺的腋下。上面的人一使劲，长顺便缓缓地升上去，升出了洞口。

村人簇拥着把长顺背到家里，放在板凳上。春桃噙着热泪给长顺喂了几口稀饭，长顺渐渐缓了过来，睁开眼睛问："妈呢？"春桃噙着泪说："妈去了。"长顺"哇"的一声从板凳上坐起来，脚一落地，便软绵绵地瘫倒在地上。众人架着长顺来到包氏的遗体前，掀开头上的黑布巾，只见包氏的眼睛依然睁得大大的，直直地瞪着长顺。长顺说："妈，我回来了。"用手轻轻一碰，包氏的眼皮便合上了。

长顺跪在地上"呜呜"地哭着，包谷上前安慰："好了，不要哭了，你回家了，你妈也就安心了。"

村人给包氏入了殓，抬到白骨洞外的山坡上葬了。

埋了包氏以后，长顺带着陈狗儿下到洞里，把大顺的骸骨装到"金瓶罐"里。众人把罐子抬到白骨洞前，准备在路边的坎里先挖个洞埋起来，以后再移到坟里。秋菊抱住罐子哭喊着："大顺，你这个死鬼，怎么抛下我一个人就走了……"众人把秋菊从地上扶起来。包谷安慰秋菊:"秋菊嫂,你现在可以安心了,以后也不要记挂他了。"

秋菊止住哭声,冷不丁又冒出了一句:"我家大顺没有打共产党,他一定是不愿意给他们带路才逃到洞里去的。"

包谷说:"是啊,现在可以断定,大顺没有打共产党,你也不要再念叨了。"

秋菊站起身,抽泣着走下山去。一边走,一边嘟哝着:"我家大顺没有打共产党。"

长顺带领一班人进入洞里,点起火把,顺着溪流向上走去,到了尽头。长顺说:"这里应该比洞口高吧!"包谷说:"这里的洞弯弯曲曲的,怎样才能把水引出去啊?"

长顺说:"我想好了,用竹筒引。"

村人从附近山里砍来毛竹,用木棒把竹节掏空放进洞里。一班人先在洞里水源最高的地方用砂石筑一道小坝,把毛竹的一端放在坝口,让水顺着竹筒咚咚咚地往下流。竹筒一节套一节,接口处用碎布塞紧,一直接到洞口的下面。洞口处又立起一根毛竹,留着最底一节竹节,竹节上部横着挖一个小洞,把毛竹一头横着穿进去,水便沿着竖起的毛竹漫上来,流出了洞口。洞外响起一阵欢呼声。

第二天,村人又砍来毛竹,全都掏去竹节,一根根地背进虎头山里套起来。大家正干得起劲,山顶上忽然出现了一伙拿枪的人,大声喊道:"住手,再不住手就开枪了。"

大伙儿一愣，原来是虎头山林场的民兵，领头的是赵书记。书记找到长顺，说虎头山是林场的地界，你们不能随便引水。长顺说我们引水是为了浇灌田地，再说这里的水反正是往下流走的。赵书记说你们又砍树又引水，这是破坏水源和森林。

双方谈判没有结果。村人要架毛竹，林场的人不让架，最后已架好的都被民兵推了下去。奎福一伙人不肯，便冲了上去，双方便互相推搡起来。长顺觉得这样下去会闹出人命，便叫村里人歇了手，准备找领导解决问题。

长顺和奎福来到公社里找了林书记。林书记给林场的赵书记打了个电话，叫他们支援龙口村。赵书记那边就是不同意。林书记跟长顺说："你们还是去县里找邓法书记吧。"

清晨，天刚蒙蒙亮，长顺和奎福便带上口粮从龙口出发。先徒步来到坑口，再坐客车来到县城。那时天色已暗了下来。

县城的天气异常闷热，长顺和奎福感到浑身黏糊糊的，仿佛从烂田泥里爬出来一般。两人看见街上摆满了竹床，男人们穿着背心和短裤，腆着肚子摇着蒲扇躺在上面睡觉。两人便在街角处靠墙坐了下来，啃了几口番薯丝团，然后又点上烟丝抽起来。一群蚊子"嗡嗡"袭来，两人从路边的行道树上掐下一把树枝，不停地赶着蚊子，一直折腾到半夜才迷迷糊糊地睡着。黎明时分，两人感到有点凉，发现当街的人们都搬进屋里去了。两人便蜷起身子，缩进角落里，索性吸起了烟丝，聊到天亮。

第二天，长顺和奎福早早来到县府门外，看见两位背着枪的解放军战士雕塑一般地站在门口。两人有点胆怯，迟疑着不敢进门。长顺硬着头皮低头走了进去，奎福紧紧地跟在后面。刚接近门口，一位战士用枪横着拦住了他们的去路，另一位依然像一棵松似的站在那里。那位战士一脸严肃，问："干什么的？"长顺听不懂普通话，只是怯生生地看着那位战士，不知道说什么好。门外开来一辆黄色的吉普，从车上走下一位穿中山装的年轻人，问："你们找谁？"长顺说："我们找邓书记。""有介绍信吗？"长顺摇摇头说："没有。""没有就不能进。"年轻人说完进了大门。奎福硬着头皮想往里闯，被长顺拉了回来。

两人退到门外的一棵柳树底下，一边抽烟丝一边看着大门。县府的大门不断有人进进出出，长顺和奎福始终没看见邓书记的身影。天上的太阳红红的，像个火球似的。长顺和奎福身上的汗水像榨油一般流出来。

正午时分，县府里像倒豆子一般泄出一拨人，他们纷纷向长顺和奎福投来异样的目光。人走完了，县府的大门又恢复了平静，两位战士又像雕塑一般挺立在那里。

街道对面有一家饭店冒出了热气，飘来一阵阵饭菜的清香。两人舔了舔干裂的嘴唇，肚子"咕咕咕"地叫起来。

长顺叫奎福过去吃点东西，自己先盯着。奎福穿过马路来到了店里，只见里面有不少顾客在吃面。奎福瞟了一眼四周，见柜台后坐着一位穿白衣服的服务员，便问："一碗面要多少钱？"服务员说："两毛。""有一毛的吗？"服务员鄙夷地看了奎福一眼说："没有。"奎福从兜里掏出两毛钱递给服务员。服务员递给奎福一张纸票，叫他递进对面的窗口里。

奎福把票递进一个如鸡窝门一般的小洞里。过了十来分钟，奎福看到另一个窗口里放着一碗面，上面洒着几粒葱花。洞里传出一声叫唤："面！"

奎福端来面坐到桌前，拿起筷子呼呼地把碗里的面条收进肚子里，舔干净粘在碗角上的几粒葱花，又往碗里倒满开水，连同碗里的油沫一起喝进肚子里，然后舔舔嘴巴走出店铺，回到柳树底下。

长顺问："吃了什么？"

"一碗面。"

"多少钱？"

"两毛。"

长顺叫奎福盯着，起身往街对面走去。不一会儿，长顺从马路对面走过来，拿着一个碗口一般粗的圆饼放进嘴里嚼着。

长顺掐了一小块递给奎福。奎福放进嘴里，感到甜甜硬硬的。

长顺说还是买饼划算，一毛钱一个，吃了比面条饱。

午后，太阳在头顶上释放出红的火光，晒得马路发白。

长顺和奎福身上的汗水像小河一样从毛孔里淌出来，皮肤上似乎结满了盐霜。汽车在路上飞快地行驶，车后扬起一阵干巴巴的尘土。马路边柳树上的知了烦躁地拖着长音，像一位哑了嗓子的老人在哭泣。马路上不时有卖冰棍的小孩走过。小孩十三四岁，腰里挎着一个木箱子，穿着背心，皮肤被晒得黑不溜秋的，头上裹着一条发黄的毛巾，一边走一边喊："卖冰棍嘞。"小孩来到两人面前，挑衅似的问："冰棍要不？"长顺和奎福赶紧摇摇头说："不要。"等小孩过去之后，两人忍不住舔了舔干燥得起了褶的嘴唇。

长顺在树下打起盹来，又怕误了看人，便强忍着撑起眼皮。他干渴难熬，一抽烟丝便不停地咳嗽。他想起在家时，每次从地里回来，春桃便端上一碗凉茶，自己仰起头咕咕灌个透心凉。在山里的时候，还能找到一泓清泉，埋下头来咕噜噜地灌。

柳树旁边阴沟里的水泛着白沫噗噗地流着，长顺的眼前出现了山里的那泓清泉，便晕乎乎地向沟里走去，一个趔趄栽倒在沟里。

奎福赶忙下沟扶起长顺。长顺一起身立即像煮熟的面条一般歪歪扭扭地焉了下去。奎福扛起长顺，脚踩阴沟边松软的泥土往上爬，感到长顺像一座山似的向自己压过来，忽然脚底一滑，两人又咕噜噜地滚到阴沟里。

马路上围过来一群人，他们撑着伞好奇地看着沟里的两个泥人。奎福央求路人帮他拉一把。可谁也不愿意伸出手来，有几个年轻的女人捂着鼻子走了。

一辆黄色的吉普车"嘎"的一声在马路边停了下来。车上下来一位穿着中山装的年轻人，他拨开人群看着阴沟，然后又回到车上。车门打开了，一位身材魁伟的中年男人拨开人群，下到阴沟里，扛起长顺往上走。奎福哽咽地叫了一声"邓书记"，泪水从眼眶里涌出来。

邓法把长顺放到柳树底下。长顺缓过神来，邓法问："要不要紧？"长顺说："不要紧。"

邓法交代身边的年轻人小李把长顺和奎福送到机关招待所，说他先去开个会。又嘱咐长顺和奎福好好休息，晚上再来看他们。

年轻人领着长顺和奎福上了吉普车，吉普车"嘀"的一声向前驶去，窗外的房子和树木呼呼地往后退。长顺和奎福紧紧地抱着前面的座椅。奎福瞟了一眼前面位置上的小李，只见小李三十来岁，理着平头，眼睛小小的，总感觉在哪见过似的，他想问："同志，你是……"话到嘴边又收了回来。不一会儿，车子便在一个院子里停了下来。

两人下了车，坐在大厅里的一张椅子上休息。不一会儿，一位女服务员过来把两人领到一个房间里，临走前还递给长顺和奎福每人一张盖着圆印的纸票，说："晚上吃饭时用。"

房间里一色雪白，雪白的墙壁、雪白的床单，就连墙边的脸盆也是白的。奎福端起脸盆走出房门，他看到一个水泥台上有一个水龙头。一拧，水便哗哗地流了出来。奎福把脑袋埋在水龙头底下，哗哗地冲了个透心凉，然后端了一盆水回到房间里，捏了一把毛巾递给长顺。长顺接过毛巾擦去脸上的泥巴和汗水。奎福又给长顺倒了一杯开水。长顺喝了水后，脸色便渐渐红润起来。

长顺和奎福不敢往床上坐，怕弄脏床上的被子，便在书桌前的板凳上坐了下来，吸了一会儿烟丝，估摸到了晚饭时间，便走进餐厅，把票递进窗口里。窗口里面的服务员用勺子给两人各打了一碗早秋米饭，一碗豆腐，豆腐里有几粒肉丝。两人狼吞虎咽地把饭和菜吃个精光，然后又回到房间等邓书记过来。

天黑了，长顺和奎福看到别的房间里亮起了灯，两人不知道怎样弄，便怯怯地问隔壁房间里一位干部模样的中年人。那中年人瞄了两人一眼，走进门口"滴答"一拉，灯便亮了。长顺好奇地把线拉，灯又灭了，一拉又亮了。

两人泡了一杯茶，吸了几口烟丝，便见邓法穿着白衬衫，满头大汗地走进房间。邓法脱了鞋蹲坐在床上，从兜里掏出一包"新安江"牌香烟，分给长顺和奎福。长顺和奎福摇摇头没接，说还是抽烟丝过瘾。邓法便借着长顺烟筒里的火星点了香烟，重重地吸了一口，吐出烟圈。

邓法问："你们一定是遇到什么困难了吧？"

长顺和奎福便把村里缺水、找水和引水的事一一跟邓法说了。

邓法叹了一口气说："没想到你们村里遇到了这样大的

困难。不过引水的事，我要下去调查一下，没有调查就没有发言权嘛！"

邓法说他会尽快安排时间来龙口，叫村里人安心等着。三人一直聊到晚上十点多，邓法才离开招待所。临走前，邓法嘱咐两人先停止引水，以免引起争端。

第二天早上，长顺和奎福便早早起床，去招待所里吃了两个馒头，喝了一碗豆浆。去结账的时候，服务员说邓书记已付过钱了。两人去了车站，乘车回到坑口，再步行回到龙口村，那时月亮已挂上了天空。

两天以后的晚上，石岭公社发来广播通知，说邓书记已到石岭，第二天来龙口村，叫长顺安排人一起去虎头山。

第二天早上，太阳刚刚爬上石岭山坳，长顺和奎福便来到龙岭头接邓书记。两人远远看到对面的山底岭下来一拨人，不久，那拨人便越过清溪桥，爬上了龙岭。为首的是公社里的林书记，往后便是邓书记，后面还跟着几位干部。邓书记头戴草帽，身穿白衬衫，脖子上挂着一条白毛巾。

一踏进龙口村，邓法他们便看见龙口的男男女女有拿脸盆的、有提水桶的、有挑马桶的，一趟一趟往田里运水浇苗。邓法发现一个小女孩，满脸泥巴，端着半脸盆水晃晃悠悠地登上石阶。他立即接过脸盆，放在旁边的平地上，从兜里拿出一块饼干塞进小女孩的嘴里。春桃正提着一桶水上来，便叫："阿囡，快谢谢大爷。"

叶茶怯生生地看着邓法，不敢开口。

邓法端起脸盆登上石阶，叶茶在后面紧紧地跟着。同来的有帮妇女提水桶的，有帮老人提马桶的。到了田里，干部们看见土里裂开一个个大口子，很多稻苗都枯死了。

邓法他们不喝茶，也不歇脚，风风火火地赶到虎头山。虎头山林场的赵书记一班人早已等在那里。

一伙人又来到顺顺洞的洞口（因洞是长顺发现的，村里人便取名叫顺顺洞），只见一泓清泉从竖起的竹竿上"啵啵"地漫上来。长顺领着县里的领导通过竹梯下到洞里，点亮松明灯在洞里转了一圈，然后走出洞口。

邓法问黄局长："这里的水被引走了会影响生态吗？"

黄局长站在一块山石上，俯视着虎溪周围莽莽的林海，说："不会有影响。这里山高林密，水源充足。"

邓法转身问吴局长："老吴，你同意让村里引水吗？"

吴局长转身问赵书记："老赵，你的意见呢？"

赵书记说："我听你的。"

吴局长说："那就同意吧。"

长顺连说："谢谢！谢谢！……"奎福在一边偷偷地抹眼泪。

邓法往龙脊背一路望过去，只见沿途层峦叠嶂，雾气缭绕，眉头不由得皱成山峰模样，心存疑虑地问长顺："那你们打算怎样把水引过去呢？"

长顺说："用竹筒接过去。"

邓法问黄局长："老黄，你是水利专家，你说该怎样把水引到龙口去？"

黄局长看一眼洞口，弯腰从地上捡起一根树棍，梆梆地敲打着横在脚边的竹筒，说："用竹筒引水也不是长久之计，每年要换一次。特别是出口的地方，竹管的接头不严密，引水的效果差。"

"那你说该怎样解决？"邓法问。

黄局长沉思了一会儿对长顺说："这样吧，我给你们找几节建水厂时废弃的钢管，做上螺纹和弯头运到坑口，你们派人搬过来，我再派个技术员过来把铁管接上。"

长顺连说："用着！用着！"

黄局长叫随行的小邱下到洞里去量一下长度。"至于外边呢？最好是筑水渠，一路还可以收集山水。"黄局长接着说。

邓法问长顺："筑水渠要付出很多人力，你们有信心吗？"

长顺说："有！"

邓法拍拍赵书记的肩膀说："老赵啊，龙口不仅要向你借水，还要向你借路呢，你要大气一点哦。"

赵书记说："我听邓书记的。"

长顺跟奎福嘀咕了一会儿，然后对邓法说："邓书记，我们也不想白占林场的便宜。这样吧，对面那片荒山，等水渠修好了，我们帮他们造林。"

赵书记脸上露出欣喜的表情，握住长顺的手说："那很好，我们林场正缺劳力。你们帮我们造林，我们也不能让你们饿肚子，我们管饭。"

邓法拍着手说："这样就好，你们龙口村和虎头山，不要搞龙虎斗，要共同发展嘛！"

"那是，那是。"人们异口同声地应和着。

黄局长说："渠修好以后，最好建一个水库把水蓄起来，那样就能旱涝保收了。"

"没问题，只要有水源就行。"长顺说。

邓法举起右手，伸出三个粗壮的手指说："路要一步一步地走，饭要一口一口地吃。这样吧，我给你们排个计划，今年用竹筒引水，解决燃眉之急。明年筑渠，后年筑水库。你们有信心没有？"

长顺说："有！"

"还是那句老话，自力更生，艰苦奋斗。"

"邓书记你放心，我们龙口人没一个是孬种。"话一出口，众人就哈哈笑了起来。长顺吐了吐舌头。

引水的事情处理完之后，邓法他们便回到龙口。经过白骨洞的时候，邓法领着干部进入洞里。只见白骨洞约五丈深，两丈宽，一丈高，里面被村人拾掇得干干净净。邓法说："这就是当年我养伤的地方。"干部们说："邓书记大难不死，必有后福啊！"邓法说："我哪有福啊，要是龙口的乡亲们不救我，我早就没命了。"邓法又领着干部们在满金的墓前深深地鞠了三个躬。之后，长顺又带他们来到谢大爷和大昆的坟茔前鞠躬。

太阳西下，林书记催促大伙儿快点回石岭，说天黑了看不见路。邓法说："你们先回吧，我在龙口待一夜，与老乡们叙叙旧，明天一早到石岭跟你们会合。"

邓法的秘书小李要留下来陪他，邓法说："你也回去吧。"

秋菊和春桃听说邓书记要到家里吃饭，忙叫炳茂把院子里那只公鸡抓住宰了招待邓书记。炳茂一圈一圈地追着公鸡，公鸡"咯咯咯"地在院子里漫天飞跑。炳茂追得满头大汗也没抓住公鸡。炳荣背着一捆烧火柴从山里回来，他把柴靠在院子里的石墙上，撸起袖子，像猫抓老鼠似的一步一步接近公鸡，跟公鸡相隔一米多许，往前一扑，公鸡一跳，便飞上院墙跑了。永明拿来一个龙兜①叫炳荣罩。炳荣拿起龙兜追到院墙外，看见公鸡躲在一簇草丛里，便蹑手蹑脚地靠近公鸡，用龙兜一罩，便把公鸡罩在底下。炳荣抓住公鸡的翅膀提回院子里。春桃拿来菜刀和碗放在石水缸边，叫炳茂宰。炳茂说："哥，你来。"炳荣说："好嘞！"炳荣拿起刀对着公鸡的脖子一划，血喷进碗里，公鸡扑腾了几下便不动了。

---

① 龙兜：方言。一种捕鱼的器具，用篾条或铁丝做成一个圈，圈里套着丝网。

　　天黑了，长顺领着邓法回到家里，坐进堂前间里。桌子上摆着鸡肉、青菜和咸菜。奎福过来作陪。

　　秋菊一见邓法，立即唠叨起来："邓首长，我家大顺没打共产党。"长顺不耐烦地说："嫂子，你看，你又提这事了！"

　　邓法说："不要紧，你让她说吧！你哥后来有消息吗？"长顺红着眼圈说："找到了，就在引水的洞里。他在里面待了二十多年，只剩下一具骷髅了。"

　　邓法叹了口气说："唉，他怎么会在那里面呢？"长顺说："我估计当年我哥不愿意给国民党兵带路，到了虎头山的时候趁机跑了，躲进洞里，由于洞口太高出不来了。我大嫂那时还听到几声枪响呢。"

　　邓法沉思了一会说："这样啊，我叫民政部门具体了解一下情况。大嫂，你也不要老记挂这事了，我们不会冤枉你家男人的。"秋菊噙着泪水走了，嘟哝着："我家大顺不会打共产党的。"

　　春桃端上一壶酒。邓法问春桃过得怎样，春桃连说："好，好。"

　　邓法问长顺："满金牺牲的时候，我看见春桃带着俩娃的。那娃呢？"春桃忙把炳荣和炳茂叫到邓法跟前。邓法一看，便一声惊呼："哇，长这么大了。"伸手摸了摸炳茂的光脑袋说："这俩娃长得虎头虎脑的，跟他爸很像吧。"春桃说："是嘞，村里年长的都说，这俩娃的眼睛跟他爸的就像一个模子刻出来的。"

邓法拉住兄弟俩的手问："怎样，生活过得好不好啊？"炳荣和炳茂怯怯地说："好。"

"那就好，那就好。"邓法拍拍炳荣后背，问："老大，你长大了想干什么？"炳荣昂起头说："我长大了想当解放军。"

"这孩子知道他爸是被国民党的枪打死的，便老说长大了要去当兵，平常也爱拿木枪玩。"春桃指了指靠在房间角落里的木枪。炳荣羞得低下了头。

邓法竖起大拇指说："当解放军好，保家卫国。"

邓法又拉着炳茂的手说："老二，你有什么愿望吗？"炳茂眨了眨眼睛说："我的愿望就是想吃大米饭。"在场的人不由得一阵哈哈大笑。

邓法向长顺问起俩孩子识字的情况。长顺说："公社里派了个教夜校的，老大倒好，用心，识了不少字。老二顽皮，上了几天只认得自己的名字。"

邓法又嘱咐兄弟俩要好好学习，多识字，长大了才有出息。兄弟俩默默地点了点头。

邓法向奎福敬了一杯酒，说："当年要不是你那老爸临危不乱，慷慨解囊，我那一关恐难过啊！"奎福扬起头闷下一口酒，不由得想起当年裹着篾席葬谢大爷的事来，眼圈开始发红。

长顺见了忙岔开话题，说："邓书记，他是做石头的，你别看他身材矮小，力气壮着呢！"然后掰起奎福铁耙似的双掌给邓法看。

邓法摸了摸奎福满是茧子的手掌，说："是啊，劳动最光荣，我们就是要靠勤劳的双手撑起一个家，撑起一个国家啊。"

邓法忽然想起当年给他送药治伤的大昆来，便跟长顺说："把大昆的儿子叫过来吧，我要向他敬酒呢！"长顺赶忙派炳荣去叫。炳荣像一阵风似的跑到外弯，叫来作发。

邓法端起酒杯敬作发，说："当年要是没你父亲给我敷药，我的命就保不住了。"作发低着头说："救人是'做草药'的本分啊。我们哪能见死不救呢？"奎福说："他父亲为了给人治病，不知尝了多少种药材，把自己都整得病恹恹的。"邓法说："治病救人，功德无量啊。"

一伙人聊到半夜才睡下。第二天，邓法早早起床赶往石岭。

邓法走了之后，村人立即砍来毛竹背进虎头山里，一条一条套着，从顺顺洞一直架到龙脊背上。

竹子架好以后，坑口那边又发来广播通知，叫龙口村的人去搬铁管。长顺又领了一班人赶到坑口，连夜把铁管搬回龙口。第二天下午，水利局派来的技术员也赶到了，进入顺顺洞把铁管接上来。洞里的水便通过手腕粗的铁管源源不断地冒出，流入竹管里，一直流到龙溪，再流入田里，村民们一阵欢呼。有了水以后，田里的稻苗便渐渐返青了。

忙了一阵农事之后，长顺带领一班人去虎头山勘察线路，准备秋收以后动工筑水渠。一班人从顺顺洞起身，顺着山梁一路向南走，只见虎头山和龙脊背之间挡着一座山崖——雷公崖，宽度约莫有半里路。

那雷公崖颇有一番来历。相传洞宫山一带有一条龙和一只虎整日相斗，玉帝派雷公下来制止。雷公抛下一块石头把龙和虎隔开，从此龙虎便不再相斗了。后人就把这块石头叫雷公崖。

要筑渠，必须要跨过雷公崖这道坎，怎么办？一伙人眼巴巴地看着长顺。长顺把目光投向奎福。奎福说："还能怎么办？凿道凹槽，让水流过去呗。只是一端只能一个人凿，人多了也派不上用场。"

"那要凿多长时间？"

奎福又伸头看了看山崖，说："至少要两年吧。"

"两年？"大伙儿想起邓书记安排的计划，都说两年时间太长了。可村里又没别的石匠，雇别村的成本又太高。

长顺皱着眉头吸着烟丝，把目光投向金四，问："老金，你主意多，你说怎么办？"金四一手拿着烟筒，一手挠起了大脑袋。

包谷在旁边催促道："金大头，你快点说，究竟有什么办法。"

半晌，金四慢条斯理地说："办法是有，只怕有人不愿意。"金四瞄了一眼奎福，吐了吐舌头。

长顺说："你只管说，看有谁敢不愿意。"金四对着长顺耳朵说出了一个人的名字，又嘀咕道："一个人要凿两年，两个人不就是一年了吗？"

长顺点头说："对，把奎安请回来。"

奎福一听到奎安的名字，便两眼圆瞪，脖子上的青筋像园里的竹鞭一般爆起来，对着金四吼道："金四你这龟孙子，我掘你家的祖坟了吗？你又提起那死瘸子来！"说完便伸手去揪金四，吓得金四直往长顺身后躲。

长顺呵斥道："阿福，你发癫了是不？亏你还是个队长呢，一点气量也没有。要以大局为重，是不？"

要是别人这样说，奎福会像蚱蜢似的蹦起来。在龙口村里，奎福只服长顺。

长顺对金四说："老金，你门路宽，你负责把奎安请回来。"那边奎福又发狠了："你们要是把那死瘸子叫来，我就不干。"

长顺说："奎安来不来关你什么事，你们各占一头，井水不犯河水。老金，你只管去请。"

"这个……"金四挠着后脑勺。

长顺说："一切由我来担当。队里也不亏待你，你要是把人请来了，队里算你二十天的工分。"金四立即说："好嘞！"

奎安出走以后，起初在山阳一带帮人做石头。可做石头毕竟是力气活，主家难免嫌他腿脚不便，效率低，叫他做的人便越来越少。后来奎安遇到一位打铜的永康老乡，便跟老乡学打铜，学成后置办了一担行头，独自挑着担子四处转悠。每到一处村子便拖长声音唱道："打铜打锡打酒壶喔，补锅铞锅曲①喽……"

金四四处打听，一路寻找，最终在丽水大港头找到了奎安。几年不见，奎安似乎比以前更消瘦了，腿也更瘸了，一把胡子硬邦邦的如叉开的竹锅刷。

金四一把拉住奎安的手说："哎呦，我的好兄弟，可找到你了。"

奎安一见到金四，便想起在龙口的遭遇，想起在外地闯荡吃过的苦，眼泪顿时簌簌地流了下来。

金四说："队里的人都想你了，叫我来请你回去！"

"回去？"奎安低下头来说，"不，回不去了。"

"怎么回不去啊？你本来就是龙口村的人嘛！"

金四便把村里想筑渠引水的事一五一十地跟奎安说了。金四说这次就是雇了轿子也要把他抬回去。

奎安尝够了在外地流浪的苦，他觉得自己就像没根的草，居无定所，飘到哪里算哪里。经金四这么一说，也动了

_____

① 铞锅曲：方言，"锅曲"即"锅铲"，一般用铜或铅制作而成。"铞锅曲"即"制作锅铲"。

回去的念头。可想起与奎福之间的尴尬事，又迟疑了起来。

金四连拉带拽地拉起奎安，挑起铜担往回走。奎安默默地跟在后头。走了一段路之后，金四又把担子放回到奎安的肩上。两人一直走了三天三夜才回到了龙口。村人纷纷过来看奎安，都说奎安像从监狱里放出来的犯人一般，心想一定是在外地吃尽了苦头。

奎安在金四家住了一夜之后便执意要上山。村人便在雷公崖外边搭起一个草棚，送上米、番薯丝和一些咸菜，铺上床，奎安便在棚里住了下来。村人又在雷公崖的北边搭了一个棚，预备给奎福住。

奎安上山以后，长顺就对奎福说："你明天就上工吧，队里的活你就不要管了，一天算你两天的工分。你住在山里就不要回家了，免得路上旷工。你不能在山里磨洋工，你和奎安要保证在明年的端午节前打通雷公崖，打不通你俩就失面子了。"奎福听了，默不作声。

第二天早上，奎福挑着石锤、石簪及被铺之类的生活用品上了虎头山，住进棚里。他刚放下担子，便听见山崖的南端传来"叮叮"的响声。奎福拿起锤子对准簪子重重地锤了一下，"叮"的一声，石头火星四射，震得虎口发麻。自此，雷公崖的两端便不停地传出"叮叮当当"的响声，似开了个打铁铺。

夜里，奎福靠在床上吧唧吧唧地吸烟丝。一只山蚊栖在奎福的光脑门上，把细长的尖嘴插进他的皮肉里。奎福感到脑门上传来一阵针刺般的疼痛，便岔开五指往脑门上"啪"地一拍，蚊子粘在奎福的掌心里，晕开一圈血迹，散发出一股血腥味，立即引出一群山蚊，"嗡嗡嗡"地向奎福袭过来。奎福懊悔自己太急躁，山蚊子是只能赶不能拍的。他拿起刀，想到棚外砍几簇柴烧起来驱赶蚊子。虎头山黑黝黝的，在月光的掩映下如老虎张开的嘴。奎福忽然看到对面的山坳里出现了几点微光，一晃一晃的。奎福想：那里莫非也住着人家？不对啊，那里是一片荒山，不要说住人，就是人的脚都很少踩到那块地方。那幽光渐渐多了起来，三三两两浮动，忽远忽近。渐渐地，奎福感到那幽光变成一个个穿着白衣服的女人，那女人没有脚，在空中浮着，一跳一跳的，往奎福这边跳过来。"鬼火！"奎福发出一阵惊呼，脑子里嗡嗡作响，身上的毛孔似被水烫过的鸡皮一般立起来。奎福迅速砍来几把桉树枝回到棚里，放在炉子里，拉动风箱，桉树枝"啦啦"地响着，迷漫出呛人的烟雾。奎福坐到床上，想，既然有鬼火，那里必定有鬼。那鬼是从哪里来的呢？他想起年少的时候，听说虎头山那里白军和红军打过一仗，双方都死了好多人，可能是那些人阴魂不散吧。奎福的头皮一阵阵发麻，脚底直冒汗。奎福想，自己与他们无冤无仇的，该不会寻到这里来吧。奎福就这样安慰自己，然后呼呼睡着了。半夜里，奎福被一阵簌簌的声音吵醒，他一听是从棚的上边传来的，不由得"噌"的一声坐了起来，拿起枕边的铁锤重重地敲了一下钢簪，学着做戏的口吻说："何方妖魔，

敢出来和老谢一斗否？"只听"吱"的一声，草棚上窜过一
只山鼠。

　　第二天早上，奎福起床后感到全身软绵绵的，他对着水
桶擦了把脸，生起炉子呜呜地拉动风箱，煮熟稀饭，呼哧呼
哧地喝进肚子里，吃完后又到崖上凿石头。

　　清晨，草丛里的露珠闪着白光，秀丽挎起篮子爬上龙脊
背，感到浑身汗津津的，觉得身上的衣服比以前紧了许多，
心想自己确实长胖了。眼前是一个三岔路口，下一条通往
雷公崖南端，奎安就住在那里。秀丽不觉迈开脚步，转过
山冈，远远看见山脊上有一座草棚。奎安从棚里出来，端着
脸盆往外倒水。秀丽想到棚里看看，跨出脚步又立即缩了回
来，叹了一口气后转身往回走，回到岔路口继续往龙脊背上
爬去。转过几个山冈，下了一段山岭便来到了奎福的棚里。
奎福一见到秀丽便把她抱到床上，两人温存了一番。奎福
说，山里实在太寂寞了，想回家过夜。秀丽说："你别回
来，又旷工，又让人闹笑话，说你没见过腥似的，到时候我
自会送上门来的，你还不满意吗？"奎福往秀丽的脸上嘬一
口，嬉皮笑脸地说："我是怕我不在，你想别人。"

　　"你的良心被狗吃了！"秀丽用手掌轻轻地扇了一下奎
福的脸，然后又一本正经地说，"你不要惦记我，如今立洪
也长大了，可以给我当帮手了。"

　　"这孩子跟我一个样，懂事。"

“废话，不像你还能像谁啊？只怕将来也长成你那模样，三寸钉似的。”秀丽娇嗔地看着奎福。

秀丽想到崖里看看奎福究竟凿进了多少。奎福忙说：“别去，女人去了不吉利。”

“不去就不去。”秀丽噘起嘴巴下山去了。

一天早上，奎安起床后发现棚外放着十个鸡蛋，用芋叶裹着。不久，金五来到草棚里，他给奎安送来两棵白菜、五个鸡蛋，拿回换洗的衣服。

秋收以后，村里的劳力纷纷上山，在雷公崖的两端挖水渠。劳力们先砍出一条山道，然后挥起锄耙挖出一道水沟。遇到石头便用石簪凿，遇到沟壑便搬来石头先砌成墙，在墙上再筑一道水沟。

冬天到了，虎头山上的风呼呼地刮着，冷飕飕的，把人们的脸上刮得青一块紫一块的。地里起了霜，像铺了一层盐。人们有挖土的、做墙的、抬石头的，山谷里传来一阵阵脚踩地面“嚓嚓”的响声，好像一支军队路过。

炳茂和炳荣抬着石头在新辟出的山路上走着。炳茂脚底下一滑，石头便挣脱了岩链，骨碌碌地往山下滚去，山间传来石头碰到山崖的巨响。长顺忙叫：“小心点，脚步要踩实。”炳茂低头一看，发现右脚的草鞋筋断了，脚趾碰出一块乌青来。炳茂双手捂住脚趾直喊疼。作发赶过来，揉了一下炳茂的脚趾骨说：“还好，没伤到骨头。”炳荣脱下自己的草鞋给炳茂换上，然后赤着脚提着坏鞋来到长顺跟前，说："叔，炳茂的草鞋筋断了。"

长顺正在做岩坎，他停下手里的活，接过炳荣的草鞋放在地上，顺手用草刀割下旁边的一绺大麻草，往手心里吐了一口唾沫，把大麻草放在手掌里一搓，便拧出一条绳子，接上了草鞋筋。长顺拎起草鞋掂了掂，草鞋像鲤鱼一般晃动了几下。长顺说："先穿着吧。"炳荣穿上草鞋，继续与炳茂抬石头。

大年三十，北风呼啸，虎头山上飘起了雪花。奎福冷得浑身发抖，手脚硬得似铁条一般。他到棚外一看，只见虎头山里白茫茫一片，树上、崖壁上都积满了雪，还挂下了一根根冰柱子。奎福生起炉子，烤了一会儿炭火，准备再凿半天就回家过年。他弯腰用脚步估量一下自己凿进去的长度，约莫有十几丈了。他想看看"死瘸子"那边凿进了多少，便脚踩沟沿，探出脑袋往南端看。不想脚底下踩到了一块雪，整个人"呲"的一声滑了出去，咕噜噜地滚下悬崖，崖壁上的雪簌簌地往下落。奎福叫了一声"皇天"，伸手乱抓，抓住了雪堆里的一绺大麻草，身体挂在悬崖上。奎福晃动双脚想找一处垫脚的地方，可脚底下空荡荡的，整个身子像荡秋千似的晃起来。他本能地喊了一声"救……"，可话刚出口又咽了回来。他想山里没别的人，只有那"死瘸子"才可以救自己。也是自己命该绝，他巴不得自己死了好去霸占秀

丽呢。奎福又不想自己的命就这样没了，双手便狠命地抓住
大麻草，手腕上的青筋一根根暴起，像一条条蚯蚓在爬动。
奎福咬牙坚持了三四分钟，手腕感到酸酸的，身体渐渐往下
降，眼看就要掉下去了。就在奎福绝望之际，奎安像蜘蛛一
般地从悬崖上挂了下来，伸手抓住奎福的手腕，用力往上一
拽，奎福的身体便升了上去。奎福抓住了一条腿，那是一条
弯曲的瘸腿，像树勾一般勾住了奎福。那条腿极力往上缩，
关节发出"咯咯"的响声。奎福的脚终于踩到了崖壁上的一
个石槽，然后又抓住了一根棕绳。

　　原来奎安凿石头的时候，不仅蹲在沟里凿，还从悬崖的
上端挂下一根棕绳，绑住身体爬到沟外，把铁杵敲进缝隙
里，石块就会整块裂开。早上，奎安忽然听见悬崖外发出一
阵咕噜噜的响声，又听见奎福喊了一声"皇天"，急忙探出
脑袋去看，只见崖壁上的雪留下一道滑过的痕迹，心想定是
奎福掉下去了，便急急地爬到悬崖上，把绳子绑在身上降了
下去。

　　奎福和奎安的身体紧紧地贴在一起，像一对孪生的葫
芦。两人紧紧地抓住棕绳往上爬。忽然绳子往下一拽，两人
又向下滑了一米多的距离。奎安抬头一看，只见悬崖上端绑
棕绳的小松树离开了崖壁的缝隙，根部高高翘起。奎安想那
树根最多只能支撑一个人的重量，要是断了，两人都会滚下
山崖摔死。

　　"死两个不如死一个。"奎安想。虽然大哥对自己恨之

入骨，但嫂子却像亲人一般对待自己，还是让自己去死吧，救了奎福，也算对谢家报恩了。

奎安说："哥，你上去吧。"然后放开手，紧贴着山崖向下滑去。

奎福转身一看，奎安已在山崖上消失了，便忍不住大声喊起来："兄弟，我的好兄弟……"喊声在空旷的山谷里回荡着，一行热泪从奎福的脸上滚了下来。

奎福抓住绳子向上爬，即将爬到洞口的时候，树根断了，奎福抓住沟沿的石头爬进沟里。

金五过来接奎安回家过年。奎福指着沟外的崖壁说："快，快，快去救奎安！"金五迅速把洞外的棕绳拉进来，一头绑住岩尖，一头绑住自己的身体，然后一步步地下了山崖，立在一块凸出的岩石上探头往下看，脚下是刀削斧劈般陡峭的崖壁，空荡荡的什么也没有。金五喊了几声"奎安哥"，底下没一丝回音。

金五爬回洞里，摇摇头说："看不见人，怕是摔到下面去了。"

奎福说："你快回去叫村里人过来帮忙。"金五飞一般的往村里跑去。

奎福呆呆地坐在洞里，想：奎安为了自己，命都可以不要，他和秀丽定然不会做出出格的事来，看来自己真是误会他们了。"我真不是人啊！"奎福用拳头狠命地锤打着自己的光脑壳。

村里人兵分两路赶了过来，一路由包谷带着来到雷公崖脚下，一路由长顺带着来到沟里。

金四含着泪说："这么高滚下去，准是摔死了吧！都怪我，把他叫回来，送了他的命，真是作孽啊！"

金五和炳荣绑上棕绳，顺着崖壁一步步往下挂，直挂到半崖。两人探出身子，只见脚下有几棵小树嵌在崖缝里，树顶上积满了雪，山风呼呼地吹来，雪花簌簌地掉下山崖，让人看了心惊胆寒。奎安搁在一棵碗口粗的山茶树上，像一只找果子吃的猴子。

金五想叫，炳荣伸出手指"嘘"了一声，悄声说："不要说话，惊醒了奎安叔，他一挣扎就会掉下去了。"

两人下到山茶树底下，炳荣小心翼翼地爬上树杈。只见奎安脸上、手腕上青一块紫一块的，身上的衣服被磨得像鲤鱼的鳞片一般。炳荣用手指探一下奎安的鼻孔，鼻孔里微微地呼出气来。炳荣用绳子绑住奎安，金五在下面托着，两人把奎安放到树底下。炳荣用手指掐了一下奎安的人中，奎安便慢慢地睁开了眼，眨了眨眼珠子，看看四周，问金五："阿五，这是哪儿啊？"

"山崖上呢！"

"我还活着？"

"还活着呢！我们把你放下去。"

炳荣和金五往山脚下喊了几声，下面有了回音。两人便抓紧绳子的一端，缓缓地把奎安往下放，一直放到崖底。下面包谷、包怀一伙人接着，把奎安背回到龙口作发家里。奎安渐渐缓了过来，只感到头晕乎乎的。作发细细地检查了一下奎安的身体，发现除了一些皮外伤别无大碍。村人都说奎安命大。

奎福背着奎安来到家里，秀丽迎了上来。奎福把奎安放到板凳上，跟秀丽说："阿丽，多热一壶酒。"

过了正月初四，奎福和奎安又来到了雷公崖。奎福走进奎安凿的沟渠里，发现奎安凿进的距离比自己长了很多。奎福纳闷，自己也不曾偷懒，怎么还比不上一个瘸子？一问，才知道奎安不仅勤快，还会用"巧劲"。他不仅找山崖外的崖缝凿，还使用火烤的办法：在石头边烧起火，把石头烤得发红，然后端来一脸盆的水，"噗"的一声泼到石头上，石头便"嘭"的一声裂开一大块。奎安说这是他打铜化锡块时得到的启示。奎福羞愧难当，心想自己比奎安出道早，还要向奎安学习经验。往后奎福也学着奎安的法子干，效率比原先高了许多。

两个月以后，村人在沟渠里筑上黄泥，就等奎福和奎安凿透雷公崖引水。

奎福和奎安不停地凿着，手掌结成了一层厚厚的茧子。炭炉边，堆满了用坏的石锤和簪子。端午节前一天，两人终于凿通了雷公崖。兄弟俩紧紧地抱在一起。

奎福站在雷公崖旁边，手搭在奎安的肩膀上，长长的胡子在山风中飘起来,被阳光镀上一层金色,脑袋上发着光,像南山的不老仙翁。那胡子原先秀丽想给他剪,奎福说:"先留着吧,不凿透雷公崖就不剪胡子了。"。

长顺走进沟里察看进度,奎福像完成任务的士兵一般来到长顺跟前,说:"报告伙计,完成任务。"长顺忍不住抱住奎福,从眼眶里蹦出一颗泪珠,说:"好样的,伙计。"长顺又来到奎安跟前,拍拍奎安的肩膀,说:"兄弟,辛苦了,龙口人不会忘记你的。"奎安的眼里闪出了泪花。

人们走进虎头山,接上从顺顺洞流出来的水,通过水渠流过雷公崖,哗哗地流入龙溪,又欢快地流入龙口村的田里。人们看着潺潺的水流,欢呼雀跃,眼眶里涌出了自豪的热泪。

长顺说:"我们还要在鲤鱼潭上筑一个坝,把水蓄起来,这样就可以旱涝保收了。"大家一个个像打了鸡血似的,巴不得第二天就动工。

长顺说:"不忙,等秋收以后再动工,争取在明年芒种前完工。"大家齐声说:"用着。"

水渠造好以后,奎福请奎安回家。奎安执意要留在棚里,说自己可以在旁边开垦出一块田地,种上庄稼,还可以养一些家禽和牲畜,自给自足。于是,村人在雷公崖外帮他盖起一间瓦房。自此,奎安便隐居在山里,过起了"晨兴理荒秽,带月荷锄归"的田园生活。

秋收之后,龙口村的人们又行动起来,抬石头,挑黄泥，在鲤鱼潭那里筑了一道宽十米、高五米的水坝，按上水闸，水便渐渐漫了上来，积成一片绿油油的水潭，远远看去好似山间的一块碧玉。

村人没有忘记虎头山林场的支持。造好水坝的第二年春天，长顺带领村里的劳力去虎头山造林。赵书记亲自带人前来慰问。树林造成之后，虎头山林场给这片树林取名叫"友谊林"。

07
梯 田

自从找到大顺的骸骨，秋菊便整天无精打采的，像冬天枯萎的菊花，耷拉着脑袋，茶饭不思，人也瘦了一圈。春桃叫作发给她把脉，作发便悄悄地跟春桃说，秋菊得的是心病，以前没找到大顺骸骨的时候，期盼大顺有一天能回来，现在一切都有了定数，便感到没什么盼头，所以便成这般模样了。

"那怎么办呢？"春桃焦急地问。

作发说："要是秋菊嫂自己有个家就好了。"

春桃想，嫂子是一位果决的女人，她是断然不会再嫁的。

作发沉思了一会儿，说："大嫂，有句话我不知当讲不当讲。"

"他叔，你只管讲就是。"

"现在你家孩子多。不如送一个给秋菊嫂当儿子，让她的生活也有点担当，她的病便会好了。还可以让大顺那一脉也延续下来。"

春桃听了沉默不语，作发便离开了。

春桃想：一直以来，嫂子待自己如亲姐妹一般，在她的照料下自己才能顺利地过了下来，还养大这么多孩子。现在她遇到不顺心的事，一定要帮她振作起来。

春桃想起作发的话，她有心想送一个孩子给大嫂，可哪一个也舍不得送出去。

夜里，春桃把作发的话跟长顺说了，长顺也觉得作发说得有理。夫妻俩便商量送哪个孩子给秋菊好。炳荣是要接林家宗枝的；炳茂本就是过继来的，断不能送；永昌身子太弱，不如自己带着。最终两人决定把永明过继给秋菊，接大顺的宗枝。

第二天晚上，长顺便叫来奎福、金四、包谷、作发几个人做证，说要把永明过继给秋菊当儿子。

秋菊说："那敢情是好，只是占了你们的骨肉，我心里不安啊！"

春桃说："姐，什么占不占的，你本来就是我们的亲人。永明交给你，比我自己带着还放心呢。"

永明听爸妈说要把他送给伯母当儿子，便眼巴巴看着春桃和长顺，眼角里闪出了一朵泪花。

春桃拍着永明的肩膀，含着泪说："去吧，叫妈。"

永明来到秋菊跟前，轻轻地叫了声"妈"，秋菊应了声"哎"，又含着泪说："永明过继给我以后，我便是有家的人了，也要承担起当家的责任来，以后就不能再依附你们过日子了。"

春桃说："嫂子说哪儿去了，你在家里辛辛苦苦的，就是当家的，我和长顺怎么舍得让你分出去呢？传出去便说我和长顺待你不好了。"

长顺看了一眼满脸稚气的永明，说："永明还小，你一个妇道人家还撑不起这个家啊！"

秋菊眼眶里的泪水如决了堤一般流下来，哽咽着说："这个不打紧，我生来就是受苦的命。我身子骨硬朗，可以去队里挣工分，也可以下园子干活。"

"只是……"长顺想说话，作发用脚蹭了蹭长顺，说："家大了，迟早要分的，不如依了秋菊嫂子吧。"

长顺叹了一口气，说："唉，那就这样吧。"

包谷拍着手说："好事，好事，像蜜蜂一样，分出一家就多了一家，家族发达啊。"

奎福又说："是啊，不过分了以后还是一家人，有了困难反正少不了要帮忙的。只是分家前的准备工作要做得充分一些。"

"这个自然，锅灶、家具之类的都要先置办好。"长顺"咝"地吐出一个烟圈。

秋菊说："就依长顺的。"

长顺叫过永明，抚摸着他的头，说："阿明，你是男人，你以后要独立支撑起这个家啊。"永明使劲点了点头。

炳荣含着泪说："叔，妈，我也长大了，让我自己过吧！"

　　春桃抹了一把眼泪，说："我的儿，你还没成家，一个人怎么过啊。等你娶了媳妇以后再另过吧。"

　　长顺不满地看着炳荣，说："你这小子，是嫌我待你不好吗？净说糊涂话。"

　　"叔，别误会了。你待我一直很好，只是原先说过我是要接林家宗枝的，我都十六岁了，再也不能依赖你们过日子了。"

　　春桃只是流泪，嘀咕道："今天我是作了什么孽，两个儿子都要离开我。"

　　包谷又说："好事，好事，你胡家原本一家，现在成了三家，发达啊！"

　　金四拍了一掌瘦骨嶙峋的包谷，说："你就别唱元宝似的'好啊好'的了，炳荣一个人怎么过？他住哪儿啊？"

　　当午村里盖房子的时候，长顺他们在炳荣的草寮基卜搭着程家搭了个房架子，预备等炳荣长大了回那儿住。如今那里还空荡荡的，炳荣不由得一脸茫然。

　　奎福说："炳荣想独立是好事，不过也不要硬撑着，先把上屋的木板搭上再说吧。"

　　第二天，长顺、炳荣、炳茂爷仨便拿着斧子、锯子来到龙脊背上，砍倒松树，预备搭房子的木料。秋天到了，松树晒干了，爷仨把木料背到家里，锯成木板。又请来做木老司，搭好房间，垒起锅灶，备好锅具，只等炳荣搬进去住。

　　冬至的晚上，秋菊端上一碗汤圆。长顺说："吃了汤圆以后，我们明天就分开过吧。"春桃抽噎着："能不能过了年后再分啊？"长顺说："迟分还不如早分，早分早做打算。"

第二天早上，长顺把秋菊和炳荣带进谷仓，称了稻谷、番薯丝，挑回各自的家里。秋菊带着永明住在房子左头，长顺一家住右头。炳荣搬回到上屋新房子里住。到了中午，三个灶台的上头便各自袅袅地升起了炊烟。

傍晚，永明和永昌从石岭上学回来。永明一进厨房，便喊："妈，我回来了。"厨房里没有回音。永明走出厨房，在中堂里遇到春桃，便问："婶子，我妈去哪了？"春桃说："去龙脊背割番薯藤去了，你先吃饭吧，等下她就回来。"

永明掀开锅盖，见锅里是煮熟的米饭和番薯丝，中间蒸着一碗鸡蛋。永明犹豫了一会儿，盖上锅盖，往龙脊背跑去。

天边渐渐拉下黑幕，一轮圆月升上天空。山里刮起了一阵风，乌枝树上发出一阵"呜呜"的响声，树上的枯枝败叶簌簌地掉在地上。永明来到白骨洞前，看见坎边靠着一捆番薯藤。山坳那边忽然传来一阵"呜呜"的哭声，永明循声看去，只见妈妈跪在爸爸坟茔前，不停地抹着眼泪。永明忙跑了过去，跪倒在坟前，喊了声"妈"，泪如雨下。秋菊擦干眼泪站了起来，说："明，我们回去吧。"永明背起番薯藤下了龙脊岭。

　　此后，永明便不再去石岭读书，说要留在家里陪妈妈。无论长顺、秋菊怎么劝，他也不听。

　　秋收以后，队里新分了谷子。秋菊、春桃、永明、永昌在龙潭边的踏碓翘上舂米，叶茶在旁边采野菊花玩。踏碓翘①不停地发出"吁起咕、吁起咕"的叫声，石锤"砰——砰——"有节奏地落进石臼里。秋菊站在石臼旁边趁着石锤升起来的空隙把手伸进臼里翻着谷子。永昌不安地在踏碓翘上喊："伯母小心点，别砸到手。"春桃忙说："小孩子别多嘴，你伯母心里有数的。"

　　秋菊把捣臼里的谷子、米、糠用瓜瓢舀到米筛的上面，端起米筛摇起来，身子也跟着一扭一扭的。米筛上面的谷和米一圈　圈地转着，谷子像鸭子一般被赶到筛子的中央位置，糠被筛到下面的竹匾里。秋菊把筛子上面的谷子捧进石臼里继续捣，把米倒进旁边的一个簟箩②里。

　　永明感到有趣，便从"踏碓翘"上跑下来，抢过秋菊的米筛摇了起来。奇怪的是，米筛上面的东西就是转不了圈，只是左右来回晃动，谷子也集中不到中间去，竹匾外边还撒了不少米屑。一群小鸡"咯咯咯"地跑过来抢米屑吃，秋菊

①踏碓翘：方言，用来舂米和捣糍粑的器具，由石臼、石锤、木杆等构成。
②簟箩：方言，一种用竹篾做成的盛谷米的器具。

挥起扫把赶小鸡。春桃看见了忙喊："姐，别赶，让它吃几口吧。"秋菊说："就你心慈。"秋菊"咕咕咕"叫了几声，小鸡立即跑到踏碓翘旁边，"笃笃笃"地啄起米屑来。啄完以后，小鸡侧着脑袋瞅着秋菊。秋菊弯腰对小鸡说："你们真贪，还不想走，不给喽，自己去找虫子吃。"小鸡们便识趣地跑开了。

踏碓翘的石锤"嘣"的一声落到石臼里，叶茶在旁边惊颤了一下，春桃连忙对着叶茶喊几声"吙碎，吙碎"①。

谷子捣好了，秋菊把米倒进簸箩里，叫永明和永昌一起抬到金四家，倒进风扇斗里。永明摇起了风扇，风扇便发出"叽咕叽咕"的响声，米滑进簸箩里，糠被吹散出去。

长顺和奎福喜滋滋地从公社里走出来。听林书记说，邓书记在大会上点名表扬了龙口大队，说龙口大队的社员们为了提高粮食产量，不怕困难，筑水渠，建水库，这种自力更生、艰苦奋斗的精神值得全县人民学习。

长顺和奎福一路嘀咕：村里人口越来越多，但田地却没有增加，村人一年当中只能在过年过节的时候吃上大米饭，平常吃的都是番薯丝，粮食不够还要靠野菜补充。如今村里水源充足，要是把黄泥岗那里的园地、山林改成耕地，就可以多收几成稻谷了。

① "吙碎，吙碎"：方言，大人通常用此安抚受惊吓的小孩。

　　当天晚上，长顺和奎福叫来金四、包谷两个小队长商量改园造田的事。两人都说这是好事，最大的问题是黄泥岗上有园地、毛竹、树木、龙枝。林地是集体的，园地却是农户个人的。改了以后变成集体的，只怕农户们不同意。

　　"怎么办呢？"四人搜肠刮肚也想不出办法来。永明在一旁嘀咕道："这还不好办？在另一块地方开出一片园地跟他们换就行了呗。"长顺瞪了永明一眼，说："你小子别多嘴。"

　　金四听到了，拍着手说："对呀，还是这小子聪明！我们可以在别的地方开出一片园地，换黄泥岗的。这样黄泥岗的田也造成了，还扩了园地的面积。"

　　在哪里开辟园地呢？四人想想只有龙脊背了。可龙脊背上土质好的地方都已被开辟成田地了，高处是一片蘑菇地①，土质"瘦"，就连狼萁草也长得矮矮的，种不了庄稼。长顺说："多烧山灰，多放点栏肥，土质就会一年比一年好。"

　　四人想想在理，可又担心农户们不愿意换。长顺说："我们都带个头吧。"奎福说："这个不用说，我和顺哥在黄泥岗那里都有园地，带头换。"

　　长顺对包谷说："老包，全村就数你在黄泥岗的土地最宽，你也带个头吧。"包谷点点头说："行，我带头。"

---

① 蘑菇地：方言，一种介于泥和石块之间的土壤，土质缺乏养料。

　　长顺又看看金四，问："老金，你呢？你黄泥岗那里的园地也不少啊。"金四挠挠头，转了几下眼珠子，说："我也同意。不过黄泥岗的土质好，离家也近。龙脊背那里土质差，离家也远，得用两倍的面积对调才可以。"奎福说："那是应该的。只要肯换，我看三倍也行。"

　　长顺拍了一下桌子说："好，就这么办。"

　　第二天晚上，长顺在院子里点起火篮灯，村人知道有大事要商量，便都聚了过来。

　　村人一听长顺说要在黄泥岗上造梯田，立即像烧开水的锅一般嘈杂起来。陈狗儿挥着一根短烟筒跳出来说："那怎么成呢？你们整了我的园地，我吃什么啊！"

　　陈狗儿原是替刘家少爷看祖坟的，后来辗转到了龙口，村里看他孤苦无依，便在黄泥岗里给他分了一片园地。

　　"我的园地呢？"底下的人听陈狗儿一提，不满的情绪如点燃的鞭炮一般迸发出来。

　　长顺不急不躁地说："你们瞎嚷嚷干吗，我话还没说完呢。黄泥岗损失的园地在龙脊背上造起来还给你们。"底下人又七嘴八舌地说："那也不成，龙脊背那里是一片蘑菇地，离家又那么远，根本种不了庄稼。"

　　长顺说："可以用三倍的面积还，你们也不会吃亏。造梯田可以多收稻谷，多吃白米饭，对每户人家来说都是好事啊。"一听说可以多吃白米饭，小孩们便叫起来："好喽，好喽，可以吃白米饭了。"

陈狗儿又跳出来说："不成，我就是不换，谁整了我的园，我就跟谁拼命。"

奎福看不下去了，指着陈狗儿的鼻子说："你吵什么啊，造田是村里的事儿，你一个人顶什么？"

包谷说："大家就不要顶了，多打谷子还不好吗？黄泥岗上的园地数我家的最宽，离家也最近。我先换。"

"我也同意换。"金四说。底下的人便默不作声了。

不一会儿，陈狗儿又愤愤不平地说："那要先把园地赔给我。"

"狗儿兄弟说得在理。"长顺说，"今年冬天先造园，明年秋收以后再造田。大家说怎样？"底下有人说："用着。"

冬天到了，人们纷纷拿起锄头来到龙脊背，挖土筑坎，造成一畦畦园地。量了面积，分到黄泥岗上有园地的户里。村人难免有挑三拣四的，既要挑离村近的，又要挑阳光明朗的、土质稍好的。长顺、奎福、包谷先让村里人挑完了，把剩下的留给自己。

秋收以后，村里的劳力便来到黄泥岗，用锄头剔平黄泥造田。黄泥岗土质松软，劳力们在第二年清明节前便整出一层层田地，黄黄的，远看就像一块金元宝。村人引来鲤鱼潭的水，黄泥岗梯田便在阳光下闪闪发亮，似横放着一面面镜子。长顺站在龙脊背上笑呵呵地一层层地往上数，足有二十二层。长顺跟奎福商量，今年是头年，也不知哪块地的土质好，两队先合起来耕种一年再说。

端午节后，学校放了农忙假。长顺赶着一头耕牛在黄泥岗上教永昌犁田，可永昌总是扶不住犁把。长顺急得直跺脚，说："你这样没用，以后怎么活啊！"

春桃听见了，心疼地说："别作孽了，你看他身子这么弱，你还想累死他啊！"

长顺瞪了春桃一眼，不满地说："都是你惯的，他不学会犁田，以后喝西北风去。"春桃低下头含着泪走开了。

永明跑过来说："叔，教教我吧！"

永明扶着犁把，嫌牛走得慢，一竹枝抽到牛屁股上。那牛是金四从双山那边兑来的一头新牛，刚学会耕田，脾气躁。它吃了永明的重鞭，便使劲往前跑，犁头贴在泥面直往前滑去。到了田头，那牛便挣脱了链子，跑出了田埂。永明急忙抓住牛尾巴想拉住它。那牛往前一拽，便挣脱了永明的手，跑到另一丘①田里去了。永明拿着竹枝一边追，一边骂："你这个畜生，看你往哪里跑。"

长顺在后面直喊："阿明，别追，别追！"永明停下来，嘴里直喘粗气。

长顺远远地拖长声音对牛叫了一声："喔哦——"那牛便停了下来。长顺来到牛跟前，伸手摸了摸牛头，那牛便

---

① 丘：量词。将水田分隔成大小不同的块，一块叫一丘。

乖乖地被长顺牵了回来。长顺又给牛套上链子，对永明说：
"牛也跟人一样，你对它好，它才会听你的。"

永明点点头，扶起犁把慢慢往前走。长顺在旁边细心教着
怎样换行，怎样过田头。不一会，永明便顺利地耕完了一丘田。

那边金五岔开两腿站在耢^①两边的横木上，手里拿着一
个铁钩子平衡身体。牛一走，耢中间的木轮子便滚了起来，
发出打雷一般的声响，田里翻起了水浪。金五站在上面，那
模样很像一位撑船的老大。

地平好后，劳力们便开始插秧。长顺站在这边田头弯下
腰瞄一下对面田头，两端之间足有二十来米的距离。长顺先
竖着插了五棵秧苗，又瞄了一下，稍微调整一下秧苗的位
置。然后沿着那五棵秧苗往右边又插了四株，一边插一边往
后退。人们便跟在长顺的右边插了起来。

炳荣插的秧苗歪歪扭扭的，像水蛇被打落在田里一般。
有几株被水一晃便浮起来，在水面上飘来飘去。长顺看到
了，叫炳荣注意把秧苗插成方正的"米斗格"。炳荣照着
做，看看比以前直了一点，但人家都插到田头了，自己还在
田中央，不免有些着急。长顺叫他别着急，先慢后快。

永昌赤着脚，挽起裤子，手里提着秧苗在田埂上走来走
去，不停地给人们补充秧苗。

那边包谷唱起了《插田歌》："春风一吹暖洋洋哎……

---

① 耢：平整土地用的一种农具，功用和耙差不多。

插田能手落田垟。秧苗落泥稻根发哦……秋里定有稻花香。"

包谷的儿子包怀说要跟金五比谁插得快，奎福喊："一，二，三！"田里立即传来"咚咚"的响声。两人猫下腰，手里快速地分着秧苗插到田里，脚步飞快地往后退。金五心太急，脚没站稳，"嘭"的一声仰面朝天翻到田里，四周溅起一片水花。人们赶快把金五扶起来，只见金五全身湿淋淋的，成了一个泥人。长顺赶忙叫他回家换了衣服。

过了五六天，秧苗的根便牢牢地扎进土里，往后越长越高。远远看去，黄泥岗就像披上了一层层绿毯子，颜色一天深似一天。人们心里美滋滋的，满怀着丰收的希望。

七月半过后，一连下了十几天的雨，山沟里、路上都淌满了水。

清晨，长顺忽然听到黄泥岗那边传来一阵哗啦啦的响声，跑过去一看，只见黄泥岗的一片田地从山顶一直塌到山底，底下低凹的地方填满了黄泥，泥面上散乱地露出一棵棵青青的稻苗。那些稻苗挺着圆圆的白肚子，正是要长谷子的时候。陈狗儿家的房子被冲到一边，地上横躺着木椽和瓦砾。长顺眼前不由得一阵发黑。

村人纷纷聚集过来，估算了一下，黄泥岗的田地大约损失了一半。看着自己辛辛苦苦的劳动果实成了一摊泥浆，每个人都像被猛雷惊吓的鹅一般呆立在那里。

金四喊："快救狗儿。"众人醒悟过来，忙拿起锄头、铁耙去扒泥土，就在大伙儿扒得起劲的时候，炳荣喊："不用扒了，狗儿来了。"

"啊，来了？在哪里？"大伙儿吓得面如土色。

"在那儿！"炳荣指了指龙潭边的岔路口。大伙儿瞪眼一看，只见狗儿穿着背心，手臂上挂着一件黑不溜秋的白衬衫从龙潭边走了过来。一边走一边哼着："上头一个空洞抱哎，下面一个栎树锤……"

原来前一天陈狗儿去石岭那边抬棺材，抬完之后便在主家那里吃了长命饭。恰遇天下大雨，便在那家屋檐下胡乱过了一夜，由此逃过了一劫。

陈狗儿来到黄泥岗下，看到满地的黄泥，又看见面前立着一伙人，疑惑地问："咦，什么情况？"狗儿用手擦了擦眼睛，一抬头，发现自家的房子没了，随即一屁股坐倒在地上，又哭又拜："皇天嘞，都是你们这些人，造什么田啊，把我的家都整没了。"

奎福说："你不要哭了，命保住就算祖公头有力了。"

陈狗儿正好满肚子的火气没处撒，见奎福跟他搭话，怒气便像土铳里的硝一般发作了。他用指头戳着奎福的鼻子说："都是你，当初叫我不要反对。"狗儿越说越气，弯下腰来抓起一块石头想砸奎福。那边立洪看见了，忙把狗儿一推，狗儿便顺势坐在地上，一边叫"皇天"，一边在地上滚起来，滚得满身都是黄泥。

长顺喊："你疯什么，房子队里重新给你盖！"

　　陈狗儿听说队里要重新给他盖房子，便止住哭声，抬起头来，大抵不相信长顺的话是真的，不一会儿又哭了起来。

　　炳荣向立洪使了一个眼色，大声喊："不好，黄泥又塌下来了，大家快跑啊！"立洪转身就跑。陈狗儿看见有人跑了，赶忙从地上爬起来，跟在立洪后边跑。跑了好几丈远，立洪才停下来，陈狗儿也停了下来。

　　狗儿往黄泥岗上一看，知道炳荣是在哄他，便又想躺在地上继续耍赖。包谷把狗儿按在一个石块上坐了下来，说："狗儿兄弟，你放心，队里会把你的房子盖起来的，盖得比原来还好。你看，你以前的房子不是队里帮你盖的吗？做人总要讲点良心啊！"

　　金四一伙人也过来劝狗儿，狗儿便不哭了。

　　长顺说："狗儿先到黄泥岗瓦窑那里住一阵子吧！"

　　"吃的、穿的都没了，我以后怎么过啊？"陈狗儿歪着脑袋说。

　　长顺说："吃的没问题，队里还有一些预备急用的谷子和番薯丝，睡的穿的大伙儿筹一下吧！你啊，不要全依赖大家的了，自己也置办一些新的行头。"

　　春桃给狗儿送来了一条双纱被单，秋菊送来一张草席，狗儿便抱着向黄泥岗瓦窑里走去。

　　狗儿走了之后，长顺、奎福一伙人又像被霜打的茄子一般蔫在那里，蹲在地上默默地吸着烟。

　　下午，公社的林书记带着一班人过来察看。林书记批评长顺说："你们不能这样蛮干，蛮干早晚会出大事的。"

长顺不停地抽着烟丝，低着头好像被农民批斗的地主一般一声不吭。

林书记说："这样吧，我打电话向邓书记汇报一下。"

"别，别……"奎福忙说，"让他知道，我们头都抬不起来了。"

林书记批评说："对上级不能隐瞒，邓书记会帮你们解决问题的。"

林书记临走前吩咐队里先不要行动，要注意人员安全。

两天后，邓书记带领林业局、农业局、土地局一班人来到龙口。

邓书记说："近几年来，你们筑水渠，造大坝，蛮有成绩的，只是造梯田的事急了一点。"

"那以后怎么办？"长顺怯怯地问。

县里一班人蹲在地上研究起来。农业局的郑局长说："社员们造田的那股干劲我们要支持鼓励。他们造了水渠和大坝之后，水源充足，确实是造田的好时机。"

林业局的黄局长说："黄泥岗的土质太疏松，只能栽树，不适合造梯田。"

邓法问土地局的郑局长："既要鼓励发展农业，又要保障生命安全。老郑，你是地质方面的专家，你有什么好的方案吗？"

郑局长细细看了一下塌方的地点，说："方案不是没有，只是花费的精力很大。"

"什么方案，你快说。"邓法急切地问。

"唯一的办法就是在土质疏松的地方筑石墙，从底下筑起，一层层往上筑。"郑局长说。

邓法立即叫来长顺和奎福，和两人说了郑局长的方案。

"行，我们筑石墙，把冲下来的泥巴重新搬上去，填起来。"

"这可不是小事，搬石块，挑泥土，要花费很多劳力的。"

长顺说："邓书记，我们不怕吃苦。"

"是啊，怕吃苦的是孬种。"奎福接过话茬说。

村民们听到了，纷纷表态："我们不怕吃苦，怕吃苦的是孬种！"一群孩子在旁边齐声喊道："造梯田，多打粮，吃米饭。"

"好，好！有志气，你们要继续发扬自力更生、艰苦奋斗的精神，不过也不要蛮干。"邓法转头对郑局长说，"老郑，你那里派个技术员经常过来看看，免得再出问题。"郑局长点点头说："行！"

县里一班人走后，长顺便把奎安请下山来，与奎福一起到龙溪边开采石头，抬到黄泥岗里做田坎。

因奎安腿脚不好，每日去龙脊背上下不便，长顺便想安排他住在离水口最近的金四家里。奎安见金四家里有女眷，觉得不妥。村人就在水口边搭了个草棚，让奎安住在里面。

想想奎安孤身一人的，烧饭做菜太费精力，长顺便安排村人轮流给奎安送饭，一户人家一天。轮到送饭的那户人家，都尽量给奎安做最好吃的，说他为村里干最累的活。每次轮到秀丽送饭，秀丽都在饭碗底下偷偷藏两个鸡蛋。

包谷和金四一高一矮，一瘦一胖，两人抬起一杠石头向黄泥岗走去。下坡的时候，金四叫包谷走在前面，上坡的时候又换过来，金四说这样石头就不会搁到地面了。包谷总觉得自己受到金四算计似的，上坡和下坡都有七成的重量压到自己的肩上，但碍于面子又不好发作。抬到平地的时候，由于两人迈步的尺寸不一样，中间的石头便不停地晃悠起来。包谷便取笑金四走小姐步似的。金四生气地放下杠子，石头"梆"的一声砸到地上。

长顺过来调解："你们真是一对现世宝，都一大把胡子的人了，还发什么脾气啊？"

金四说："主要是步子不合拍，步子一乱中间的石头就会晃起来。"

包谷说："那就唱山歌吧，跟着山歌的节拍走就合辙了。"

包谷和金四重新把石头抬在肩上，包谷像鹅一般挺起脖子高声唱着："山歌好唱口难开哎……橄榄好吃树难栽。红糖好吃路头远哦……"

谁知不唱不打紧，一唱两人的身子便跳舞一般扭了起来，中间的石头荡来荡去。金四连忙喊："停，停，再唱我的腰就断了。"两人又把石头放在地上，金四累得直喘粗气。

炳荣说："听我的。"包谷和金四又把石头抬在肩上。炳荣放开喉咙唱："风在吼，马在叫，黄河在咆哮……"包谷和金四跑步似的迈开脚步，大颗的汗珠如榨油一般从脸上冒了出来。两人又放下石头。金四说："大侄子，你这不是叫我抬石头，是要我的命啊！"

永昌抱着一个石块往黄泥岗走去。长顺叫住永昌："阿昌，你先别搬了，编个歌儿给大伙儿唱，有了统一的节拍，脚步就不会乱了。"

永昌放下石头跑回家里，拿出铅笔，皱起眉头不停地在一张纸上写着："同志们吆，咳吆嗨呀！大家一起来吆，咳吆嗨呀！抬石头吆，咳吆嗨呀！造梯田吆，咳吆嗨呀！抓生产吆，咳吆嗨呀！收粮食吆，咳吆嗨呀！生活都提高吆，咳吆嗨呀！人民得幸福吆，咳吆嗨呀！感谢毛主席吆，咳吆嗨呀！感谢共产党哎，咳吆嗨呀！"永昌编好词以后，放在嘴里哼着，不敢唱出来，便叫来永明，说："哥，你来唱。"

炳荣、立洪、炳茂一班年轻人也围了过来，起初轻轻地哼着，然后越唱越响。大伙儿一边抬石头一边跟着唱了起来："同志们吆，咳吆嗨呀……"

秋收的时候，长顺把队里的劳力分成两拨，一拨人收地里的庄稼，另一拨人继续修梯田。劳力们想赶上第二年春耕前就把梯田修好，舍不得浪费每一天时间。雨天里，人们穿上蓑衣，戴上斗笠，黄泥岗上便出现了一支"蓑衣"军，他们呼着"号子"，抬着石头，筑起岩坎。第一条石坎筑好以后，劳力们便用簸箕一担一担往上挑黄泥，填到坑里，用木槌砸实，然后又填上一层松土。

晚上，永昌跟炳荣、炳茂、永明说，他想了个法子，能让大家省点力气。兄弟四人便在中堂里点起松明灯，拿来锯子、斧子、凿子，砍倒一棵老棕榈树，横着切成一个个轮子，轮子边沿的中间凿了一道凹槽，又把轮子中间凿空，套在竹竿上。用手一推轮子，轮子便咕噜噜转了起来。四兄弟一直忙到半夜才歇下。

第二天早上天刚亮，兄弟四人便起床，找来杉树干搬到黄泥岗里，用三根木料搭成一副架子，上端用麻绳系着，挂上轮子，凹槽里放上麻绳，底端挂下一个山茶树的钩子。

永明给簸箕盛满泥挂在钩子上。炳荣把绳子一拉，轮子就发出咕噜噜的响声，簸箕慢慢升起来，升到上一丘田里，炳茂接住簸箕把泥土倒进田里。

兄弟四人做了三副架子，放在田坎下面。劳力们上工之后，奇怪地看着木架子。炳荣和永昌教大伙儿怎样用轮子运泥土。

金四问："这法子是谁想出来的？"炳荣说是永昌想出来的。金四对着永昌竖起了大拇指说："到底是读书人，脑子好用。"永昌羞得低下了头。

长顺把劳力分成三组，每组六个人。一人负责往簸箕里铲土，两人负责把泥土运到架子底下挂在钩子上，一人负责拉绳子。田坎上一人负责接簸箕，一人负责倒泥土。三个架子不停地发出咕噜噜的响声。坎上的泥土不久就堆起了三座山似的。大伙儿说这法子管用，不用绕弯往上一个坎挑泥土了，比原先省了好多气力，效率比以前提高了好几倍。

第一层梯田造好了，包谷问："那第二层怎么办？"金四说："你这木脑子，可以把土先运到第一层，然后再运到第二层，一层层往上运不就得了吗？"包谷拍拍脑袋嘀咕道："也是啊，我怎么就没想到呢！"

翠梅找到长顺，说："顺哥，你们男人干得热热闹闹的，我们女人也想发挥点作用。"长顺说："好啊，我们正想赶进度呢！你是妇女组长，你去发动吧。"

翠梅跟秋菊、秀丽、春桃、美兰一伙人一嘀咕，妇女们立即敷上拦腰，来到田里，力气小的把泥耙进簸箕里让男人挑，美兰、秋菊这些力气大的便干起了与男人一样的活。

秀丽耙了一会泥，便感到腰酸背疼的，坐在石头上不停地用手捶着自己的后腰。翠梅过来说："妹子，你歇着吧，你那杨柳一般的身子怎能干得了粗活呢？你还是回家给阿福烧饭去吧。"

"唉，看来我只是烧饭养猪的命。"秀丽嘟哝着。

"烧饭？对，我们可以集中一起给劳力们烧饭，那样就可以节约人力，让更多劳力参加造田。"翠梅一边嘀咕，一边去找长顺。

　　长顺又跟奎福嘀咕了一番，觉得翠梅说的话有理，便叫劳力们在黄泥岗的田里搭了一个棚，垒起锅灶，搬来碗具和桌凳，拿出队里预备的粮食，中午的时候让秀丽、春桃几位体弱的妇女在棚里烧饭给劳力们吃，这样就省去劳力们吃饭途中耽搁的时间，工作效率更高了。

　　陈狗儿起初还对造田一事生闷气，看见劳力们干得起劲，便在一旁说着风凉话："兄弟们，用力干啊，明年就可以吃大米饭了。"然后便弓起身子，缩进黄泥岗窑洞里去。立洪一班年轻人想发作，年长的便劝导说："别理他，这人就爱耍赖。"过了一段时间，陈狗儿看见村里的妇女孩子都上工了，感觉自己再不上就不是龙口人了，便也背了锄耙来到黄泥岗，不声不响地耙起泥来。炳茂想开口说几句，炳荣立即给他使眼色，炳茂便不作声了。陈狗儿便一天天跟了下来。

　　县里土地局、建设局派人过来察看。他们看了看石墙，赞许地点点头。

　　建设局的人好奇地看看搭起的木架子，跟长顺说："好是好，就是不牢固。我给你们送几组铁轮子吧。你们去坑口搬。"

　　两天以后，石岭那边发来通知，叫龙口村去坑口搬铁轮子。长顺派炳荣、金五、炳茂、立洪、永明几个年轻人去坑口把轮子搬回村里。建设局派了一位技术员过来指导。

　　建设局总共送来六个轮子，有五个就如永昌他们设计的，只是把木的换成铁的。有一个是用铁箱子裹着的，里面有好几个轮子，外面挂了一条铁链，技术员说可以拉石头。村人当场抬了一块四五百斤重的大石头，用铁链捆起来，挂在钩子上。

技术员叫永明去拉铁链，永明摇摇头说："不行，这么重的拉不动。"

技术员说："你只管去拉，保证拉得动。"

永明小心翼翼地拉着铁链，铁链就发出"哗啦啦"的响声。石头便慢慢往上升，直升到上一层梯田里。村人奇怪地看着这神奇的轮子。技术员说："这叫动滑轮，一百斤重的东西只要花十多斤的力气就可以拉起来了。"

技术员走的时候，吩咐长顺一定要注意安全，要把架子搭实，拉的时候不要用力过猛。

有了铁轮子以后，村里造梯田的进度比原先快了很多。

冬天，田里的水结成了厚厚的冰，树上、毛竹上挂下了一条条冰柱子。劳力们"嘶嘶"地呵着气，跺着脚。长顺燃起一个火堆，劳力们便纷纷过来烤火。炳茂烤了一会火后便不停地跳起来，直叫手痒。炳荣扒开炳茂的手一看，只见手指节又红又肿的。大伙儿说："不能烤了，再烤手就烂了。"炳茂一听手会烂，便急得"呜呜"哭起来。那边作发说："不碍事，晚上叫你妈煮些姜汤泡一下就好了。"炳茂这才止住了哭声。

村里的劳力们抬石头，挑泥土，风雨无阻，不停地干着，肩膀磨起了茧，手掌擦破了皮，公社的林书记时常组织别的大队劳力过来支援，到了第二年端午节前，梯田终于修整完成。龙口村的人们长长地舒了一口气，又在田里插上秧苗，黄泥岗焕发出青春的活力。

奎福在白骨洞旁边的山坳里造了一座新坟，把谢大爷的骸骨移进坟洞里。陈狗儿整理骸骨的时候，发现一粒如花生米般大小黑乎乎的东西，惊奇地说："嚼，这是什么东西？"众人低头一看，原来是一颗生了锈的弹头。长顺、奎福立即想起当年在作发草寮棚里给邓法动刀子取子弹的事，当时没顾及那颗弹头的下落，原是被谢大爷吞到肚子里去了。长顺说要把这事往上报，说不准上级还会表彰谢大爷呢！奎福说："还是算了吧，都过去这么多年了！"

立洪悄悄地把那颗弹头收进衣兜里。

一年以后，长顺家里来了两位同志，一老一少。老的满头白发，年轻的戴着眼镜。两人自我介绍说是县党史办的，来龙口了解革命历史。

党史办的老同志问起当年邓法在龙口获救的过程，长顺便叫来奎福和作发，你一句我一句详细地说起了当时救护的经过，那年轻的一一记录在笔记本上，还不时插话问起一些细节来。长顺提起了谢大爷吞吃子弹的事情，年老的问："怎么证明他吞了子弹呢？"长顺说整理骸骨的时候大伙儿都看见弹头了。"那弹头呢？"老的急问。奎福说："这个……当时没收起来呢！"老的摇摇头说："可惜了。"

立洪飞快地往家里跑去，拿着一块黑布来到长顺的旁边，说："大伯，在这儿呢！"然后摊开黑布，露出一颗生了锈的弹头。老的见了，立即满脸喜色，说："好，好，这个让我们带走吧，放进纪念馆里。"

秋菊听说来了两个了解历史的，忙从灶台里跑了出来，拉住那位老的胳膊说："同志，我家大顺没有打共产党。"

老的说："大嫂，你别急，慢慢说，我们也正想了解这事呢！"

秋菊便一把鼻涕一把眼泪地把大顺被抓去带路的经过和自己在虎头山上听到枪声的事说了。长顺又把在顺顺洞里发现骸骨的事说了一遍。

老的说："大嫂的话还是比较客观的。据一位老党员回忆，当年他们正在虎头山密林里开会，忽然听见龙脊背上传来几声枪响，他们便安全撤离了。现在可以初步断定，那枪声是大顺逃跑的时候国民党开的枪。如果是这样，大顺对革命是有功的。"长顺长长地舒了一口气。

秋菊又嘀咕道："是啊，我家大顺肯定不会打共产党的。"

临走前，老同志对长顺说："那些为革命事业做出贡献的同志，历史是永远不会忘记他们的。"

那狗儿自从住进窑洞以后，村人时常给他送菜、送衣服，有得吃有得住，狗儿觉得比原先过得还舒坦，便不再提盖房子的事了。

黄泥岗梯田造成之后，村人又在山脚下给狗儿砌了一间石头房子，安上窗户，盖上瓦片，垒起锅灶，等狗儿搬进来住。忽而传来一个不幸的消息，狗儿死了。那天狗儿去青冈抬完棺材后，石岭那边又有一户人家带口信叫他过去抬，狗儿便急急往石岭赶。路上忽然下起了大雨，清溪里的水涨上来。狗儿来到茅坑口的时候，只见一群人等在岸边想过丁埠，可又不知道丁埠里的水有多深。狗儿怕耽误抬棺材的时辰，便撩起裤脚，带头往丁埠上跨过去，那群过河的人紧紧跟在后面。狗儿过到河中间的时候，身子便不停地晃起来，最后翻到水里被冲走了。三天后，人们在下游岩门村旁的溪滩上发现了狗儿的尸体，村人把他抬回来在白骨洞前葬了。

龙口村的人说，狗儿平常虽爱耍赖，但死的时候却颇有一番气概。村人又想起他在时的好处，说他专干别人不爱干的活儿，为人们解决了不少难处。

金秋时节，黄泥岗梯田一片金黄。吃了"尝新饭"以后，劳力们忙着收田里的稻谷，按人头分到户里。人们一算，收的稻谷比往年多了一倍。人们都说可以过个好年了。稻子收完后，人们又开始收地里的番薯。有的刨成番薯丝晒干后放进仓里，有的把番薯放进洞里保存。

年前，林书记带来口信叫长顺去公社一趟。长顺来到公社里，林书记笑嘻嘻地跟他说："邓书记说，你们龙口发展生产做得好，叫你在大会上向全县干部介绍经验呢。"

长顺想起往年参加县里大会的时候，会场上黑压压坐了好几百人，连连摇头说："不行不行，对着那么多人，我不敢开口啊。"

"老胡啊，不行也得行啊，这不仅是龙口大队的光荣，也是我们石岭公社的光荣啊。我叫文书把稿子都写好了，你照着念就行。"林书记叫文书拿来一叠信纸，上面密密麻麻地写着钢笔字。

长顺一看信纸便直打哆嗦，说："林书记，我不识字啊！"

"唉，我怎么把这事给忘了。"林书记拍了一下脑袋，低头思考了一会说，"你们村有识字的没有？叫他念给你听，你背下来就行了。"

长顺想起了永昌，便说："识字的倒是有，我就是怕记不住。"

"记不住也要记住，这是公社交给你的任务。给你五天的时间，一定要把稿子背熟，五天后你到公社里背给我听。"林书记绷着脸说。

长顺心事重重地拿着信纸回到了龙口。一到家里，便叫："昌儿，快过来，把上面的字念给我听。"

永昌赶忙来到长顺跟前，接过信纸摊开来，念道："尊敬的邓书记，各位领导，各位干部，你们好。"

　　长顺便跟着念："尊敬的邓书记，各位领导，各位干部，你们好。"

　　永昌叫长顺再重复一遍，长顺摸了一把胡须说："这个好记。"然后便念："尊敬的邓书记，各位领导，各位干部，你们好。"

　　永昌又念："非常感谢县领导多年来对龙口的关心和支持……"

　　长顺也念："非常感谢县领导多年来对龙口的关心和支持……"

　　……

　　一段念完了，永昌叫长顺背一遍。长顺清了清嗓子，挺起胸膛，念："尊敬的邓书记，各位领导，各位干部，你们好。非常感谢……阿昌，下面怎么来着？"

　　"感谢县领导多年来对龙门的关心和支持。"永昌说。

　　"感谢县领导多年来对龙口的关心和支持……下面怎么来着？"

　　"龙口人民永远不会忘记。"永明跑过来说。

　　"去去去，你别打岔。阿昌，什么来着？"长顺脖子上直冒汗。

　　春桃从厨房里端菜上桌，看了看长顺的模样，便说："看你的样子，比挑百斤担子还费力。先吃饭吧。"

　　长顺摇了摇头，"唉"地叹了一口气，然后向堂前间里走去。

　　吃完饭以后，长顺叫永昌继续念给他听，继续背。一直念到半夜，才记住第一段，然后便晕晕乎乎地睡着了。第二天早上，长顺起床一背，又只记住前几句，便拿起信纸跑到公社里，找到了林书记，说："书记，我真的记不住。"

　　林书记叫长顺背给他听，只背出第一句。林书记皱起眉头摸着脑袋，然后拨通了邓法的电话。

　　邓法说："谁叫你让他背稿子的，他不识字，能记得住吗？荒唐，你这个当书记的，怎么连这点常识都没有！你就叫他讲嘛，就像平常拉家常一样。"

　　"我怕他讲错了，让那么多人听了闹笑话。"

　　"这有什么错的，实事求是嘛，你就叫他把村里怎样引水，怎样造大坝，怎样造梯田的过程讲出来就可以了。大家要听的就是这个。他爱怎么讲就怎么讲，不要太为难他。"

　　林书记挂断电话后跟长顺说："邓书记说不要你背了，你只要把怎样造水渠、造大坝、造梯田的经过讲清楚就可以了。这个行不？"

　　"这个可以。"

　　"你也不要太不当回事了，你回家好好练练，免得到时候卡住讲不下去。"

　　"这个自然。"

　　"为了保险起见，两天后你给我讲一遍。"

　　长顺说："用着。"然后便轻快地向龙口走去。一路上，长顺自言自语地把造水渠、造大坝、造梯田的过程嘀咕了一遍，嘀咕完了，便到龙口了。夜里，长顺又躺在床上像念经似的念着，估摸着念熟悉了，便放心睡下了。春桃在旁边听了直想笑，但又不敢笑出声来。

春桃想长顺要对着那么多人讲话，一定要穿得精神一些。她听说城里人都穿中山装了，而长顺穿的还是布纽扣的大襟衣，便特地跑到石岭想给长顺也做一件中山装，裁缝店师傅说来不及了，春桃心里非常着急。恰好包谷的舅子穿着一身中山装来龙口做客，春桃便向他借了过来。长顺刮掉胡子，再穿上中山装，看上去比原先年轻了十几岁似的。只是长顺穿上中山装以后总感到浑身不自在，像被跳蚤咬了一般扭着肩膀。春桃在长顺的背上拍了一掌说："你站直点，别扭来扭去的好不。"长顺便渐渐安稳了下来。

十二月十七日，石岭公社的大队干部在林书记的带领下来到县城，住进机关招待所里，准备第二天开会。开会前，林书记嘱托长顺不要紧张，要注意开头的礼貌用语。

第二天上午，林书记带着石岭的干部进了大礼堂，礼堂里黑压压地坐满了人。长顺由于要发言，被安排到第一排靠右边的位置上，一位年轻的女孩在他的胸前别上一朵大红花。

不一会儿，邓书记带着一班人进来，他一见到长顺，便过来跟他握手，拍拍他的肩膀说："你随便讲，不要紧张。"长顺自信地点点头。

会议开始了，主席台上坐着好几位领导，个个都穿着笔挺的中山装。邓书记坐在中间的位置，旁边的几位长顺觉得有点面熟，只是说不出姓名和职位。

首先是坐在邓法左边的那位领导开始讲话，他介绍了主席台上的领导，有书记、县长、主任、主席等，长顺不清楚那些职位究竟是做什么工作的，也不知道哪个官大，哪个官小。之后，长顺便听到那位领导念先进集体的名称，他听到了龙口大队。念完以后便有人去台上讲话，台下的人不时地鼓掌。长顺心想，待会自己也要上去讲的，便默默地在心里把要讲的念了一遍。他听到台上说："下面，请石岭公社龙口大队党支部书记胡长顺同志发言，大家欢迎。"

长顺的心脏顿时怦怦直跳，他晕晕乎乎地从座位上站了起来。那位给他戴红花的女孩领着他上了主席台。

长顺站在发言席前面，面对着会场里黑压压的人群和一双双瞪得铜铃似的眼睛，脑子里如盛满糨糊似的一片模糊。长顺习惯性地把手伸进兜里，想摸出烟筒抽一口，可口袋里面空空的，才知道今天穿的是中山装。下面的林书记不断地给他打手势，叫他开口说话。长顺醒悟过来，对着话筒"咳"了几下，清清嗓子，整个会场被"咳咳"声震动起来。长顺想起开头要讲礼貌用语，但一下子把原先背的给忘了，便学着刚才台上领导讲的样子，喊道："同志们！咱龙口村原是个鸟不拉屎的穷地方。"长顺一开口，就引得下面一阵哄笑。长顺疑惑地看了看台下的林书记，莫非自己讲错什么了？林书记点点头，示意他继续讲。长顺又清了清嗓子，说："龙口在山冈背上，田地少，土地瘦，村里人粮食不够吃，最怕的是大旱天，稻苗死了，粮食就要减产，怎么办呢？大旱天就到河里挑水浇稻苗，河里的水都被挑干了，稻苗只能浇活几棵。怎么办呢？"大顺用"怎么办呢？"把事情的过程连接了起来，渐渐进入了状态，讲起来也顺溜了。长顺讲起去虎头山里找水的事情，讲到自己掉入洞里出不来的时候，他看见下面的人一个个像鹅一般地伸着脖子，眼巴巴地看着他。长顺又说："怎么办呢？只能在里面等村里人来救呗。洞里一点吃的东西也没有，我在里面待了七天七夜，最后我那两个小子找到了我。我回家的时候，我老妈都急得去世了，眼睛都不闭，我跪倒在她跟前，她的眼睛才闭上。"长顺感到鼻子发酸，话音有点哽咽。主持人带头鼓掌安慰长顺。长顺又讲起奎福和奎安兄弟俩一寸寸地凿透雷公崖和兄弟俩掉落悬崖的经过，说经过一年的努力，终于造成了水渠。邓书记便带头鼓起掌来。

掌声过后，长顺又讲述筑坝造梯田的事情，讲到梯田坍了的时候，便又问了句："怎么办？只能用石头一层层重新做起来呗。咱龙口虽然落后，村里人文化也不高，但不怕吃苦，没一个是孬种。"话一出口，长顺立即感到自己说粗话了，便吐了一下舌头。长顺又讲起用绳子拉石头、拉泥巴的事，会场下面静得可以听见人们的呼吸声。最后，长顺说："龙口造了二十二层梯田，现在龙口人一年可以有一半时间吃白米饭了。"长顺感到没什么话讲了，便走下台来。会场上仍然鸦雀无声，半晌，忽然响起一阵雷鸣般的掌声。

　　大会的最后一项议程是邓法书记讲话。邓法书记在讲话里特地提到龙口村，说："龙口处在深山里，是我们县最偏远的地方，但那里的人不放弃，有梦想。他们的梦想就是过上幸福的生活。为了实现自己的梦想，他们在党的领导下，自力更生，艰苦奋斗，顽强地克服一个又一个困难。说得通俗一点，他们有一种不做孬种的精神，全县各大队都要向他们学习，争取多打粮食，过上美好幸福的日子……"

08 / 亲　事

炳荣二十岁了，他听说公社里要征兵，便跟春桃说："妈，我想去当兵。"春桃明白当兵要去很远的地方，好几年之后才能回来，便舍不得让他去。

长顺说："炳荣去参军是好事，说不定以后会有出头的日子。"春桃便含泪答应了。

炳荣到公社人武部报了名，参加了体检，一个月后便去河北石家庄当了兵。

傍晚，长顺坐在中堂的一张四尺凳子上打草鞋。村里人都说长顺打的草鞋最合脚，做的斗笠最好戴，便经常向长顺讨。每次有人来讨，长顺也不好意思拒绝，茶前饭后经常忙得不可开交。

秋菊和春桃坐在旁边纳鞋底，炳茂、永明、永昌兄弟仨坐在院墙的石头上看天空。秋菊便和春桃唠叨起来。

秋菊说："真是一样米养百样人，同是一个娘胎出来的，性格也两样。你看永明和永昌兄弟俩，一个猛，一个弱。"

春桃拿起针放在头顶上划一下，竖起针尖对着鞋底猛地一戳，又用针指对准针脚狠命一顶，针尖就从鞋底的另一面露出一截。春桃用牙齿咬住针尖一拉，整根针便牵着麻线被拉了过去。春桃说："阿昌这孩子在我肚子里少待了几个月，出生以后身体就特别弱，幸好脑子还灵光，不知以后会不会出仕。永明继承了他爸的性格。让我感到奇怪的是，炳荣跟炳茂兄弟俩性子也不相同，一个做事讲究，一个随意。我们家真是奇了。"

秋菊接过话茬说："这跟出生后的际遇有关系吧。我们家待炳荣虽好，他也明白以后是要独立的，做事考虑就要周全些。炳茂就不一样了，家里大人都是可以依靠的，做事说话就随意了。"

天色渐渐暗了下来，长顺打好草鞋后收拾起工具。炳茂弯着腰捂着肚子走了出来，皱着眉头说："妈，我肚子疼。"春桃扶炳茂坐在躺椅上，舀来一碗盐水给炳茂喝。炳茂喝了以后继续"哎哟哎哟"地喊疼，捂着肚子扭来扭去，脸上的汗水一滴一滴地往下滚。春桃用力地揉着炳茂的肚子，嘴里嘟哝："天神啊，救救我的宝贝哦。"

长顺叫永明去外弯把作发叫过来。作发看看炳茂的脸色，把了一下脉，然后回家拿了一些草药煎起来给炳茂喝。炳茂喝了只是吐。

长顺说："还是把炳茂送到公社卫生所看看吧。"永明、立洪和包怀几位年轻人便点起松明灯，轮流背着炳茂急急地往石岭赶去，到了石岭的时候天已亮了，永明叫醒卫生所里的陈医生。陈医生在炳茂的肚子上按了按，问炳茂哪里疼，最后确诊为肠胃炎。陈医生给炳茂挂了一瓶点滴，吃了几颗药丸，炳茂就说不疼了。

炳茂已到了成家的年龄，春桃便到处托人说亲。那些姑娘家里都说龙口虽然粮食充足，可地点太偏，路难走，不愿意把女儿嫁过来。金四说，刘家铺那边有位亲戚的女儿今年十九岁，儿子二十五岁。女儿可以出嫁了，儿子急着要娶一个媳妇。不如把叶茶嫁过去，把那边的姑娘娶回来，这样就成了双方的好事。

包谷听了"哈哈"笑起来，说："人家是娶媳妇，可不是兑牜啊！"

金四说："这叫'馍糍落捣臼'①，一次就把双方的亲事解决了。"

春桃想，那姑娘嫁过来倒是好事情，只是对方那后生比叶茶大七岁，会不会年龄相差太大。秋菊说："不妨事，男大七，是福气啊。"

叶茶有个远房的姑姑正好在刘家铺那边，兄妹俩便借着看姑姑的名义来到刘家铺。叶茶的姑姑带着兄妹俩到村里去

―――――――――――

① 馍糍落捣臼：俚语，意为非常恰当。

逛，无意间逛到了那姑娘家里。那姑娘正在院子里水缸边洗衣服，炳茂偷偷地看一眼，只见那姑娘长得白白胖胖的，脸圆圆的像耘田的铁圈，炳茂心里喜欢。只是叶茶看了那后生后觉得怪怪的。那后生长得五大三粗，皮肤黑黑的，好像刚从炭窑里钻出来似的。

叶茶的姑姑说，那后生身体健壮，人老实，肯吃苦，是个可靠的男人。

回来后，春桃问兄妹俩的意思，炳茂说中意。叶茶闭口不言，眼前浮现出另一个男人的身影来……

一天，叶茶提着篮子去田埂上采茶，一头牛在田边吃草。那牛一见到叶茶便低下头，瞪大眼睛，撑起两只尖角向她奔了过来。叶茶吓得傻傻地站在那里，一动不动。牛越跑越近，眼看就要撞到她了。忽地从田里跑出一个男人，把叶茶抱进田里。牛过去以后，男人又回转身向叶茶这边奔来，飞快地解下身上的黑拦腰，披在叶茶的身上。那牛便渐渐缓了下来，沿着田边走去，低下头来啃吃着路边的草。叶茶抬头一看，见自己躺在包怀的身上，顿时羞得脸颊通红。从此以后，叶茶的眼前便时常浮现出包怀的身影。那高高的个子，宽阔的胸膛，壮实的肩膀。

那边叶茶的姑姑也去跟刘家说亲。刘家的人说好是好，只是龙口地点太偏，女儿嫁过去会吃苦。叶茶的姑姑说："龙口远是远的，可每年打下的谷子比我们这边多得多，嫁过去可以吃白米饭。"

　　毕竟刘家儿子岁数大了，刘家妈妈便决定到龙口看看对方的姑娘和后生。

　　那天，刘家妈妈带着兄妹俩来到了金四家里。到了晚上的时候，金四跑过来叫春桃带兄妹俩过去坐坐。春桃为了看亲，早就给炳茂预备了一套新衣服。炳茂穿上白衬衫以后，人便显得精神起来。叶茶也梳齐了头发，穿上一件白色印花上衣。

　　春桃带着两兄妹去了金四家，一进门就喊："美兰妹子在吗？"美兰"哎"的一声从家里迎了出来，拉着春桃的手进了门。

　　春桃娘仁一进门便见刘家兄妹和刘家妈妈坐在堂前间里一边喝茶，一边吃咸菜。桌子上摆着腌鞭豆、腌菜头、腌山蕨各色咸菜。叶茶想，都说女人喜欢吃咸菜，原来大男人也喜欢吃啊。

　　春桃问："这是哪家的亲戚啊？"美兰说："是刘家铺的。"春桃偷偷瞟了那姑娘一眼，见姑娘模样整齐，心里暗暗欢喜。再看那后生，身材高大威猛，皮肤黑黑的有点像挂在门前的钟馗。

　　那后生见有人看他，便放下筷子不安地用手挠着大头。春桃一看便知那后生是个老实人。

　　美兰把春桃、炳茂、叶茶让到凳子上坐下来，春桃便跟刘家妈妈聊了起来："家里有几口人啊？""孩子多大啦？……"

　　那刘家后生知道自己是来看亲的，便直瞪着叶茶看。叶茶羞得低下了头，悄悄地走出了堂前间。

　　春桃一家离开之后，金四问刘家的意思，又把炳茂家好的方面说了一通。刘妈妈说回去跟他爸商量一下再说。

　　过了几天，叶茶的姑姑带来口信说那边同意了。春桃问叶茶："同意不？"叶茶想起哥哥的亲事，便点头应承了下来。

　　金四便两头跑起来，回来后根据双方的意愿开了庚帖。永昌拿起笔写了下来，叶茶的庚帖是：礼金三百二十元。糖儿十二斤，猪肉一百五十斤，五一香烟六条，墨鱼干三斤，蛏子干三斤，年糕一百二十支。

　　那边刘家也送了姑娘的庚帖过来，彩礼钱跟叶茶的差不多。

　　那边说孩子的年纪大了，婚事还是早点办了好。最终，叶茶出嫁的日期定在次年正月十一，炳茂娶亲的日子定在次年正月十六。

　　日子定下来以后，双方便各自筹备婚事。叫来做木的老司做一些结婚的家具。春桃这边做了一个五斗柜子，一个乌柜，一担箱子，准备给叶茶做嫁妆，还做了一张洞床留在家里给炳茂结婚时用。家具都做好了，又叫来了"画花"的老司在家具的门面上画上孔雀、凤凰，有的还画上牡丹、菊花，还有的画上"赵子龙救阿斗"的图案。然后又到岱口买来了桐油，煎好了涂上去。过了不久，弹棉花的老司来了，弹了几床棉被，用双纱被单包起来。

　　过了年以后，很快就到了叶茶出嫁的日子。叶茶知道自己要离开家了，心里酸酸的，躲在房间里偷偷地流泪。

　　到了初十那天，那些亲戚来到长顺的家里。叶茶还想去山上挖兔子草，春桃不让她去，叫她好好在家休息一天。

　　那天晚上，叶茶吃不下饭，捂着被子哭了一夜。第二天早晨，叶茶早早起来。这边作发的外甥女玉珍、玉珠姐妹俩给叶茶当伴娘，刘家铺那边也来了两个接叶茶的女孩子。

　　叶茶穿上红衣服，翠红给她梳齐头发，秀丽给她抹上脂粉。来接亲的人直催叶茶快点上路。叶茶不想出门，抱着春桃哭。春桃哭着舍不得让叶茶走。秋菊也在院子里哭起来。包谷的三铳都打了好几遍了，叶茶还是不想起身。众人上前劝说，连拉带拽地才把母女俩分开。

　　长顺在旁边偷偷地流泪，他擦干了眼泪，催叶茶上路。

　　叶茶被伴娘扶着走出了家门，到了院子前的时候，忽然转身一下子跪倒在地上，叫了一声："爸！妈！"眼泪如雨水般从脸上淌下来。春桃又想跑出家门去抱叶茶，被秋菊拉住了。几声铳响后，叶茶就在伴娘的搀扶下上了路。金四在前面走着，永明以亲家舅子的身份送叶茶去刘家铺。

　　路上，唢呐"哒哒嘟嘟"地响着。每过一条河，接亲的人就往水里丢下一个红鸡蛋。

　　过了正月十五，是炳茂迎亲的日子。永明、永昌兄弟往柱子上贴红对联。炳茂这边派了包怀、立洪几个后生去抬嫁妆，翠红和玉珍、玉珠去接新娘。十六那天早上，人们早早地在村口等着新娘子过来。远远看见龙脊背上下了一群人，吹吹打打的，不时还传来土铳发出来的巨响。炳茂赶忙上去接。

由于路头远，送亲的和迎亲的都走得浑身冒汗。新娘子月芳脸上的脂粉被汗水浸得东一绺西一绺，像被雨水冲刷后的粉墙。秀丽忙端水给她洗脸，然后又给她重新抹上脂粉。众人一边安排送亲的吃"成双蛋"，一边在新郎房间里安顿好嫁妆。

永昌在院子里拿着一支毛笔记人情簿，每位来喝喜酒的都在人情簿上记上"人情"，有五元的，有八元的，最高的是炳茂盲眼的舅舅，记了二十五元。春桃知道自家兄弟是向别人借的，准备喝了喜酒后还给他。

长顺房子的中堂左右摆了两排桌子，其余的桌子摆在院子里，总共摆了十五桌酒席。

包谷的土铳响了三声后，酒宴就开始了。第一道菜是一盘猪肉，然后再来一盘酸泡菜。帮忙的人抬上一大饭甑的米饭，人们自己拿着碗去舀，小孩子们狼吞虎咽地吃起来。大人们悄悄地跟小孩子说："别着急，吃太多了，后面好吃的东西就吃不下去了。"吃了饭和肉以后，帮忙的人又来收拾碗筷，清理桌子。

正式上菜了，先端上一盆"合菜"，蛏子、肉、萝卜、笋干一起混着番薯粉丝炒起来，客人们在酒杯里倒上自家酿的米酒，一边喝，一边天南地北地聊了起来。说话声、酒杯的碰撞声交织在一起，整个场面非常热闹。

吃汤圆的时候，酒席刚好过半，炳茂和月芳便在伴郎伴娘的陪同下一桌桌地敬酒。每到一桌，炳茂端起客人的酒杯让月芳倒酒，一一向月芳介绍亲戚。从头桌敬起，每桌每人至少喝一杯。月芳不会喝酒只好由炳茂代喝。有调皮的年轻朋友要炳茂和月芳喝交杯酒，炳茂和月芳拗不过他们，便交着手臂喝了一杯，月芳羞得满脸绯红。

尽管炳茂的酒力好，但一桌桌敬下来后便面红耳赤了，走路也飘飘悠悠起来。

酒席散了以后，太阳都快下山了。

晚上，炳茂和月芳举行结婚仪式。屋里中堂的墙壁贴上毛主席像，中间并排摆着四张桌子，桌子上摆着各色瓜果。桌子两边坐满午轻人，左边坐着男宾，右边坐着女宾。桌子上头坐着主婚人奎福和证婚人金四。炳茂和月芳坐在桌子的下端，炳茂坐左边，月芳坐右边。

包谷的土铳响了三声，婚礼便开始了，全体起立，面对着毛主席的画像唱起了"东方红，太阳升……"

唱完之后，先是主婚人讲话。奎福说："夫妻要团结和睦，孝敬长辈，勤俭持家，积极生产。听毛主席的话，跟共产党走。"然后是证婚人讲话，金四讲了几句"夫妻要和睦"之类的。接下去就是男宾代表讲话，大家推包怀讲，包怀起身讲了句"祝新郎新娘白头偕老"。再接下去就是女宾代表讲话，月芳的伴娘秋花站起来也讲了几句祝贺的话。最后是炳茂和月芳讲话。别看炳茂平时说话像龙溪的水一般滔滔不绝的，在正式场面便支支吾吾地半天讲不出一句话来。月芳羞羞答答地只讲了一句："我不会讲话，请大家原谅！"大家知道新娘怕羞，也不为难她。大家怂恿着新郎新娘做一些亲密的动作，炳茂和月芳推托不过，炳茂剥了一颗糖放在月芳的嘴里，月芳给炳茂点了一支烟。

往后的节目便是男女宾赛歌。男的唱："大海航行靠舵手……"女的唱："天上布满星，月亮亮晶晶……"男的又唱："解放区的天是明朗的天……"每唱一首，场上就响起一阵阵热烈的掌声。

几个年纪大的男人也被欢乐的气氛感染，不知不觉地加入了唱歌的队伍。

包谷拿着烟斗在旁边看着，他晃了晃长脑袋说："下面我给大家唱支山歌怎样？"场上立即爆发出一阵放鞭炮一般的掌声。

包谷唱："你不起头我起头哦，团团围住五花楼。五花楼头好放谷哦，六月的溪瓜（黄瓜）好饮喉。"不等包谷唱完，金四就接着唱："我的山歌实在多哎，盖座新屋藏山歌。新屋东头漏一点哦，掉了一千八百好山歌。"作发听了不服，就唱："你唱山歌不算好，我唱山歌高又高。竹竿上面翻跟斗，鸡卵上面试钢刀——"

包谷和作发就对起山歌来。包谷唱："一唱山歌你会

愁，问你水牛身上多少毛，大锅煮饭多少汤，大缸做酒多少
糟。"作发对："要对山歌我不愁，水牛身上论肉不论毛，
大锅煮饭论米不论汤，大缸做酒论酒不论糟。"

……

有人说金四的老婆美兰会唱畲族山歌，立即有人去找。
美兰跟春桃、秋菊一伙人正在那里说笑，人们就把美兰拉了
出来。美兰有点害羞，看看大家都唱了，便"哩哩啰啰"地
唱了起来："哥有心来妹有心，哪怕山高河水深。山高也有
盘山路，水深还有渡河人。"

又有人把秀丽请了过来。秀丽又唱起瓯剧《高机》来：
"……有缘千里来相会，无缘对面不相逢。小妹共哥织绸
丝，枉然一顿好心机。相逢若无情来去，碉口春桃也笑
痴……"二十多年过去了，秀丽的身材依然纤细袅娜，声音
婉转凄美，一双眼睛顾盼生辉，只是挡不住岁月的流逝，眼
角爬满了搓衣板似的褶皱。

一直唱到晚上十点多，有人说新郎新娘累了，歌声才停
了下来。

帮忙的清理了桌子，端上长寿面和红酒，炳茂又给大家
敬酒。吃完了面，包谷又放了三声响炮，立洪点了两支红蜡
烛，放到脸盆上叫两个父母双全的小孩子送进去，摆在洞床
的两边。人们把炳茂和月芳送入洞房后便各自散去。

炳茂一进洞房就累得横躺在床上。月芳赶紧把叠在床上
多余的被子搬到椅子上。炳茂上了床拉来一床被子盖在身

上，一伸脚，脚丫子便落在外边，感到冷飕飕的。炳茂就叫起来："阿芳，你的被子宽倒是很宽，可惜就是短了点。"

月芳听了不由得"扑哧"一声笑了起来，说："你这个'呆头鹅'，你横着盖了……"

第二天早晨，月芳照规矩起来烧饭，发现锅灶里有一个红包，便笑嘻嘻地拿回了房间。炳茂问月芳捡着了什么。月芳送了炳茂一个秋波，嗔他不要管那么多。

09 / 红杜鹃

金四兑牛的时候听人说起，去福建那边放松香可以赚钱，他也想去试试，赚点钱给金五娶个媳妇，反正家里的事交给美兰、金五处理也放心。金四跟长顺商量，长顺想金四出去赚钱也是好事，便答应了。

金四目不识丁，出门怕吃亏，便跟长顺说能不能让永昌跟他一起去。当时永昌十九岁，已经毕业回到家里。春桃不满地跟金四说："你别作孽了，永昌身子那么弱，哪能到外地吃那么多苦啊！"

金四说："也不是什么苦力，就是上山收收松脂罢了，那边队里每个月还贴四十斤米。"

长顺"吧嗒吧嗒"吸着烟丝，他知道金四是个会算计的人，怕永昌跟着他会吃亏。又想着永昌老实善良，跟金四磨炼一下也好，都说"吃得苦中苦，方为人上人"嘛。长顺磕掉烟灰，瞪了一眼金四，说："好，叫昌儿跟你去吧！不过你要好好待他；你如果算计他，回来后抽你的筋，扒你的皮。"

"这个自然，这个自然。"金四用手指着天，发誓一般地说。

清晨，天边刚刚露出一缕白光，金四、永昌便背起铺盖出发。村里人都过来给他们送行。临行前，春桃抓住永昌的手哭了一会儿。春桃嘱咐金四一定要照顾好永昌，不要让他吃苦。金四说："大嫂，你就把心放到肚子里去吧。"

金四和永昌经过虎头山，来到景宁东坑，那时天已黑了，两人便在一户人家的屋檐下放下铺盖过了一夜。第二天又起身往北走，走了两天两夜之后便到达云和县城，在车站里过了一夜。早上醒来，恰巧遇上一辆运炭的汽车去福建松溪。金四便一把鼻涕一把眼泪地央求司机带他们一程，司机拗不过金四，两人便上了车，与木炭一起运到松溪县城。两人又辗转了几天几夜才到达蒲城蒲山大队。金四找到队长，当时队里正好缺放松香的伙计。队里说每人每月贴四十斤米，炼制好的松香由队里收购，每斤一块二。金四说："一块三吧，出门人可怜。"一番争论，最后确定为一块二毛五。当地的社员帮金四和永昌在河边搭起一个草棚，两人便在棚里安顿下来。

队长把两人带进一片大森林里，那里全是又高又大的松树。阳光透过树梢照射到满是松针的地面上，山间不时传来野鸡"叽叽喳喳"的叫声，还有猴子"喔喔"的呼朋唤友声。泉水在石头上"叮叮咚咚"地流淌着。两人爬上高高的松树杆，用刀子在松树皮上削了个倒"人"字，然后在交叉处绑上一个小竹筒用来收集松脂。

金四放开喉咙唱起山歌解闷："人问青山几时老哦，青山问人几时闲。天崩地裂山才老哦，阎王钩笔人才闲。"

过了几天后，永昌进入深山把集满松脂的竹筒一一收回。金四则在家里把松脂炼成松香卖给队里。

一轮圆月高高地挂在明镜一般的天空上。永昌躺在溪边的石头上，溪里的石蛙"咕咕"地叫着。永昌想起在龙口的家里，也是这样的明月，自己正在火篾灯下写字，耳边忽然传来几声石蛙的叫声。哥哥炳茂立时起身，说："阿昌身子弱，去捉个石蛙给他补补身子。"说完就点起火篮灯出门了。不久，妈妈便笑盈盈地端上一碗香喷喷的石蛙肉……

一天夜里，永昌感到浑身刺骨的冷。金四把自己的衣服盖在永昌的上面，永昌仍然冷得浑身发抖。金四一摸永昌的额头，感到烫得像个火笼似的。金四想永昌可能得了伤寒，便点燃松明灯，背着永昌急急地向对面山坳里走去。

山坳里有一座茅草屋，屋里住着一位六十多岁的老人和一位十五六岁的姑娘。老人是一位江湖郎中，年轻时进山采药被毒蛇咬了手臂，为了不让毒液侵入心脏，便自残手臂保住了性命。人们都叫他"独臂郎中"。那女孩是个哑巴，从小死了父母，独臂郎中把哑女收留下来当自己的孙女，唤作"哑姑"。

金四把永昌背到独臂郎中的茅草屋里，放在床上。独臂郎中给永昌把了脉，然后开了几服草药给金四带回。金四回到棚子后立即把药煎了给永昌喝。永昌吃了几服药以后渐渐好转，但仍然感到浑身无力，不能下地。当时放松香的活儿又不能停下来，金四非常着急，便央求独臂郎中让哑姑来照顾永昌。

独臂郎中见永昌可怜，就答应了金四的请求，每天派哑姑到棚子里给永昌煎药烧饭，有时还洗洗衣服。

山上不停地传来杜鹃鸟的叫声。永昌静听着一声声"不如归去"，心口阵阵发疼。他多想躺在母亲的怀里，美美地睡上一觉。

哑姑走进棚里，拉着永昌的手，"哦哦啊啊"地叫永昌起来。永昌从床上坐起，晕晕乎乎地走到棚外。外面阳光正暖，哑姑用手指了指山上。永昌抬头一看，只见山坡上满是红艳艳的杜鹃花，似展开一幅姹紫嫣红的画卷。哑姑牵着永昌的手，缓缓地走上山坡。永昌坐在草丛里，只见身旁的红杜鹃在微风中一抖一抖，像一只只红色的蝴蝶不停地扇动着翅膀。哑姑小心翼翼地掐下杜鹃花的枝条，弯成一圈，编成一个花环，戴到永昌的头上。然后对着永昌咧开嘴笑，笑弯了腰。永昌摘下花环，戴到哑姑的头上，哑姑低下头，在杜鹃花的映照下满脸红彤彤的，像一位正待出嫁的羞答答的公主。

在哑姑的精心照料下，永昌的病渐渐好转。金四和永昌忘不了独臂郎中一家的恩情，有时从山上回来，给郎中带些烧火的柴禾。农忙时节，两人帮郎中干地里的活。渐渐地，金四、永昌跟郎中一家来往日益密切起来。

永昌每在山上看见好吃的野果（杨梅、红串、野葡萄、猕猴桃、山荔枝），都会采回来送给哑姑吃。两人的关系便一天比一天亲密。

一晃三年过去了，金四决定送完最后一趟松香就回家。

临行前的当天晚上，他去向郎中告别。松明灯下，金四和永昌对郎中一家有着说不尽的感激话语。哑姑在旁边呆呆地坐着。

第二天天刚亮，金四和永昌从草棚子里出来，只见哑姑背着一个布袋子立在门外。

金四看出了哑姑的意思，但他知道哑姑是独臂郎中唯一的亲人，带走了哑姑，觉得对不住独臂郎中，于是就拉着哑姑的胳膊往郎中的茅草屋里走去。独臂郎中站在一处高坎上面，向他们挥着手，叫他们上路。永昌明白，让哑姑跟他走也是郎中的意思。

一路风餐露宿，三个人终于回到了龙口。

春桃看到永昌平安回来，还带回一个媳妇，欢喜得热泪直流，便安排永昌和哑姑入了洞房。

结婚以后，永昌发现哑姑整天呆呆的，没一个笑脸，还时常偷偷地哭。永昌明白，哑姑一定是想她爷爷了。

长顺和春桃懊悔让哑姑跟永昌成亲，活生生地把人家祖孙拆分两地。不久，哑姑怀孕了，长顺和春桃决定等哑姑生下孩子以后就把她送回福建。要是独臂郎中愿意的话，就接过来一起生活。

一年后，哑姑生下了一个男孩。沿用胡姓"希"字头，因他妈妈是福建来的，便取名希建。

希建满月以后，永昌便带着哑姑向福建出发。临走前，哑姑亲了亲希建，然后跪在地上给长辈们一一磕头。人们叹息着，女人们忍不住流下了眼泪。

长顺吩咐永昌，哑姑的爷爷如果不愿意过来就把哑姑还给他。

夫妻俩走了十天十夜，终于来到独臂郎中的茅草屋前。那时太阳快落山了，郎中坐在屋前的一块石板上抽烟丝。永昌看到了郎中的头发比以前白了许多。哑姑一头扑进爷爷的怀里，郎中一脸的惊喜，紧紧地抱着哑姑，一股老泪从皱巴巴的腮边流了下来。

洁白的月光透过窗棂照射进来，照到哑姑的身上。永昌看见哑姑甜甜地睡着了。永昌明白，郎中是舍不得离开自己的家的，家是他的根啊！永昌悄悄地从铺子上起来，深情地望了一眼哑姑，轻轻地走出了茅草屋，踏上了回家的路。永昌不时回望茅草屋，良久，茅草屋的轮廓便渐渐模糊了，最后消失在迷蒙的夜色之中。

10 / 枫树底

一天下午，龙口村突然热闹起来，原来是炳荣退伍回家了，村人都跑到春桃的家里去看。春桃笑嘻嘻地给村人分糖吃。村人发现炳荣比以前长高了许多，人也壮了，说话的声音也粗了。炳荣把自己在部队里拍的照片拿出来给村人看。照片上的炳荣穿着军装，戴着军帽，非常威武，村人伸出大拇指赞叹不已。

炳荣回来那年的秋天，龙口村办起了学校。学校盖在外弯大枫树底下，两间瓦房，四周用泥墙筑成，旁开几扇窗户。

教孩子读书的是石岭那边过来的一位女青年，脸圆圆的，脑后扎着两条长长的辫子，名叫爱琴。

教室里坐着十几位学生，有炳茂的儿子希文，永明的儿子希雄，立洪的女儿雪莲，金四的儿子金旺……有的十几岁，有的七八岁，统统都上一年级。

爱琴拿着粉笔在黑板上写着"毛主席万岁""中国共产党万岁"，一个字一个字地教孩子们读。

希建已经四岁了，他听到学校里传出读书声，便一摇一摆地来到教室门外。他听里面的大哥哥大姐姐念"毛主席万岁"，他也念："毛——主——席——万——岁！"由于没长齐牙齿，漏着口风，引得孩子们一阵发笑。希建又一晃一晃地走进教室，看到雪莲拿着一支铅笔在纸上写字，希建就上去抢。雪莲轻轻拍了一下希建沾满污泥的手背，希建就哭了起来。爱琴看到了，拿给希建一个粉笔头，把他领到教室外。希建便在泥墙上乱涂乱画。

上数学课的时候，爱琴教孩子们"四加三等于几"，爱琴叫孩子们先伸出四个手指，另一只手再伸出三个手指，然后合起来数。爱琴问："总共几个手指啊？"学生们说："七个。"爱琴说："所以四加三等于七。"

偏偏金四的小儿子金旺说等于"八"。爱琴便伸出指头给他数，等于"七"。可金旺伸出自己的手指一数，还是"八"。金旺摇着脑袋不知是怎么回事，雪莲在旁边看了咯咯直笑。原来金旺右手伸出四个手指时，大拇指不受控制地探了出来，右手就变成五个了，因而两只手一数就是八个。爱琴问雪莲笑什么，雪莲站起来把金旺数指头的情况说了，教室里立刻传出哈哈的笑声。

爱琴教减法的时候金旺又犯了错。人家十减五等于五，可金旺说等于六。金旺先把十个手指全叉开，好像抓松树针的耙子一样。然后把一只手的手指合拢，一数，又是六个，原来他伸出右手的食指在点另一只手的手指，把那食指也算进去了。

大家都说金旺真是个"活宝"。

上军体课，爱琴组织孩子们排好队伍，炳荣刚好从枫树底下路过，爱琴忙叫住他，叫他教孩子们列队。炳荣一本正经地站在队伍的前面喊着："立正！""向右看齐！"声音大如洪钟，震得头顶上的枫树叶子簌簌地落下来。不一会儿，孩子们就站得整整齐齐的。炳荣又教孩子们"向左转""向右转"。金旺分不清左右，老是转错方向。别的孩子转到右边，唯独他一个人转到左边。炳荣把金旺单独叫出来转，金旺转得晕头转向，越转越糊涂，后来干脆乱转一通，引得下边的孩子又是一阵哈哈大笑。炳荣只当金旺脑子有问题，就让他回了队伍。再转的时候，金旺竟然转对了。原来金旺小时候喜欢玩木手枪，有一次他拿柴刀做手枪的时候不小心砍到左手的食指，食指那里便留下一道疤痕，至今感到麻麻的。金旺发现，向左转的时候就往有疤痕的手指转，向右转的时候刚好相反，这样就再也不会转错了。

因炳荣是烈士的后代，公社里优先给他安排工作，让他担任放映员，炳荣便成了一名半脱产干部。

一天傍晚，炳荣从山底带来口信，叫龙口村的人去挑行头放电影。

龙口村从没放过电影，村人闻讯后欢呼雀跃。长顺赶忙叫炳茂、永明去挑行头。由于天气干燥，点松明灯怕掉下

"火子"烧山，长顺便叫他俩去找手电筒照路。

炳茂和永明去金四那里借来一盏手电筒，拿起扁担便出发。金旺听到了，吵着也要一起去。金四拗不过金旺，最终还是答应了。

三人急急上路，下了龙口岭，过了清溪桥，爬到山底半岭的时候天便黑了。金旺走在中间拿手电筒照着，走在后面的永明直叫走慢点，说看不见路。金旺往后面照，炳茂又迈不开步子，脚趾踢到石头。永明叫金旺把手电筒有节奏地前后晃动，这样既可以照到前头，又可以照到后头。果然，这样一晃，三个人都可以看到亮光，等亮光照来的时候赶紧迈开步子。到了山底的时候，那里的电影刚好放完。

炳荣把放映机、幕布叠起来放进箱子里，叫三人先走，自己去吃点心，随后赶来。

天上挂着一轮弯月，炳茂和永明挑着行头在弯弯曲曲的山路上走着，金旺拿着手电筒不停地前后晃动。三人来到山底岭，只听得清溪里的水哗哗地流着。走在后边的炳茂直叫走慢点，看不清路。金旺脚下一个趔趄，向前扑了过去，正好扑到永明的身上。永明使尽力气才站稳身子，金旺稳住了身形，可手电筒却不知道被抛到哪里去了。三人只好借着微弱的月光，深一脚浅一脚地走下山底岭，走过清溪桥，向龙口岭攀登。三人累得直喘粗气，全身的衣服都被汗水浸透了。

龙口村的人焦急地等着，他们早早看到山底岭那边亮光一晃一晃的，后来亮光不见了，猜想可能是手电筒坏了，便到龙口岭去接，把行头挑到枫树底下。

炳荣随后赶到，叫村人依着大枫树拉起一根绳子，把幕布撑开来，幕布两边各放一只音箱，又在场地中间放上一张桌子，摆上放映机，接上电源。人们看见放映机那里射出一道白光，直直地投到幕布上。炳荣又在影机上装上片子，开关一按，片子就开始转动，发出"啮啮"的响声，那边银幕上就跳出了人和文字。龙口村的人都说稀奇，一个个伸长了脖子瞪大眼睛看着。

电影放的是革命现代京剧《林海雪原》。包谷七十来岁的老母亲眯缝着眼睛，看着银幕上的雪海，说怎么六月天还下雪了？又有好几个人贴近银幕去看，去摸摸，是平的。

人们忽然看到银幕上出现了一个黑黑的人影，嘴里吸着一个弯弯的烟斗。大家一看，原来是金四。人们忙叫："快走开啦！遮住了，都看你了。"

原来金四想走到近处看个仔细，结果把电影机上投射出的光遮住了，把自己的影子投了上去。金四赶忙闪开，连说自己荒唐。

龙口村识字的人不多，里面的话和唱词都听不懂。于是人们就围着包怀、永昌这几个识字的人，叫他们一句句地把里面的唱词读出来听。

炳荣打开话筒给大家解说电影里的故事。老人们只知道以前刘家铺那里闹过土匪，现在才知道别的地方也有那么多土匪。

村人怀着好奇的心情看完了第一场电影，又盼望下一场电影的到来。炳荣尽量安排让村里人多看几场，一般一个月左右轮到一次。后来人们看了《龙江颂》《沙家浜》《杜鹃山》《红灯记》这些革命样板戏。

最郁闷的是放《奇袭白虎团》那场电影，白天人们已经把放电影的行头挑来了，村里的老老小小早早在枫树底下等着。到了天黑的时候，电灯却始终没亮起来。原来由于久不下雨，银坑洞水电站水库里的水枯竭了，发不出电来。人们不甘心，在院子里一直等到夜里十点多钟，电灯终于亮了。炳荣放出电影，刚放到一半，电灯又关了。人们再等了一会，可是电灯始终没亮起来，众人只好垂头丧气地回家睡觉。第二天，人们又眼巴巴地看着放电影的行头被挑走。

一天，村里来了一位五十多岁的瞎子，个子矮矮的，用一条小棒在前面小心翼翼地探着路，肩上背着一个"唱词鼓"，一步一步地摸进金四家的院子里。

金四赶忙叫金五去告诉长顺。长顺来到金四的院子里，把唱词的领进自己的家里，然后到村里你一块他五毛地凑了十几块钱，要留住瞎子唱两夜。

天色渐渐暗了下来，村里的老老少少都聚集到枫树底下。村人在场地中央摆上一张四方桌了，桌子上放一张凳子，一把竹椅。长顺把瞎子抱上桌子坐到椅子上。瞎子把

"唱词鼓"摆在方凳上，侧着耳朵调了一下音，接着就"当当当"地敲了起来。起初先唱一折《长脚娘》，说有个长脚娘的脚很长，脚一踩，脚趾在杭州，脚跟在温州，一用力，踩坏了一大片城墙。后来唱到了正本，词名叫《四娟会》，说有个公子上京赶考，遭到坏人暗算。结果有四个带"娟"字的小姐先后救了他，都跟他私订终身。后来那个公子考上了状元，便跟那四个小姐一起入了洞房。

到了中场休息期间，瞎子还做字谜给大家猜，说如果猜到了"地头也有个名"①。唱词的合着调子唱出了谜面："千不是千，送佛到西天。西天边三井水，不怕六月大旱天。"长顺说不识字的肯定猜不出来，便叫几个读书的去猜。

立洪、包怀、永明、永昌低头思考起来。

永昌拿出一支笔，皱着眉头在纸上画着。他把字谜里几个有代表性的字都挑了出来："千不是千"，永昌想要么就是"干"字。送佛到西天，取一个"西"字试试看。"西天边三井水"，莫非就是三点水吧。不怕六月大旱天，意思一连，于是嘴里嘀咕："是'水潭'的'潭'字吧！"

唱词的耳灵，马上竖起大拇指，说这孩子聪明。大家问是谁猜着的，春桃说是永昌猜到了，大家便议论说："到底还是读书人聪明。"永昌便羞涩地低下了头。

---

① 地头也有个名：俚语，意为地方有好的名声。

有了唱词的起头，下面的小孩子也忍不住互相做谜猜。雪莲说："一点一横长，一撇到平阳，平阳外两个丙。"叫金旺猜，金旺挠了半天的脑袋也没猜出来。大家便说金旺笨，"病"字也猜不出来。金旺不服气，叫雪莲再做一个。雪莲又说："一点一横长，楼梯布上梁。大口张着嘴，小口里面藏。"金旺还是猜不出来。人们又说金旺笨。金旺就说自己不笨，是字谜做得不好，希雄说："这个'高'随便一想就能想到的，还说不笨。"

金旺不服气地说："我做一个你们猜猜看，准猜不出来。"大家说："猜就猜。"金旺说："一竖一沟，双眼光喽喽。"话音刚落，雪莲就说："是个'小'字呗，谁不知道啊！"金旺就不好意思地跑到一边去了。

炳茂肩上骑着希建，手下拉着希文走过来，笑嘻嘻地说："做'义'猜啊，我给你们做，你们听好。"然后摇头晃脑念了起来："一个老鼠，两条尾巴。"金旺脱口而出"刀鞘"。原来这是平时人们经常念的连环谜，所以大家一听就猜了出来。

炳茂继续念，大家继续猜。

"刀鞘，刀鞘，两头翘翘。"

"船。"

"船啊船，两头圆圆。"

"鼓。"

"鼓啊鼓，两头上白吷[①]。"

"冬瓜。"

"冬瓜，冬瓜，两头开花。"

"床头。"

"床头，床头，一脚踢到旁头。"

"簟。"

……

希建回忆录

七岁那年，我去外弯大枫树底下上学。教室里挤着五六张桌子，每张桌子坐两个人。桌子用木板钉成，没有抽屉，书包就挂在两端。

我的老师叫爱琴，是我大伯炳荣的媳妇，我叫她大伯母。大伯母说，在家里可以这样叫她，在学校里要叫她老师。

老师平时看起来很温和，但如果我不会背书或做错数学题的时候就会板起脸，样子很可怕。因此我只好多读几遍书，把要背的书背熟。数学题不会做，就去问雪莲姐。

晚上，堂前间里亮起一盏煤油灯，爸爸便叫我端端正正地坐在板凳上写字，爷爷和奶奶在旁边笑呵呵地看着。字写完了，爸爸便带我到阁楼上一起睡觉，我听到对面阁楼里传来希文一家人的欢笑声，便问爸爸："妈妈怎么还不来看我

[①] 白吷：方言，意为发白。

啊?"爸爸说:"你乖乖的,妈妈就会来看你了。"我静静地枕在爸爸细小的胳臂上,月光透过窗棂照射进来。爸爸给我讲故事:"从前啊,有个叫匡衡的……"

平常我不爱说话,但很贪玩,特别喜欢跟雪莲姐一起玩。我小时候拜雪莲的爸爸立洪做干爹,雪莲就成了我的干姐姐。

一天中午,人们都躺在竹椅上睡觉,我热得直冒汗,便去了雪莲姐的家里,见她坐在椅子上打盹,便凑近她的耳朵说:"姐,去玩水。"雪莲姐说:"太热了,不去。"

我执拗地拉着雪莲姐来到里湾水口的龙潭边。我明白大人们是不允许我去龙潭玩水的,怕我出危险,也怕我浸了水生病。我叫雪莲姐在河边看着,便脱得赤条条的"咚"的一声扎到水里。水里凉飕飕的,我惬意地玩起了狗爬。雪莲坐在栎树底下,对着我嘻嘻地笑着。

我忽然看见玉珍伯母在潭边站着,瞪起眼睛喊道:"阿建,又玩水了,快上来!"我再看栎树底下,雪莲姐不知什么时候消失了。

我知道伯母心慈,不会打我,便装作没听见。伯母便从路旁找来一根竹枝,打着水潭里的水,厉声喊道:"上不上来?不上来把你吊起来抽。"

我只好光着屁股乖乖地上了岸,穿起裤衩。伯母拧着我的耳朵问:"以后还玩不玩?"我说:"不玩了。"伯母便松开手,在我的光脑袋上揉了几下,说:"天太热,快回家吧！"我便跟着伯母走上水口边的石阶。

栎树底下忽然传来一阵"叮叮当当"的响声，不久便冒出一位四十来岁的兑糖人。兑糖人脖子上挂着一条白毛巾，穿着白背心，挑着糖担子，用锤子敲着糖刀，带着浓重的平阳口音念起来："糯米糖糖实在甜，大人吃口凉，姆儿吃了还要添，老老①吃了胡须长，老老娘②吃了还会补衣裳。"

兑糖人把糖担子放在金四家的院子里，小孩们赶忙跑回家找兑糖的东西。有的找来牙膏壳，有的找来鸡肫皮，有的找来破解放鞋鞋底……兑糖人一一收着，放在糖笼的下一格。然后把糖刀紧紧贴在平平的糯米糖面上，用一个小锤子轻轻一敲，一小块糖便翻倒在一旁。兑糖人拿起糖递到小孩的手上。

希文提来一双旧解放鞋也来兑糖。美兰婆婆看见赶忙喊："希文，别兑，兑了叫你妈骂死，那是你爸上山穿的鞋。"希文说："破了，穿不得了。"话刚说完，月芳伯母肩上背着希武赶到跟前，从希文手里夺过解放鞋，抢起巴掌要抽希文："你的嘴真馋，你爸上山的鞋也拿来兑，这双鞋还是你大伯部队上带回来的呢，你爸知道了要抽死你。"希武在伯母的后背上露出圆圆的脑袋咯咯地笑着，手里拿着炳荣伯父那张穿军装的照片。美兰婆婆忙跑出来拉住月芳伯母

---

① 老老：方言，即老大爷。
② 老老娘：方言，即老太太。

的手说："别打，小孩子嘴馋，不懂事。"

希文在旁边缩着脑袋呜呜地哭着。月芳伯母拿出一毛钱递给兑糖人，兑糖人把糖敲下来塞到希文的嘴里，希文就不哭了。

人们都散了，兑糖人准备挑起担子离开。我远远地看到雪莲姐出现在兑糖人的面前，递给兑糖人一张票子，然后看见雪莲姐嘴巴一动一动地跟兑糖人说着什么。兑糖人就从另一头的笼子里拿出了一样东西。我一看，原来是一面圆圆的小镜子……

不一会儿，雪莲姐出现在我的眼前，她把一块糖塞进我的嘴里。我感到糖黏黏的、甜甜的、香香的，不一会儿，糖在我的嘴里便化成水了。

我在龙口读完三年级以后便去石岭学校上学。可能是我学习专心的缘故吧，每学期期末都能领回几张奖状，贴在家里中堂的墙壁上。大人们都说我是块读书的料。

暑假到了，爸爸把放牛的任务交给我。我把那头老牛赶到龙潭边的竹林里，牛便钻进竹林底下啃吃着地上的嫩草。我坐在龙潭边的那棵栎树底下看连环画，有《勇往直前》《青春之歌》《野火春风斗古城》，都是从学校图书室借来的。

雪莲姐穿着一件白色的印花裙子，提着篮子来到龙潭边拔兔子草。雪莲姐似乎比以前长高了许多，村里人说她长得很像年轻时的秀丽奶奶。我感到纳闷的是，雪莲姐经常下到地里，她的身上却从不会沾染泥巴，看起来总是那样干净，如冬天的积雪一般，不知她是怎么做到的。

树上的知了拖着长音，我热得全身冒汗，便脱了衬衫，穿着裤衩咕咚一声跳进潭里。水流像丝带一般柔柔地滑过我的全身，我狠狠地吸了口气，没入水里，看见雪莲姐在水潭边一晃一晃的，好像一朵飘动的莲花。

雪莲姐坐在溪边的树底下直擦汗，我说："莲姐，你也下来吧。"

雪莲姐环顾一下四周，说："阿建，你上来，替我看着。"我便穿上衣服，来到树底下。

雪莲姐又说："你头朝路边看着，不许回头！你回头我以后就不跟你好了，有人来了就跟我说一声。"

我靠着栎树看着路边，听到水潭里发出响声，我忍不住偷偷地转过脸去看。只见雪莲姐穿着裤衩和背心，莲藕一般雪白的身体浸在水里，头发散开，似一朵绽放的芙蓉花。

我怕雪莲姐恼我，便又回头朝路口看着。不一会儿，我直感到脑袋上痒酥酥的。我抬头一看，只见雪莲姐站在我跟前，乌黑的发丝飘落在我的脑袋上。

雪莲姐理了理披散的发丝说："真凉快。"然后又提起篮子往龙潭边走去。我紧紧地跟在她的身后。

雪莲姐钻进龙潭边的小竹林里。那里的竹子只有手指那么粗，底下钻出一根根拇指一般粗大的小竹笋。村里人把这笋叫作"节节笋",剥了皮以后放在水里煮,放点盐,很下饭。雪莲姐用手一掰,笋"咯吱"一声便倒了。我也弯下腰一条条地掰了起来,放进雪莲姐的篮子里,不久雪莲姐的篮子便满了起来。

林子越深,笋也越多,我和雪莲姐舍不得丢,不知不觉就到了密林深处。天色忽然暗了下来,瞬间黑得如泼了墨,随之白光一闪,响起了一个炸雷,滴答滴答,一阵豆大的雨点从树叶的缝隙里砸下来。前面有一个石壁,有一块石头下巴一般往外凸出来,雪莲姐拉着我的手往石壁跑去。雪莲姐的手柔柔的,宛如爷爷做的过年糍粑一样润滑。我和雪莲姐钻到石崖底下,紧紧地贴着崖壁,崖前的雨帘直直地流着。天空又响起一声炸雷,我感到整个山崖都颤动起来,不由得扑到雪莲姐的怀里。响声过后,雪莲姐轻轻地推开了我。她"扑哧"一声笑出来,说:"真是个胆小鬼。"

我低下头,感到脸上火辣辣的。

雨停了,天边露出粉红色的云霞,映得雪莲姐圆圆的脸庞红扑扑的。

11 / 鲤鱼坝

太阳闪着白光，龙脊背的土块冒着热气，蒸得永昌头昏眼花。永昌极力把胳臂向上弯曲成角尺形状，铁耙直直地向上翘起，然后往下轮了个半弧，"当"的一声落到番薯垄上。垄上溅起一阵白色的粉末，一棵淡绿色的水苋菜翻倒在一边。永昌移动铁耙，水苋菜被移到番薯藤的根部，松软地瘫着，颜色立即变淡。永昌喘了口粗气，感到一阵目眩，"砰"的一声扑倒在垄上。

长顺跑过来把永昌扶到一棵桉树下。桉树的枝叶投下一束伞盖一般圆圆的阴影。长顺舀了一碗茶水递给永昌，永昌仰起头灌了下去，无力地把头靠在桉树上，感到脑袋晕乎乎的。

长顺说："你先回去吧。"永昌扶着树干站了起来，背起铁耙恍恍惚惚地下了龙脊岭，回到家里，直直地瘫倒在竹躺椅上。春桃拿来湿毛巾给永昌擦脸，然后又端来一碗稀饭。

第二天早上，永昌拿起锄耙想跟长顺一起上山。长顺说："你不要去了，在家歇着吧。"春桃走过来拿走永昌手里的锄耙。永昌软绵绵地躺在竹躺椅上，像田里的一摊烂泥。

过了几天，永昌依然感到浑身乏力。春桃把作发叫了过来。作发看了一下永昌的脸色，又翻开眼皮细细地看了看，对春桃说："是肝里出毛病，都发黄疸了。"然后便回到家里，送来几服草药，叫春桃煎了给永昌喝下。

下午，长顺一家人忙着下地，永昌躺在中堂的竹椅上。天空忽然像筛豆子似的下起了一阵急雨。永昌想起父亲没带蓑衣，便艰难地从椅子上坐起来，背起蓑衣，撑开油纸伞向龙脊背走去。

永昌想快一点把蓑衣送到父亲那里，他身体极力向前倾，但步子却跟不上，感觉自己每往前一步都像伏尔加河畔的纤夫拉纤一般艰难。风呼呼地刮着，雨点横扫过来，噔噔地打在油纸伞上，溅出一片片碎末。永昌磕磕绊绊地上了龙脊岭，回头一看，映入眼帘的是黄泥岗上的层层梯田，那里稻苗正绿，犹如铺开的一床床绿毯。永昌的耳边响起了当年造梯田时唱的号子声："同志们吆，咳吆嗨呀！大家一起来吆，咳吆嗨呀……"

永昌爬爬歇歇，上了白骨洞。白骨洞旁边的山坳里散落着一座座坟墓，就像种豆子时点的土窟。永昌心里明白，这里是龙口人最终的归宿。永昌不知道人死了有没有灵魂，他只知道有些人死了人们会永远记住他，像胡太公、满金，他们不仅为自己活着，也为别人活着。可多数人死了，便像升起来的一缕烟雾，一晃就消失了。又像一滴雨滴，降到地面后便渗透到地底下，或蒸发后升上天空。

永昌上了龙脊背，只见山梁上开满了红杜鹃，红色的花瓣上滚动着水珠，在风雨中瑟瑟发抖。永昌想，福建蒲山那边的红杜鹃也开放了吧。永昌走进番薯园，远远看到长顺戴着斗笠，吸着烟丝，蜷缩在桉树底下，像崖底下的石蛙。永昌叫了一声"爸爸"，但喉咙似乎噎住一般发不出声来。

长顺跑过来，责备永昌："你上来做什么，我自会在树下歇雨的。"长顺接过永昌带来的蓑衣穿在身上，说："你先回吧，我还要给鞭豆插桩，鞭豆的藤子都很长了。"

永昌转身往回走。他又回望了一眼爸爸，只见爸爸在雨水中怔怔地立着，像山冈上一棵老了的松树。永昌向长顺挥挥手，长顺也向永昌挥挥手。

永昌走下龙脊背，来到鲤鱼潭边。由于山水集聚，潭里的水急速上涨，漫上了堤岸。鲤鱼潭滋养着龙口村近两百号人，村人如爱惜油一般爱惜着潭里的水，总是把鲤鱼潭灌得满满的，舍不得把水放掉。永昌忽然发现坝上有一道黑痕，他沿着一条小路下到坝面，只见上面有一道拇指宽的裂缝，缝里浸满了水。永昌想，如果水再漫上来坝就要塌了，整个龙口村就会被水冲走。永昌立即扔下油纸伞，狠命地拉起坝上的那条铁链，想拉开闸门放水。水紧紧地压着坝底厚厚的木板，永昌拉了一下，木板纹丝不动。情急之下，永昌拿来油纸伞，合拢后形成一条杠，把铁链绕在杠上，伞杆的一端顶住坝上的石头缝。永昌紧紧地抱住伞杆，双脚蹬着坝面使劲往后一拽，木板松动了一下。永昌使出浑身力气反复拽着伞杆，身体向拔河时一般极力往后仰去，坝底的木板缓缓往上移动。水哗啦啦地通过坝底的通道泄了出去，形成一道白色的虹，哗哗地泄入龙溪里。永昌一阵目眩，嘴里喷出一股鲜血，仰面翻倒在坝顶上。

雨停了，希武戴着斗笠从龙脊背上下来，他看见永昌直挺挺地躺在鲤鱼坝上，立即下了坝，摇着永昌的脑袋喊着："叔，你怎么了？"永昌缓缓地睁开眼睛，看了一下鲤鱼坝，眼角露出淡淡的微笑，然后又"噗"地吐出了一口血，闭上了眼睛。希武立即跑到龙脊背上，告诉了长顺。长顺急急下山，抱起了永昌。可永昌的眼睛再也没能睁开。

一棵红杜鹃的花瓣飘飞下来，飘飘忽忽地落到永昌的脸上。

长顺把永昌抱到家里。春桃见到了直喊宝贝，给他换了干的衣服，揉永昌的心。千呼万唤，永昌还是紧紧地闭着眼睛，在春桃的怀里永远睡着了。

希建回忆录

夏日的傍晚，天气异常闷热，坑口中学操场边木棉树的叶子由青变黄，打着卷儿飘落在操场上。希文和希雄气喘吁吁地走进校园，对我说："阿建，你爸生病了，快回去看看吧。"

我"啊"的一声，急急地跟着希文和希雄往家里赶去。由于乘不上车，我们仨只好沿着公路走着，走到石门岭的时候天就黑了。希文和希雄拿出手电筒照路。我累得直喘粗气，但不愿坐下歇一歇，只想早点到家见到爸爸。

我一踏进家门，只见中堂的横梁上挂下一个灯泡，半明半暗的。爸爸躺在中堂里的一张凳子上，一床红被子裹着他瘦小的躯体。我掀开爸爸头上盖着的黑布，只见爸爸瘦成了一具骷髅，脸色像清明的纸钱一般蜡黄。

我噙着泪叫了声"爸爸"，爸爸没有回音，我这才意识到爸爸真的没了。我被突如其来的变故惊到了，感觉自己就像从月球上突然降到地面一般不适应。我想哭，但感到喉咙里有一个巨大的棉花团堵着，让我发不出声来，闷得我不能喘气。我只能呆呆地站着，希武和凤华哭着在旁边的一个破锅里烧纸钿。玉珍伯母说："阿建，你也来烧点吧，让你爸爸多带点钱，路上好过关。"我坐在希武的旁边，拿起一张张黄纸，放进破锅里。黄纸渐渐变红，然后发出一道白光，又渐渐变黑，最后化成了一撮灰烬。

天亮了，我迷迷糊糊地看见院子里聚集了很多人。奶奶抱着大奶奶在堂前间里哭，月芳和玉珍两位伯母不停地给奶奶捶背。炳荣大伯拉着我的手向中堂走去。中堂里放着一口乌黑的棺材，我跪在棺材边上，看到爸爸静静地躺在里面，苍白的脸没有一丝血色。我一发力，喉咙里终于"哇"地蹦出哭声来，然后就感到一阵目眩，恍恍惚惚的，眼前又是一片漆黑。

有人把我从棺材边拉起来，我依稀听到爷爷的说话声："老司留钉。"盖棺的老司说："鲁班师傅来镇钉。"爷爷又说："老司留钉。"老司说："富贵双全，全家安宁。六畜兴旺，五谷丰登。"接着就听见"梆梆梆"斧头敲击棺材的声音。

后来又听见有人喊："起棺喽……"外边传来土铳的三声巨响，棺材就离开了地面，唢呐悲戚地响起来。有人把爸爸的相框放在我的手上，我拿着相框，迷迷糊糊地向前走着。我听到月芳和玉珍两位伯母的哭声："永昌啊，我的兄弟，你怎么就这样走了啊……"

棺材经过村口的那棵老栎树下，栎树的叶子一片片飞了下来，乌鸦在树顶上"哇哇"地叫着。送葬的队伍在山间小路上缓缓移动，每人的头上都披着白布，形成一条白色的长龙。

棺材被抬到了白骨洞边的墓地里，石板打开，露出了一道拱形的坟洞。阳光投在坟洞的边沿上，被一分为二，像生与死一样界限分明，棺材被缓缓地推了进去，最后消失在漆黑的坟洞里。我抬头看看天空，只见天空瓦蓝瓦蓝的，一朵白云飘过，上升着，变幻着，像人的灵魂，悠悠荡荡不知去往何处。

办完我爸爸的丧事以后，龙口村的人们立即动手整修大坝，里外重新砌上一层石块，画上警戒线。奎安说他住的地方离水坝近，由他负责看管水位。人们说，没有我爸爸，大坝就毁了，村里的房子就会被水冲走了，是我爸爸救了全村人的命。为了纪念爸爸，村人把鲤鱼坝改称为"永昌坝"。

去学校前，我来到了爸爸睡的阁楼里。我上初中以后，爸爸说："你以后要独立了，不能老是粘着爸爸了。"爸爸便在阁楼的后面整理出一个房间，窗户面对着后山。爸爸说那里清静，适合我看书学习。从此，我便没跟爸爸睡在一起了。

爸爸的阁楼空荡荡的。爸爸下葬的时候，被子和衣服都被两位伯母塞进棺材里，说爸爸躺在里面会暖和些。房间的柜子里还剩下几本书，有《青春之歌》《钢铁是怎样炼成的》。我看到书的下面压着一封信。我打开一看，是爸爸写给我的一份遗书。我的眼泪簌簌地滴到洁白的信纸上，耳边响起爸爸纤细而低沉的声音："建儿，当你看到这封信的时候，爸爸已永远离开你了。我可怜的儿，你出生一个月后妈妈就离开了你，现在爸爸又要离开你了。你不要过分伤心，每个孩子总有一天会离开自己的爸爸妈妈的。我走了以后，爷爷、奶奶、伯伯、伯母们都会疼你的，村里人也会疼你的。你一定要好好读书，为家里人争气，也为咱龙口村争气。你若有出头的日子，爸爸在九泉之下也就安心了。就此永别，我的儿。"

爸爸体弱多病，但天资聪颖，他预感到自己时日不长，便事先给我留下遗言。"要好好读书……"爸爸的遗言不停地在我的耳边回响。我暗暗下决心，明年一定要考上中专，以告慰爸爸在天之灵。我深知考上中专就像"千军万马过独木桥"一般艰难，每年坑口中学只有一两个学生能考上，何况我在班里的成绩不算最好的。

我白天认真听老师讲课，晚上便不停地做练习题，一直做到十一点多。夜深人静的时候，我躺在床上把白天学过的内容在脑子里过一遍，遇到想不透的问题先积攒起来，第二天翻书细细探究，直到把问题解决为止。天边刚刚泛出白光，我便在路灯下背政治、背古文。不久，我的成绩便赶了上来，每次考试成绩在班里都是数一数二的。

奶奶怕我受累，时常派希文和希雄送兔子肉给我补身体。

第二年夏天，我去县城参加了中考，自觉考得不错，便信心满满地回到家里，等待成绩公布。

一天早上，我赶着牛来到龙潭边的毛竹林里，听见月芳伯母扯着大嗓门喊："阿建，你在哪里？快回家吧，考上啦！"听说考上了，我的心里一阵激动。老牛在旁边也"哞"地叫了一声，为我庆贺。

我赶到家里，只见爷爷乐呵呵地吸着烟。我一头扑进奶奶的怀里说："奶奶，我考上了。"奶奶流着泪，轻轻抚摸着我的头。

奶奶逢人便说："我家希建考上了，将来可以吃公家饭了。"村里人都说我是"苦竹根头出好笋"，还说我没爹没娘的，"先吃黄连，后吃甘草"。

我跑去找雪莲姐，雪莲姐一看到我，就高兴得涨红了脸。

过了一个星期，我去县城参加体检和填志愿。志愿表里有师范的、卫生的、林业的、农业的，我想起教过我的老师，便填了"师范"。

半个月以后，我便收到了平阳师范学校的通知书。爷爷说，我是在村人的照顾下长大的，要摆酒席感谢他们。

早上，大伯们把栏里的猪拉出来。我听到猪凄惨的叫声，感到有点不忍心，觉得那猪是因为我而死的。

那天中午，我家的院子里摆了十几桌酒宴，全村里的人都过来了。我大伯还把石岭学校的老师也请了过来，石岭乡的乡长也来了。我爷爷让我请坑口的老师。大伯说太远了，害他们难走，就没请了。

酒席上，炳荣大伯领着我一桌桌地敬酒。我端着小酒杯倒满了爷爷酿的米酒，喝得脸烫烫的。长辈和老师都夸我有出息。我敬到炳茂伯伯那里的时候，伯伯喝得面红耳赤的。他摸摸我的脑袋，伸出大拇指说："你们看这孩子，真是'头平额宽天仓满'，我早就看出这孩子有出息了。"

乡长和石岭的老师反过来向我的家人敬酒，说我家教子有方，为学校争了光，也为乡里争了光。我爷爷听了只是呵呵地笑着。奶奶高兴得直流泪，她唠叨着："要是阿昌在就好了。"想起爸爸，我心里如扎了针似的阵阵作疼。

玉珍伯母忙说："婶子，看你的，今天是高兴的日子，你老提过去的事干吗?"

奶奶抬起袖子擦干眼泪,说:"是啊,今天是高兴的事,不说这些了。"

雪莲姐也来了,我看她羞羞的,只是低着头不说话。

酒席结束以后,玉珍伯母为我去平阳读书的事忙碌起来。奶奶岁数大了,自从我爸爸去世之后,她的头发似乎比以前白了许多,脑子也不好使了。伯母说我在坑口学校盖的棉被太旧了,就把当年娘家嫁过来的两床棉絮拿了出来,准备一床放在上面盖,一床放在下面垫。她又到柜里去找被单,翻来翻去都感到颜色太红。月芳伯母说她那里有一条素的,就拿了过来。两人又拿来针线把棉絮包起来。

第二天,玉珍伯母又带我去了一趟坑口,买来一套新的衣服、鞋和袜子,准备过冬的时候穿。平常村里人出门的时候都是把东西放进编织袋里的,伯母嫌太土气,嘱咐我去平阳经过坑口时买一只皮箱把编织袋里的东西装进去。

大奶奶把一双布鞋拿来放进袋子里,玉珍伯母说:"妈,你真是老古董,现在城里人还有谁穿布鞋啊,都穿回力鞋、皮鞋了。"

早上,我刚起床,只见雪莲姐在院门外等着,她不停地向我招手。我出去后便看到雪莲姐眼圈红红的,我想可能是熬夜的缘故吧。雪莲姐把一双袜底塞进我的手里,袜底上用红绿两种颜色绣着一朵十字花。

玉珍伯母看见了,便问:"阿健,雪莲送你什么了?拿出来看看。"

雪莲姐向我使眼色，但我不明白雪莲姐的意思。我说："是一双袜底。"然后就递给伯母看，雪莲姐便低着头跑开了。

第二天早上，天边升起了嫣红的朝霞，村里人早早来到村口的栎树底下给我送行。奶奶哭着拉住我的手不放。我想起这次出门后要到过年的时候才能回家，心里也酸酸的。两位伯母你一句我一句地吩咐我，叫我要吃饱穿暖，不要太省钱，钱不够了家里给我寄去。

希文挑着行李在前面走着，我跟送行的人一一道别。我远远地看到雪莲姐站在栎树底下不停地向我挥手。

我噙着泪水走到龙口岭头，回头看时已看不到送行的人们，只看见村子上空那片悠悠的白云。

石岭那边炳荣伯父已为我联系好了拖拉机，希文把行李放在拖拉机斗上。爱琴伯母嘱托我去学校后要多学本事，将来当一名好老师，我不停地点头。

我和希文先乘拖拉机到坑口，遵照玉珍伯母的嘱咐，到店里买了一只皮箱，把衣服之类的东西塞了进去。然后又乘客车来到了县城，再转车去了平阳。希文一直把我送到了学校。

希建去平阳不久，玉珍便收到了一封来信，一看是希建写的。月芳、玉珍识字不多，希文、希雄又不在家里，玉珍便叫来雪莲，叫她读给大伙儿听。村里的妇女纷纷聚集了过来。

雪莲打开信一看，开头称呼里就有一大串，写着："爷爷、奶奶、大伯、伯母、雪莲：你们好！"雪莲心里咯噔一下，隐去自己的名字不读。希建在信里说自己到了学校以后一切都好，让家里人放心，最后还说自己很想念家里人。

家里人听了都松了一口气。读完了以后，玉珍又叫雪莲写一封回信。雪莲拿来笔和信纸，春桃、玉珍、月芳你说一句我说一句，叫雪莲写，雪莲不知道从哪里写起，索性等她们说完了再写，大体的意思就是叫希建注意自己的身体，好好读书；家里一切都好，不要惦记。署名跟希建来信的称呼一样，只是到最后雪莲才偷偷地署上自己的名字。雪莲先把信放起来，等送信的邮递员经过时，再买来信封和邮票寄出去。

农历十二月十五，希建回到家里，特地从平阳带回一些糖分给村里人吃。春桃高兴得合不拢嘴。

农历十二月二十四以后，村人扫尘、宰 "过年猪"、做豆腐，纷纷准备过年。秋菊和长顺虽然分了家，为了热闹两家又合在一起过年。

大年初一的早上，希建在迷迷糊糊中，感觉耳边有一股凉凉的气流滑了过来，还听到 "呼哧呼哧" 的响声。他睁开眼一看，原来是自己的堂妹凤华坐在旁边。凤华拉着希建的胳臂说："哥，外面可热闹了，出去玩吧。"

希建惺忪着眼睛起床，穿上衣服站在楼上往下一看，只见院子里沸沸扬扬地聚满了人。

希建胡乱地吃了点早饭走出家门，一跨出门槛便碰到了秋菊。秋菊手里提着火笼，笑盈盈地对希建说："阿建，好啊！"希建感到稀奇，今天的大奶奶怎么文绉绉地向人问好了。他忽然想起正月初一说好话的习俗，便回了一句："奶奶好。"秋菊便像得了宝似的笑着走开了。

院子里围了好几桌打牌的人。永明、包怀、立洪、奎安打"四十分"，玉珍、月芳、松柳、玉珠玩"拱乌龟"。春桃端出茶糁①走过，大家也不客气，各自抓了一把吃起来。

长顺、奎福、包谷、金四则聚在一起抽烟丝。金四拿出黑烟袋，打开一看，发现那根短烟筒忘在家里没带来。他看到包谷衔着烟筒有滋有味地吸着，便伸手拽了过来，放在自己的嘴里吸着。包谷不满地说："你这个'粘粪汤'②，大年初一就来占我的便宜。"长顺和奎福哈哈大笑。

那边雪莲坐在椅子上嗑瓜子，她看见凤华牵着希建的手走过去，便叫了一句："凤华，过来！"凤华拉着希建来到雪莲跟前。雪莲顺手从盆里抓了一把南瓜子放在凤华的手里，又悄悄地从衣兜里搜出两颗糖，一颗递给凤华，一颗递

---

① 茶糁：方言，即"瓜子"。
② 粘粪汤：方言，意为爱占便宜的人。

给希建。

院子那边角落里有一群孩子在玩老鹰捉小鸡的游戏。凤华一开始拉希建去当"母鸡",希建上去以后,孩子们便拉住希建的衣服后襟转了起来。希武"张牙舞爪"地摆出一副凶神恶煞的样子来捉希建后边的"小鸡",希建伸开双臂罩着。这样转来转去,希建累得满身大汗。月芳看见了便叫:"阿建,别玩,别弄脏衣服。"希雄立刻过来替下希建当起了"母鸡"。

又一个角落里,两个女孩在翻花绳。一个女孩双手叉开手指,勾住细线形成方形;另一个女孩双手伸开手指捉那根线,一翻便形成了另一种图案,有"米筛垄""两头端""搭搭沟"……

过了初一,村里不断有拜年的新客过来。有来拜岳父的,有来拜舅父的。叶茶的丈夫大松用红扁担挑来一个红布袋到长顺的家里,布袋里放着一个木盂,盂里放着年糕和肉。

亲戚一到,村里人便轮流叫吃饭,把希建也请过去陪客人。春桃说这样不大合适,玉珍说只管去,到时候回请便是。

吃饭的时候,希建见有好多陌生人,便低下头默不作声。主人把希建介绍给客人,客人都夸希建聪明。希建推脱不了主人的热情,喝了几杯红酒,便感到头晕晕的,主人便扶着希建把他送到家里。希建说想吐,春桃心疼地给希建捶背，玉珍赶忙泡了一杯浓茶给希建喝下去解酒。

过了初七，村里请来了泰顺班子做木偶戏。戏台搭在外弯的枫树底下。天色暗下来以后，木偶戏便开场了，"咚咚锵锵"先打了一套"头通"。人们纷纷聚集过来，搬来凳子在戏台前一排排坐着。山底村的人也赶过来看。

正本开戏之前，戏台里先扯出两个"黄栖老"①。"黄栖老"光光的脑袋，走路一跳一跳的，嘴巴一开一合，一出来就引人发笑。两个"黄栖老"用泰顺口白对话，先介绍戏班子，然后告诫大家看戏要注意"防火""防盗"。之后扯了一出"太平戏"，保佑地头平安，人丁兴旺，发财致富，金榜题名。

正戏扯的是"薛平贵征西"。那些年纪大的一边看，一边讨论戏里的情节。女人们则一边看戏一边织着毛衣。雪莲织的灰色毛衣已经织到领子部位了。

戏台的旁边放着一担桶子，桶里放着一圈一圈"黄坛糖"。卖糖的坐在一边，有人来买了，便拿起剪刀"咔嚓"一声剪下一段。五分钱就可以买一小节，放在嘴里一咬，脆脆的、甜甜的，还带点薄荷的清香味。

过了初十，希建又去了平阳。临走前，雪莲送给他一件灰色的毛衣。

---

① 黄栖老：方言，对爱搞笑的老人的称呼。

12 ╱ 伞

　　一天，雪莲坑口的表叔刘化超来到她家，跟立洪说坑口那边有个后生，家人在上海做布料生意，非常富有。那后生已经二十五岁了，长得很帅气，又是独生子，雪莲要是嫁过去肯定能享福。

　　雪莲的妈妈松柳觉得坑口地点好，便跟立洪商量去那边看看。

　　雪莲听到消息后，心里说不出是什么滋味。她心里惦记着希建，但他还是个孩子，还没到谈婚论嫁的年纪，况且还在读书。而自己呢？二十二岁了，在村里也算大姑娘了。雪莲想，希建一直把自己当姐姐看待，如今他又成了公家的人，自己如果嫁给他，岂不是误了他？何况自己又比希建大四岁，农村有"女大四，不成妻"的说法。最后她一咬牙，便跟松柳一起去了坑口。

　　到了坑口以后，母女俩便住进表叔家里。雪莲看到对面有一间四层楼的洋房，和周围矮小的木房子相比，好像大白鹅立在鸡群里一般。化超跟雪莲说那里就是刘家。

化超约了刘家的后生到家里做客。雪莲见那后生长得白白净净的，理着分头，身材高大，上身穿着一件笔挺的夹克，脚底的皮鞋油光闪亮，满身透着香水气。

化超介绍了双方客人，雪莲才知道那后生叫志伟。志伟一见到雪莲便瞪直眼睛，仿佛欣赏价值连城的古董一般把雪莲浑身上下打量一番。雪莲不自在地低下头双手拧着衣襟。

饭桌上，志伟一一向大家敬酒。松柳喝了一杯，雪莲吃了点饭就下桌了。

松柳回家以后，心里非常中意，村里人都说雪莲的命好，找到了那样富有的人家。于是便由化超保媒，开了庚帖，定下双方的亲事，决定过年后就把雪莲嫁过去。

希建回忆录

在师范学校里，由于我不善于交际，孤独总是如影子一般紧紧地伴随着我。我渐渐喜欢上了小说，起初看的是《铁道游击队》《红岩》《林海雪原》……我看得入了迷，常常深夜才回寝室睡觉。一天，我看见同桌春的抽屉里放着一本琼瑶小说《聚散两依依》，便忍不住翻看起来。我深深地被小说里曲折的爱情故事所吸引，后来我便去外边书摊借来琼瑶的《鸟朦胧，月朦胧》，岑凯伦的《八月樱桃》《再生缘》……

一天晚上，我走过操场上的林荫小道，忽然听见树丛里发出簌簌的响声。定睛一看，原来有一对男女同学紧紧地拥在一起。后来我渐渐发现班里出现了好几对情侣，有班长跟文娱委员的，有体育委员跟生活委员的，他们暗地里卿卿我我，甚是亲密。那些男的西装革履，头发油光闪亮。女的穿着高跟鞋，浑身透出诱人的香水味。我的脑海里也泛起了涟漪，眼前掠过班里的一位位女生的面孔，最终定格在芸的身上。

芸来自农村，身材娇小，脑后扎着一条辫子，穿一双平底的运动鞋，笑不露齿，似大家闺秀一般。在那追求时尚新潮的年代里，她好像与别的女同学隔了好几个时代似的。

我和芸分别担任班里的劳动委员和卫生委员。为了争得流动红旗，两人时常拿起扫帚去替没认真做值日的同学补扫。我和芸成了班里接触最密切的同学，由于我远离家乡，便对芸渐渐产生了一种依恋感。

随着时间的流逝，班里的情侣群体像河边的苔藓一般不断地扩展，班级的气氛也变得如进入地下宫殿一般神秘起来。每天夜里，寝室里的同学总是在谈论着某某和某某是一对，炫耀着自己消息的灵通。而那些还没有步入情侣行列的，就像一位不会生孩子的女人看着一位妇女怀里抱着一个婴孩一般充溢着嫉妒，发出悲哀的叹息声。

我的脑海里时常浮现出芸的身影，就像放了一场电影一般，全是芸的镜头，那一颦一笑，千转百回，美不可言。

一天下午放学后，我把一张纸条塞进了芸的抽屉里。我在纸条上写道："晚上课后到图书馆后的玉兰树底下一叙。"

那天晚上，我无心听课和做作业，总是偷偷地瞄着芸，仿佛芸那里有一块强力磁铁，牢牢地吸引着我的注意力。芸坐在门边的第一张桌子上，她拿出课本，恬淡地听老师讲课，低头做作业。

放学铃声响后，我溜出教室，像侦察员一般猫着身子来到图书馆后的那棵玉兰树底下，紧贴着树干。月光下，我看见玉兰树旁边的石阶上陆续有男女同学走过，走向后山操场通往外边林子里的那道小门。我一直等到宿舍熄灯了也没看到芸的身影。我只好悻悻地回到了寝室，仿佛独自在沙漠中间旅行一般迷茫。

那天，我一夜无眠。第二天早上，我来到教室里，发现抽屉里放着一张纸条："对不起，我们都还小，学习要紧。芸。"

"是啊，学习要紧。"我不由得想起爱琴伯母的嘱咐："多学本事，将来当一名好老师。"我极力调整自己的心态，就当昨夜的等待是一场虚幻的梦。

周六晚上，我独自一人来到电影院里。影院里的灯光渐渐关闭，荧幕上投出了《爱之上》电影的片名。在朦胧的灯光下，我依稀看到前面五六排处有一个模糊又熟悉的身影：娇小的身子，扎着发辫，柔弱地靠在一个男人的肩上。电影画面的白光一闪，我看到那女生正是芸，而那位男生，则是我的同桌春。春来自县城，他爸爸是一位医生。

我心里像被针扎了一般隐隐作痛。冷静下来之后，我渐渐明白，浪漫是属于他们的，一个农村里的穷孩子，连做梦浪漫的资格也没有。

寒假到了，我急急地回到家里。我去看望雪莲姐，发现她心事重重，脸上也没了往日那甜甜的笑靥。

夜晚，窗外的雨滴答滴答地下着。玉珍伯母跟我说，雪莲许给坑口那边的后生了，准备过年之后就嫁过去。我的脑子里嗡嗡作响，立即跑回房间，用被子蒙住了自己的头，忍不住呜呜地哭起来。

往后几天，我不想出门，每天都躲在房间里看小说。有雪克的《伞》，琼瑶的《庭院深深》。我好像被挖走了五脏六腑一般，感到空荡荡的。

我奶奶唠叨着："阿建到底是怎么回事？饭也吃少了，这一过年身体反倒瘦了一圈似的。"

正月初十的清晨，天边布满了铅色的阴霾。雪莲穿着一件红色的呢大衣，撑起红雨伞，缓缓地走出村口。鞭炮噼噼啪啪地响着，三用机①里唱着："我一见你就笑，你那翩翩风采太美妙……"我紧紧地跟着送亲的队伍来到龙口岭头。送亲的队伍停住了，雪莲姐转过身来向乡亲们告别。雪莲姐看到了我，眼眶里闪动着泪花，我不明白雪莲姐此

————————————————

① 三用机：方言，即"录音机"。

时的心情——是找到归宿后的甜蜜喜悦，还是离开故处的不舍哀怨？

又是一阵噼噼啪啪"百子炮"的响声，雪莲姐最终在龙口岭消失了。

送亲的人走了，天下起了蒙蒙细雨，直直的，绵绵的，与路面相接。我呆呆地站着，任由那冰凉的雨水淋湿头发，打湿衣服。我看着前面长长的雨帘，想起了戴望舒的《雨巷》："……在雨的哀曲里，消了她的颜色，散了她的芬芳，消散了，甚至她的，太息般的眼光，丁香般的惆怅……"

在师范学校的最后一个学期，学校组织班里的同学去平阳县小实习。四人一组，我那组的组长是副班长慧琳。慧琳是当地人，年纪比我们大，组里人都叫她慧姐。慧琳是个活络的人，她很快就跟指导师协调好关系，一切事情都安排得顺顺当当的。我们组里的同学都很敬重慧琳，愿意担当实习期间的一切粗活累活。

为了上出一堂像样的实习课，我们在上课前先写好教案，然后在组里试讲，再修改，最后才到班级里上课。我想慧琳为组里的事忙里忙外的，便主动把她写教案的任务揽了下来。为了不让慧琳失望，我细细地研究教材，翻阅参考书，写好以后再交给慧琳。有时慧琳就干脆让我去上原本属于她的课，因而我锻炼的机会也比别的组员多，工作量也比别的组员大。

中午的时候，组里的同学到县小食堂里买饭吃，慧琳见我买的都是青菜，便往我的碗里添了几块肉。说我长得太瘦了，一定要增加营养。慧琳让我想起雪莲，但我知道我和慧琳是不会有结果的。

两个月的实习期很快就过去了，组里推荐我上汇报课。经过实习的历练之后，我在课堂上不再惊慌失措，我泰然自若地教学生读生字，学课文，提问，启发，学生争先恐后地回答，课堂气氛异常热烈。下课铃响了，学生们意犹未尽，听课的老师给予我热烈的掌声。实习班主任笑呵呵地对我说："希建，你具备优秀教师的一切潜质。"

毕业前夕，班里举行晚会。班里的情侣们在教室中间跳起了交谊舞，有的临时搭成一对滑进舞池里。慧琳拉起我的手走进了教室的中间。我的动作有点笨拙，慧琳安慰我不要紧张。在慧琳的带动下，我合着音乐的节拍，也渐渐地融入音韵。我的眼眶里热乎乎的，贴到慧琳的耳旁说："谢谢你，慧姐。"慧琳说："阿建，你会有出息的。"

第二天，我告别了学校，告别了同学，回到了家里。我拿着毕业证书向教育局报到。当时县里师范生紧缺，又由于学校在毕业鉴定上对我的评价很高，有好几所大的学校都想叫我去工作。但我想起一直关心我成长的乡亲们，便毅然选择回石岭工作。

　　雪莲嫁到刘家不久，她的公公婆婆便去上海做生意了，留下一笔钱给小夫妻俩做生活费。志伟的父母一直把自己的儿子当作掌上明珠，他们不要求志伟在家里做什么，只要求他专心陪着雪莲，早日抱上孙子。起初，小夫妻俩甚是亲密，志伟像跟屁虫一样跟着雪莲，连雪莲上街买菜也跟着。晚上偶尔有几个朋友找志伟搓麻将或打扑克，志伟也是早早就回到家里。后来雪莲怀孕了，志伟不能跟雪莲在床上亲热了，就露出了花花公子的本性，开始在外边寻找刺激。他几乎天天出去跟一些不三不四的人喝酒、搓麻将，有时玩到半夜才回家。

　　有一次志伟在外边搓麻将输了不少钱，心里很郁闷，就一个人跑到酒馆里喝酒，一直喝到半夜才醉醺醺地回家。雪莲忍不住说了志伟几句。志伟正在气头上，一巴掌就扇到了雪莲的脸上。雪莲急了，拿起床边的烟灰缸抛了过去。志伟更火了，一脚踢了过来，正好踢到雪莲的肚子上。雪莲的肚子一阵疼痛，下身流出了血。志伟知道自己闯祸了，急忙把雪莲送到了医院。雪莲的命是保住了，但孩子却没了。她从医院里出来以后，就径直跑回了娘家。

　　奎福了解到事情的来龙去脉以后，便纠集一班人要去找志伟算账。长顺劝奎福不要那么鲁莽。立洪便打电话到上海志伟的父母那里，志伟的父母了解了情况以后，心疼雪莲失去了肚子里的孩子，立即赶回坑口，着实教训了志伟一顿。然后又带着志伟连夜来到雪莲的家里，向立洪一家人赔礼道歉。志伟要把雪莲带回坑口，松柳死活不肯。志伟便死皮赖脸地跪下向松柳求情。后来永明出面做松柳的思想工作。松柳心想：嫁出去的女儿，泼出去的水，雪莲毕竟是刘家的人，是留不住的，只得含泪放雪莲跟志伟回到坑口。

过了几天，志伟的父母又出门了。临行前警告志伟，要好好地陪着雪莲，不要到外边去喝酒，也不要去搓麻将。如果再欺侮雪莲，回来后"扒他的皮，抽他的筋"。

志伟挨了训以后，着实安分了好几天。有道是"狗改不了吃屎的习惯"，过了几天，志伟的心又痒了起来，便又偷偷地跑出去搓麻将，只是不敢玩得太迟，回家的时候只跟雪莲说是去会一个新的朋友。

雪莲断定志伟又去玩麻将了，她想：志伟就像一匹野马，要把他禁在家里那是万万不能的。怕只怕志伟老是跟那些不三不四的人在一起，不仅输了钱，还变得人不是人鬼不是鬼的。

谁知那志伟是一个"给他上凳就要上桌"的货色，他以为雪莲拿他没办法，再加上玩上了瘾，回家的时间便越来越迟了。

一天晚上，雪莲看时间已经十一点多了，志伟还没回家，按捺不住，出门去找志伟。一打听，才知道志伟在金龙家里玩麻将。

金龙在外地的厂入了股，赚了不少钱，当地人都叫他"龙爷"。金龙是个好玩之人，他把老婆留在厂里，自己回坑口逍遥了。

雪莲气咻咻地来到金龙家的二楼，看到金龙家的客厅里摆着一张麻将桌，四周围满了人，志伟嘴里叼着烟正在那里摸牌。雪莲气不过，拧着志伟的耳朵就往外走。志伟正玩在兴头上不愿起身，两人就在麻将桌前闹起了别扭。周围的人都上来拉架，麻将子哗啦啦地撒满了一地。

"谁在闹啊！"屋里传出一声浑厚的男中音，客厅里顿时鸦雀无声。雪莲定睛一看，只见面前站着一个铁塔似的胖男人，四十多岁模样，横瞪着一双田螺大眼，滚圆的脖子上挂着一条耕绳链般大小的金项链。

雪莲料定这人便是金龙。金龙像收藏家赏古玩一般上下打量着雪莲，雪莲尴尬地低下了头。半晌，金龙咕咕咕地咽了一下口水，对志伟说："阿伟，跟你媳妇回去吧！这么水灵的媳妇怎么不好好陪她呢？"

回到房间以后，雪莲警告志伟，再这样下去，她非打电话告诉他老子不可。志伟连说："不要，不要。"他怕自己搓麻将的事情被父亲知道之后不仅要挨训，还会断了自己的财路，便又安分了几天。

一天傍晚，志伟跟雪莲说去街上溜达溜达。他刚跨出家门，金龙的狗腿子三毛就迎了上来。三毛拉着志伟直往外走，到了一个角落里就跟志伟说："伟……嗯哥，金……金嗯哥，叫你……去他那里玩……玩。"三毛不光头发少，还口吃得厉害。

志伟听三毛这样一说，又像被鬼手牵着一般跟着三毛去了金龙的家里。只见金龙家的客厅已经有一帮人在搓麻将了，都是志伟以前没见过的。金龙说都是生意上的朋友。一圈麻将搓完之后，志伟便上去坐了庄。

志伟坐下去以后才知道玩大了。这次搓的是"廿个粒"，比往日大了好几倍，一圈下来输赢就要好几百。但是坐下去了又不好意思站起来，他只好打肿脸充胖子，硬着头皮继续玩。幸好后来手气还顺，连赢了几盘，到"算届"的时候还赢了一千多。

第二天晚上志伟又忍不住去了金龙家。这晚志伟竟然没一局"胡倒"，有时眼看自己"有口"了，上家就是不出那张牌。明明抓一副很好的牌，搓着搓着别家又"哗"地倒了。就这样，志伟一夜就把兜里的钱全输光了。

志伟不甘心，他白天偷偷地去信用社把存折里的两千块钱全取了出来，晚上又拿到金龙家里翻本。没想到这次输得更惨，不到三小时，所有的钱都落入了金龙一伙人的口袋里。志伟输红了眼，就向金龙借钱继续玩。金龙叫三毛把两千元钱送了过来，还送来一张纸条给志伟签字。志伟一看，身体不由得打了一个寒战，上面写着："赢了照付，输了雪莲晚上陪金龙睡觉，不用还钱。"

志伟一心想翻本填补存折上的空缺，就不管三七二十一在上面签了字。

麻将开盘了，几局下来，志伟的两千块钱又输了个精光。

麻将席散了，金龙撒了点钱给大家拿去吃点心。三毛过来向志伟讨钥匙。志伟哆哆嗦嗦地把家里的钥匙给了三毛，然后晕乎乎地去了酒馆。

雪莲躺在床上发呆流眼泪，她知道志伟又去赌了。她听到门锁转动的声音，然后门便开了，有人向她走来。雪莲以为是志伟，便眯着眼睛不去理睬。忽然，有一双胖胖的大手向她的胸部袭来，雪莲"啊"的一声从床上坐起来，只见金龙立在床前咧开嘴向她嘻嘻地笑着。金龙拿出志伟签字的条子，在雪莲面前一晃，说："你男人输了我两千块钱，你陪我睡一觉就清了。"说完马上就把自己脱得赤条条的，向雪莲扑了过来。雪莲一闪滚到了地上，金龙扑了个空，身体像一扇板门一样压到床上。雪莲趁机向门口跑去，金龙伸过大手抓住雪莲的睡衣后领往后一拽，雪莲又被拉回到床上。金龙伸手想按雪莲，雪莲抓住金龙的手腕狠狠地咬了一口，金龙如杀猪般号叫起来。雪莲乘机开门跑了出去，径直跑到表叔化超的家里。

第二天，雪莲回到龙口，哭着把事情的经过跟松柳说了。立洪夫妇觉得再也不能把自己的女儿往火坑里送了，就向志伟的父母提出离婚的要求。志伟的父母也觉得自己的儿子干出了禽兽不如的事，对此无话可说。在双方村干部的见证下，雪莲和志伟在离婚协议书上签了字。

雪莲回到龙口以后，便躲在家里哭着不愿见人。

希建回忆录

从师范学校毕业后，我被分配到石岭学校工作，爱琴伯母是这所学校的校长。学校共有十位老师，大多是民办转正的，还有几位代课老师。他们教学理念陈旧，伯母便经常组织老师听我上课。我感到自己忽然间长大了，成人了。

晚上，我百无聊赖地坐在走廊里的一张木椅上。天空漏出几颗星星，清冷地向我眨着眼睛，月儿皎洁得如同一把放在晶莹的冰块上的刀。操场边的草丛里传来几声蟋蟀的叫声，马路上稀疏地晃动着几条人影。

木质的走廊传来轻轻的脚步声，一股诱人的香水味飘进了我的鼻息。飞燕披散着头发，穿着一身白色的连衣裙，站在我的旁边，声音如春风拂柳一般柔和："建哥，我想唱歌。"

我说："太迟了，还是早点休息吧！"

"我不，我睡不着。"飞燕忸怩着，拉着我的手穿过走廊，来到她的房间里。房间里弥漫着女性闺房里特有的清香。我被飞燕轻轻地按在椅子上，椅子前面是一架旧得发光的风琴。我的手指缓缓地落在琴键上，房间里便飘出婉转的音符。飞燕站在我旁边，从她樱桃般的小嘴里流出了百灵鸟般的歌声。

时间在欢快的音乐中流逝，不一会儿便到了深夜。爱琴伯母在操场上喊："阿建，你们快休息吧！明天还要上课呢。"

歌声戛然而止。我离开飞燕的房间，穿过寂寥的走廊，来到自己的房间里，躺在床上，脑海里依然充盈着悦动的音符。

坑口区教办每学期召开一次全区教研活动，学校派我和飞燕去参加。我和飞燕早早起床，借来一辆自行车，人和车一起装在一辆去刘家铺运砖的拖拉机的后斗上。到了刘家坳岔路口后，我俩便下了拖拉机。我骑上自行车，飞燕坐在后面一直滑到坑口，正好赶上坑口区小的公开课。

那天中午，飞燕邀我去她家里做客。我一想起飞燕的爸爸是坑口区副区长，便战战兢兢的不敢去，但飞燕的满腔热情我又推脱不了，只好默默地跟在她的身后向她家里走去。飞燕似乎很开心，不停地抢着手里的小提包。进了区府大院，眼前是一座四层砖木结构的房子，我感到一股森严之气扑面袭来。飞燕把小提包挂在肩上，紧紧地贴在腰间，脸上的笑容立即像演苦戏的演员一般消失了。飞燕领着我走上宽大的木板楼梯，直走到四层，然后又穿过走廊走到尽头。飞燕轻轻地敲了敲一扇木门，门里传出一位中年妇女的声音："谁呀？"飞燕回了一声："妈，是我。"门开了，探出一位妇女的脑袋，我轻声说："阿姨好。"飞燕的妈妈脸上露出一丝笑容，回了声："你好。"然后便把我迎了进去。

客厅里非常洁净，木质的暗红色地板被擦洗得雪亮。褐色的沙发上坐着一位中年男人，穿着一件灰色中山装，低头看着一份报纸。我猜想那中年男人便是刘副区长。飞燕并没有如我想象的那样蹭进她爸爸的怀里，只是蹑手蹑脚地来到他爸爸的跟前，悄声说："爸，我回来了。"

刘副区长"哦"了一声，抬起头看了我一眼，问飞燕："这位是……"飞燕说："我的同事。"

我怯怯地叫了声："叔叔好。"刘副区长应了声"好"，又低下头看起了报纸。

飞燕的妈妈系着花布拦腰从厨房里出来，跟飞燕说："燕，带你的同事去洗把脸吧！"

飞燕把我带进洗漱间里。洗漱间的窗台前有个水龙头，一拧，水便哗哗地流到脸盆里。我看着脸盆架上雪白的毛巾不敢动用，便把脸埋进脸盆里用水漂一下。我对着墙壁上的镜子照了照，发现自己肤色发暗，头发蓬乱，顿感自己像一只刚从雨帘里跑出来的小野猫。

我用手理了理头发，从洗漱间里出来。飞燕拿着一个削了皮的梨子递给我，我放在嘴里轻轻地咬着，感到脆脆的，清甜里带着一丝酸味。

吃完梨子，飞燕的妈妈说："吃饭了。"飞燕领着我在一张方形的桌子上坐下来。桌子的上端坐着飞燕的爸爸，我的对面坐着飞燕，下端坐着飞燕的妈妈。

桌子中间摆了一大碗汤，汤的四周众星拱月一般围着几盘菜。

飞燕的妈妈给我盛了一小碗饭，又端上一个碟子，放上一个调羹。

饭桌上谁也没有说话，只传来轻轻的咀嚼声，像夜深人静的时候蚕虫咀嚼桑叶的声音。

我就近夹了一些青菜，把碗里的饭收进肚子里，然后便从椅子上站起来，说："叔叔，阿姨，你们慢吃。"

飞燕的妈妈问："吃饱了吗？"我说："吃饱了。"然后起身把碗端进厨房里。

飞燕吃完饭后站了起来。我向飞燕的父母告别，走出了房间。一到马路上，飞燕又像出笼的兔子一般活跃了起来。

下午教研活动结束后，为了不耽误第二天的课程，我和飞燕又急急地往石岭赶。我俩先搭上一辆拖拉机来到刘家坳，然后便骑上自行车向石岭出发。前面是一段很陡的下坡，我咬紧牙关紧紧地捏住车闸，忽然听到轮子间"梆"的发出一声响，我知道后车闸断了，车子越滑越快。我又紧紧地捏住前闸，前闸"嘣"的一声也断了，我的心立即提到了嗓子眼上。老天有眼，前面是一段上坡，车子便渐渐停了下来。

我惊慌失措地从自行车上下来，对飞燕说："车子废了。"我心想，人没废已经很不错了。

"啊，那怎么办？"

"只能推着走了。"

"推就推吧。"飞燕轻描淡写地说。

离石岭还有十几千米的机耕路。我抬头看看天空，深深地意识到接下去又是一段艰难路程。飞燕则一边采着路边的野花，一边哼着小曲，全然不知面临的窘境。

夜幕渐渐降临，月亮爬上了对面的山坳，两边的行道树投下一簇簇树影。我推着自行车摸索前行，轮子碰到石块后一跳一跳地弹了起来。月光下，我和飞燕的影子拓在机耕路上，忽大忽小。远处是黑黝黝的山崖，近处是阴森森的林子，山上不时传来各种山鸟的叫声。我感觉自己如置身于洪荒之中，有一群怨鬼在呜咽，不由得悄悄蹲下身子，捡起一块一头尖尖的石块放进手心里。不久，那石块便汗津津的。

有点夜盲的飞燕直说看不见路，紧紧抓住我的衣襟。忽然，"嗖"的一声，树丛里窜出一个黑乎乎的东西。飞燕"哇"的一声，紧紧地抱着我，我听到飞燕急促的呼吸声。我用力踩一下脚，那家伙抖了抖身体，"吁"的一声钻进树丛里。

飞燕浑身发抖。我安慰说："别怕，是一头野猪。"

"它会咬人吗？"

"不会。"

飞燕依然紧紧地抱着我。我的下巴擦到了飞燕软绵绵的发丝，闻到了一股淡淡的香气。就在这时，树林间穿过一束电光，我听到了炳荣大伯的喊声："希建，在哪儿啊……"

飞燕松开手，我大声应着："大伯，在这儿呢！"不一会儿，大伯拿着手电筒来到了我眼前，说："你伯母算得真准，说你们准是路上遇事了。"说完便接过我的自行车推着向前走去。

周末，我回到了家里。玉珍伯母说："雪莲回来了，不去坑口了。"

我一怔："怎么不去了？"

"她离婚了，不去了。"

"怎么会离婚呢？"

伯母絮絮叨叨地跟我说起雪莲在坑口的遭遇。我听了以后唏嘘不已，想不到雪莲嫁出去以后吃了那么多的苦。

清晨，我来到外弯，只见雪莲挥着竹竿赶着一群鸭子下田，我便跟了上去。田里擎起一朵朵白色的莲花，鸭子嘎嘎地在莲叶底下找食吃。雪莲在田埂边的一棵山茶树下坐着。阳光从树叶间照射下来，投下一片阴影，雪莲把脑袋偏进阴影里，想要遮住眼圈周围的黑晕。我悄悄地坐到雪莲的身边，雪莲不安地说："阿建，我们都长大了，不能像以前那样亲近了，免得村里人说闲话。"我说："这有什么啊？村里人原先就知道我俩要好。"雪莲说："这怎么能跟以前比呢？原先我们都是小孩，现在我们都成年了。"我有点语塞，只是呆呆地望着天空。高空有一只老鹰在盘旋着，不停地发出"喔喔"的叫声。我说："莲姐，老鹰来了，看紧鸭子。"雪莲睁开温柔而湿润的眼睛，说："是啊，不看紧点，被老鹰叼走就找不回来了。"我和雪莲紧盯着那只老鹰，大抵那只老鹰明白这里没有下手的机会，便盘旋着飞到别的山头去了，身后留下一缕悠悠的白云。

太阳高悬在空中，我的脸上滴着汗。雪莲撑起一把花雨伞，我躲到伞的下面。雪莲又递给我一条手帕。一群蜜蜂嗡嗡地飞来，在山茶树上采着花蜜。

雪莲说："你回去吧，太阳猛着呢。"我起身离开，回首一看，雪莲眼里正含着泪水。

我想我和雪莲一块长大，彼此间的情意如丝线一般缠绵，我再也不能让机会溜走了。但我向谁开口表明我的心意呢？我看到玉珍伯母上菜园里拔菜，便悄悄地跟了上去。

伯母见了我，叫我帮忙割菜。菜园里的青菜绿油油的，我想着心事，拿起刀好久没砍下去。

伯母问："阿建，你是怎么了？心事重重的样子。"我支支吾吾地说："伯母，我想娶雪莲。"

伯母叹了一口气说："唉，我早就看出你们之间的龉情了，但不合适啊！"伯母摇了摇头。伯母说雪莲虽然是个好女孩，但毕竟是农村的，又是二婚。说我应该找个吃公家饭的，现在还年轻，慢慢找还来得及。

"伯母，我也不是小孩子了，我已经想好了。我跟雪莲在一起一定会幸福的。"

"你的婚事我也做不了主，还是跟长辈们商量一下吧。"

晚上，一家人集中在堂前间里，玉珍伯母提起我想娶雪莲的事。奶奶和大奶奶说："好，好，雪莲这姑娘人勤劳，又善良，是个好囡。"月芳伯母说："好是好，总感到阿建有点亏似的。"玉珍伯母说："是啊，阿建是吃公家饭的，找个吃公家饭的姑娘才般配。"

炳茂大伯拍拍我的肩膀，跟我说："阿建，讨亲不讨'二婚'亲，听大伯话，找个年轻的。"

永明伯伯说："阿建，缓一缓吧，不急，雪莲跑不了。"旁边的人也附和着："不急，不急。"

"这个，这个……"我结结巴巴地说不出话来。

带着浓浓的心事，我回到了学校。爱琴伯母叫我去她家里。一进门，她便笑嘻嘻地跟我说："阿建，好事。区教办徐主任给我打来电话，说刘副区长想招你当上门女婿。"

"给他们家当女婿？"我想起刘副区长那张威严的脸，身体不由得打了一个寒战，便说："伯母，我不去。"

"这是天上掉下来的好事情，你怎么不去啊？你当了他的女婿，那可是前途无量啊，很多人都高攀不上呢！再说飞燕这姑娘又漂亮，又懂事。"伯母叨个不停。

炳荣大伯说："好是好，我总感觉不是一路人似的。再说，又是给人家当儿子。"

我的心里像失去航向的小船一般，迷茫不知所措。

夜晚，天空挂着一轮圆月，操场上投下一片片树影。我靠在走廊的椅子上，脑海里涨潮似的不停地翻涌着，一会儿闪出雪莲，一会儿闪出飞燕。我的眼前如放电影一般浮现出小时候与雪莲一起在龙口度过的时光，想起雪莲那张忧郁的脸，便起身向伯母的家里走去。

大伯靠在沙发上看报纸，他一见我便问："阿建，有什么事吗，丢了魂似的。"

我低着头说："大伯，我想娶雪莲，不想给刘副区长当女婿。"

"娶就娶呗。"

"你以为小孩过家家啊！"伯母不满地白了大伯一眼。

伯母给我泡了一杯茶，问："阿建，你觉得跟飞燕不合适吗？"我轻轻地说："飞燕很好，但我不愿意离开龙口去她家里。"

大伯拍了一下桌子说："有志气，我们山里人虽然生活清苦，但活得自在。所谓'虾有虾道，蟹有蟹路'，飞燕家里是干部，跟我们这些农家子弟很难对得上号。现在雪莲离婚了，如果阿建还想着她，更说明对她有真情啊。"

伯母坐在椅子上，托着下巴沉思一会儿，点点头说："这话说得在理。阿建要是娶了雪莲，雪莲肯定会像对待亲弟弟一般疼他，这比别的确实强一百倍。"

"家里人不支持吧？"大伯未卜先知，"这事包在我身上。你只管做娶媳妇的美梦去吧。"听了大伯的话，我一颗摇摆不定的心总算如磐石一般稳了下来。

周五的晚上，炳荣大伯来到了我家。一家人又聚在一起。

炳荣大伯开门见山地说："阿建娶雪莲是好事。"大伯说婚姻最重要的是感情，二婚不二婚不要紧。经大伯这样一说，伯母伯父也都不说话了。两位奶奶接过话茬说："我也觉得很合适的。"

爷爷磕掉竹烟筒里的烟灰，说："那就让阿建娶吧。"

永明伯伯说："结婚是双方的事，那也要问问对方愿不愿意。"

"在理。"炳荣大伯说，"这不难，雪莲那里阿建自己去问。至于长辈那里呢，让叔去问吧。"爷爷点点头。

大伯按了按我的肩膀，然后拿起手电筒回石岭去了。

第二天，我早早起床来到雪莲的家里。雪莲正挥着竹竿赶鸭子下田，我心里咚咚直打鼓，跟上去说："莲姐，咱俩晚上在枫树底下见面，有话跟你说。"说完便跑回了家里。

天边被晚霞染得红彤彤的，我来到外湾的枫树底下。树上的知了"吱吱吱"地叫着，一群蚂蚁正络绎不绝地回到自己的巢里。天色渐渐暗了下来，四周静悄悄的，偶尔传来几声蛙鸣。雪莲披着洁白的月光向枫树底下走来，我迎了上去，紧紧地抱住雪莲，热泪像断了线的珠子一样从脸上滚了下来……

第二天晚上，爷爷满面红光地踏进堂前间里，他说雪莲家里同意了，还说阿建有良心，小时候没白疼他。他们家里还说都是一家人，彩礼就不讲了，一切从简，只挑个好日子结婚就行了。

正月十一，我和雪莲两家办了喜酒。雪莲的家里陪嫁过来一台缝纫机，他爸爸说，雪莲没工作，也不能靠我的工资生活，以后可以帮人做衣服赚点钱。

那天晚上，人们闹了洞房后就各自散开了。

雪莲穿着大红衣服坐在床沿上，床上叠了好几床红被子，映得雪莲的脸红扑扑的。雪莲把床上的被子搬到沙发上，我去关了房间的门，拉灭了电灯，脱了衣服上床。忽见床两边的红蜡烛还亮着，正张嘴想吹，雪莲急急叫了声"别吹"，然后扑哧一声笑了出来……

过了正月十五，我又去了学校，没看见飞燕的影子。伯母递给我一封信，说："飞燕回坑口去了。"我打开信封，一张洁白的信纸上写着："建哥，我走了，谢谢你像亲妹妹一般待我，我会永远记住你的。祝你好运。你永远的飞燕妹妹。"

第二年夏天，雪莲生下了一个男孩。我沿用胡姓"克"字头，给他取名叫"克敏"。

一天下午，雪莲在院子里的水缸边洗衣服，我抱着克敏坐在屋檐下的竹椅上。只见院子里走进一位满脸沧桑的中年女人，脑后扎着两条辫子，额上冒着汗，刘海像被猫抓过的丝线一般凌乱。她看见了奶奶，便跪在地上"呜呜哇哇"地哭着。我奶奶傻了眼。

大奶奶跑过来，问那女人话，那女人呜呜哇哇就是说不出话来。大奶奶一阵惊呼："天杀的嘞，这不就是希建的妈哑姑吗？"

"妈妈？！"我的脑海里嗡的一声响，在一旁愣愣地看着眼前的女人。

大奶奶过来抱走克敏，催促我："去呀，还愣着做什么！快去叫妈啊！"

我立刻向那女人跑了过去，脚下被一块石头绊了一下，一个趔趄扑倒在地上。雪莲过来把我扶了起来，我俩走到妈妈跟前，喊了声"妈妈"，三个人紧紧地抱在一起。

村人听到消息后都聚了过来。金四爷爷说这确实是二十年前的哑姑，只是岁月流逝，让人一下子认不出来了。

村人指手画脚"呜呜哇哇"跟妈妈聊起来。费了好大的劲才搞清楚原来妈妈当年回福建以后就再也没有嫁人，一直陪伴在独臂郎中的身边。如今独臂郎中去世了，她就顺着当年的路过来想看看自己的孩子。

妈妈听说我当了老师，脸上露出了满意的笑容。她知道爸爸生病去世了，便蹲在地上呜呜哇哇地哭起来。

一家人感到又幸福，又心酸。

第二天早上，妈妈早早起床，说要去看看爸爸的坟。我和雪莲陪着妈妈一起上了山。

爸爸的坟静静地躺在白骨洞前的山坳里。雪莲在坟前摆上一些熟菜，然后烧了一些纸钱。微风中，黑色的纸灰在坟前飞舞着，飞舞着，像一群黑色的蝴蝶。那时正是杜鹃花开的季节，我掐了一束杜鹃花放在坟前。我和雪莲说："爸，妈来看你了！"

妈妈蹲在坟前，两眼呆呆地看着坟地，忽然"砰"的一声昏倒在地上。我和雪莲叫醒了妈妈，一起走下山来。

此后，妈妈便留在了龙口。村里人都说这是我家天大的喜事。

13 / 山　路

希武高中毕业时，正赶上秋季征兵。希武便跑到大伯炳荣家里，说自己也要去当兵。当时炳荣已转为正式干部了，担任公社里的人武部长。

炳荣拍了拍希武结实的肩膀说："你小子有志气，不过当兵很苦的，你挺得住不？"

希武挺了挺胸膛说："大伯，我不怕吃苦。怕吃苦是孬种。"

炳荣说："好，我支持，你回去跟你爸妈说下吧。"

希武回到家里，向家里提出要去当兵的事，说大伯也赞成他去。

炳茂说："要是像你大伯那样，回来可以当官的话就去；要是当了三年'烂头兵'，回来还是种地，那就不要去了。"

希武说："我就想跟大伯一样。"

炳茂和月芳同意了，希武便报名参加了体检，然后去湖北当了武警。

石岭重新设立乡政府，炳荣被选为乡长。龙口恢复村组织，根据上级的精神，村干部进行改选。长顺和奎福年纪大了，大家觉得永明办事稳妥，年轻有魄力，便推选永明当村支书。后来，又推选立洪当村主任。有人说这不是搞世袭吗？村里人说不管世袭不世袭，大家信任谁就让谁当。长顺和奎福干部当得好，正好可以监督自家的孩子干好村里的事。

村里分田到户，又引进杂交水稻，粮食产量大大提高。村人再也不用为吃饱肚子的事情发愁了，便开始谋划过上更好的生活。

金五去双溪帮岳父春耕，看见溪里站着一位撑竹排的船老大，挥着竹竿仿佛赶鸭子一般把一根根毛竹向下游赶去。金五问撑船的大舅子桂宽，才知毛竹是从筱溪卜游收购讨来的，飘到下游瑞安一个叫滩脚的地方去卖，每百斤有六元的差价，利润非常可观。

金五回到龙口以后便跟金四商量，也想放一趟试试。金四细细地计算着，心想通过水路运输可以节省很多成本，只是在水上来回运货有一定的危险。

金五说：“不碍事，我水性好。”金五自小在龙潭里玩，还时常跑到清溪河里去游泳，龙口村数他的水性最好，人人都称他为“水鸭子”。金五又时常在桂宽的船上帮忙，对放竹排信心满满。

　　"这事不要声张，要是被政府知道了，是要罚款的。"金四又交代桂香，"如果有人问起金五，你只说他去你爸那里帮忙去了。"

　　金五筹了一笔钱，到山阳待根岭脚收购了一趟毛竹，大约五千斤。那时正值河水上涨，金五便把毛竹一根一根抛进清溪河里，毛竹便像鱼一般一尾一尾地向下游飘去。金五又把五根毛竹用绳子扎在一起，扎成箭头一般的竹排，放入水里。金五站在竹排上，手里挥着一支竹竿，竿尾套着一个铁钩，像走钢丝的演员一般用竿子平衡自己的身体，矫正竹排的方向。哪里有竹子搁在石头上，金五便把竹排撑过去，用钩子一钩，竹子便像遇水的鱼一般恢复了活力，重新向下游飘去。金五从早上出发，中午便到了双溪。傍晚，竹子便到了滩脚。金五把竹子一根根捞上来，卖到滩脚的竹木市场里，回家一算账，一趟净赚二百五十多元，比那些做司匠的工资足足高了十几倍。金四全家人不由得暗喜，庆幸找到了一条赚钱的好门路。金五又立即到待根岭脚收购毛竹，准备借着水势多走几趟。

　　一连下了十几天的雨，清溪河水暴涨。金五又把毛竹投到水里，毛竹乘着水势快速往下游飘去。金五站在竹排上，箭一般穿过一层层浊浪。毛竹飘到溪口险滩，那里浪大水急，对面出现一个大回拐。金五的竹排"嘣"的一声撞到崖壁上，竹排散了，金五掉入水里，转入旋涡，沉入水底。金五憋住气，用力往水底一蹬，划动手臂，身体便又往上升起，直升到水面。金五深深地吸了口气，立即又有一个旋涡转了过来，把金五转到水底下，金五又用脚一蹬，艰难地升到水面。这样反复几次，金五终究力竭，便沉在水底上不来了。

桂宽撑船来到溪口，见河里散乱地飘着一根根毛竹。再往岸边一看，滩上围着一群人。他立即停船靠岸，到滩里一看，只见金五直挺挺地躺在那里，肚子胀鼓鼓的，已经咽气了。桂宽含泪把金五运回双溪，借了一口棺材，把金五入殓，雇人抬到龙口。

金四一家人哭得天昏地暗的。村里人叹息道："唉，这样一位好后生就这么没了，真让人痛心啊。"

自从金五出事以后，桂香自叹命苦，怕跟了别的男人女儿金玲会吃亏，便打算不再嫁人，年纪轻轻就守了寡。桂香平常靠种地养猪过日子，生活过得异常拮据。

一天上午，桂宽来到龙口，想给桂香介绍一门双溪口的亲事。桂香知道自家兄弟是"酒老笼"①，还喜欢喝劲头猛的，便急匆匆地跑到石岭那边买来一斤肉和一瓶烧酒。由于走得太急，回到山底岭头的时候，"咣当"一声，烧酒瓶被石头碰破了，烧酒全倒了出来，流到石阶上。那石阶刚好有一道凹槽，烧酒便积在那里。桂香用手掌去舀又舀不上来，急得直跺脚。桂香平时不喝酒，但她觉得花了好几块钱买来

———————————

① 酒老笼：方言，意为嗜酒之人。

的烧酒就这样浪费太可惜了，便把嘴凑到槽里吸。她感到喉咙里辣辣的，呛得直打咳嗽。她不管那么多，一口气把酒吸了进去，最后还用舌头舔了一下石阶。桂香吸了酒以后只觉得头晕晕的，浑身无力，最后靠在岭边的岩坎上呼呼大睡。

桂宽在家里左等右等不见桂香回家，只好在金四家里将就了一顿午饭。桂宽以为桂香有意回避他，便负气返回双溪口。

金玲和金旺去路上找，不想在龙口岭上见到桂香躺在路边呼呼大睡，两人推了半天才把她推醒。金旺闻到桂香满身的酒气，看看地上有个破瓶子，便知道发生了什么事情，捂着肚子强忍着不让自己笑出声来。

桂香一向洁身自好，从不接受光棍男人的"资助"。

山底村有个光棍唤作"半夜虫"的，很想占桂香的便宜。一天夜里，"半夜虫"摸到桂香的家里敲门，小声地喊道："香妹，哥来看你了。"桂香知道"半夜虫"是一个"嬉嬉荡荡①过日子"的人，对他非常厌恶。她想咒"半夜虫"，想想毕竟是熟人，拉下脸来感到难为情。当时金玲在外地读书，惊动金四一家人又感尴尬，自己出去赶又担心会吃亏，桂香不知所措。她忽然想起堂前间桌子底下挂着茶壶，茶壶里面还有水。桂香急中生智，提起茶壶"当当当"往床边的尿盆里注水。门外的"半夜虫"听到了，以为是男

_____

① 嬉嬉荡荡：方言，意为游戏人间。

人往尿盆里撒尿，心想桂香房间里定然已有相好的了，便无趣地离开了。

"半夜虫"没占到桂香的便宜很不甘心，心想"不怕贞节坊，只怕粘粪汤"，一天夜里又来到桂香家的门外，一边敲门一边轻叫："妹子开门啊，哥来陪你啦！"一直叫到半夜，桂香都没理他。"半夜虫"以为桂香睡着了，便不停地敲门，不停地轻叫。

"半夜虫"终于听到里面有响动，知道是桂香起来了，心里不由得一阵狂喜。

门"哐当"一声开了，"半夜虫"正准备迎上去，一抬头便看见桂香抡起一把明晃晃的柴刀走了出来。"半夜虫"见势不妙，撒腿就跑。桂香拿着柴刀一边追一边骂："哪家骚狗，想占老娘的便宜！"那天月色正好，桂香借着月光一直追到龙口村岭头才停了下来。从此，"半夜虫"就再也不敢打桂香的主意了。

炳荣听到金五失事以后，便嘱咐村民赚钱不能太急躁，要走正道。他带领石岭乡各村的党支部书记和村主任去庆元参观香菇生产基地。一班人看了心里痒痒的，都说回去后要发动村民种香菇赚钱。

傍晚，立洪站在外弯路口对着一排排瓦房大声喊："去枫树底开会喽！"两条湾的人们便纷纷聚集到大枫树底下，站的站，坐的坐，蹲的蹲。永明给村民介绍庆元香菇基地的情况，说那里的菇农每年都有好几千元的收入。村人听了像打了鸡血一般兴奋起来，大声喊："好，我们也种。"当永明说每放一千筒要投资一千元钱的时候，村民们便又紧张起来了。有人说这么多钱投进去要是收不回来怎么办？永明又说："舍不得金弹子，打不得金凤凰。"

大家便说先放一年试试。立洪一家家统计：永明、立洪、包怀、金四各两千筒，希建与长顺合起来一千筒……

炳茂说："放两千筒太少，要放就放五千筒。"

月芳说："你们别听他的，他这个人'说起通天下，干起断片瓦'，不知道自己有多少'囊'①。"

大家七嘴八舌地说："第一年少放点试一下。"最后炳茂决定放两千筒。全村统计起来共有三万多筒。

永明和立洪把全村的菇农分成四个小组，各小组选一位组长统一行动，又派了一位年轻人去坑口那边学习放香菇的技术。

人们纷纷筹钱买料，垒消毒灶。由立洪担保，乡里信用社给菇农每一千筒三百元的优惠贷款，资金仍不足的便到亲戚朋友那里去借。

放香菇首先要备好木糠。人们纷纷到自留山上去砍树，粗的用来碾粉，细的用来煮筒或当烘干时烧火的材料。杉树、桉树、松树、槐树、樟树这些带有浓香味的树碾出来的

———————————————

① 囊：方言，意为"本领"。

粉是没用的，人们没有砍。

　　长顺家的自留山在龙脊背上，他砍倒一根栎树，剔去枝叶，放到雪莲的肩上。雪莲只说沉，迈不开步子。哑姑扛在肩上，晃晃悠悠地背下了山。长顺扛起一根七八十斤重的树段，觉得很沉，心想自己真是老了，当年在虎头山上烧炭的时候，两百斤重的树段放在肩上迈开步子依然健步如飞。雪莲背了一根二十多斤重的苦栎树段跟在长顺的后面。三个人背下来放在一块，还比不上金四的老婆美兰一次背的多。到了晚上洗澡的时候，雪莲发现自己的肩膀又红又肿的，手一碰便感到火辣辣的疼。

　　第二天，雪莲想继续上山，哑姑和长顺拦住她。希建也带口信叫他们悠着点，他周末回家帮忙。

　　木糠备好后，村人便去石岭挑麦麸、玉米粉、白糖、石膏粉等配料，每千桶约有六百斤。当时正值夏天，太阳火辣辣的。人们早早起床来到石岭，挑起担子，在弯弯的山路上排起了长长的队伍，他们说说笑笑，甚是热闹。

　　金旺挑着两麻袋的麦麸到了山底岭谷底，要过桥的时候，不想有一头没有拴紧，麻袋离开了扁担，骨碌碌地滚到清溪河里，晃晃悠悠地沉到水底，水面上泛起一个个水泡泡。金旺急得直叫"皇天"。他舍不得丢，就跟宽亮、希文几个年轻人一起下到河里，把麦麸捞上来。那麦麸本来是干的，吸了水就比原来重了好几倍。路又不好，众人像蚂蚁搬食物一般费尽周折才把麦麸搬到桥上。金旺后来搬了好几趟才把那袋湿的麦麸搬回到家里。

那时正值桃花坵桃子成熟时节，春桃挎着一篮桃子来到龙口岭头，翠菊挑着一水桶菊花茶跟在后面。大伙儿歇下担子，秋菊拿起瓢子舀起茶水递到人们的面前，笑盈盈地说："来来来，渴了吧！喝一碗。"春桃又给每人递上一个桃子。大伙儿说："婶子，你们这样好心一定会长命百岁的。"

春桃说："我长不长命倒没关系，我只希望我家阿顺命长一点。"

去石岭挑东西每半天只能挑一趟，由于一路上崇山峻岭，力气大的男人每次也只能挑一百多斤。长顺、哑姑、希建三人一趟合起来才挑了一百多斤，一连挑了三四天才把料搬到家里。

材料备齐以后，菇农便开始做筒。第一灶是永明的，组外的人也来帮忙。人们天没亮就起床，在水泥地面上拌好基料，把做筒的机器搬到旁边。那时正赶上暑假，希建也来帮忙，他干的是倒料的活。希建用铁锹铲起基料，倒进做筒机的漏斗里。永明先把塑料筒袋套在机器的筒管上，脚一踩电源的开关，料就"咕噜噜"地从管子里滚出来挤进筒袋里，把袋子填得严严实实的。妇女们拿来麻线把已经装了料的筒袋一头扎得紧紧的。希建倒了几桶料，脸上就冒出了汗，只觉得手臂酸酸的。在旁边扎袋口的雪莲看到了，赶忙过去把他换了下来。希建坐在雪莲的凳子上学着那些妇女们扎袋口，可筒袋扎好以后一放到地上就松开了。月芳眼尖，就凑到希建跟前教他，嘴里嘀咕："你啊，就是教书好，别的都不行。"

炳茂和希文把料筒整整齐齐地塞进柜子里，那些年纪小的纷纷帮忙搬筒。塞满柜子后刚好一千筒。关紧柜子的木门，玉珍便在蒸柜下的灶膛里把火烧得旺旺的。不一会儿，锅里的水就"噗噗"地烧开了，柜里的温度便渐渐上升，最后达到100℃以上。

一直烧到第二天下午，筒子才可以出柜。永明一打开柜子的门，里面的热气就直往外冒。筒滚烫滚烫的，大伙儿戴上手套，排起队伍迅速把筒传到空旷的场地里叠起来，等料筒被风吹凉后再搬进接菌室里准备接种。

永明把堂前间腾出来当接菌室。人们先把料筒搬进去，一排排叠好，然后点起酒精灯煮沸甲醛进行消毒。

下半夜空气最洁净，是接菌种的最好时机。希建睡眼惺忪地想从床上爬起来帮永明接菌种，雪莲按住了他，说还是让她去吧。

永明、玉珍、炳茂、月芳、希文、雪莲戴上口罩进入接菌室，被甲醛呛得直咳嗽。六人分成两组，每组一人用圆木尖在料筒上戳洞，一人往洞里塞菌种，一人在洞口贴上胶布。经过三个多小时的努力，全部给料筒接上了菌种，那时天刚蒙蒙亮。六人又把菇筒搬到中间楼里，交叉叠放。过了几天，白白的菌丝就蔓延开来，越扩越大。

有了永明的第一灶实验，后面几灶做起来就得心应手了。

一天，桂香哭着来找永明，说自家的香菇筒有很多烂掉了。永明跑过去一看，只见桂香的香菇筒有一半左右变成了绿色。村人说被绿霉菌吃了，一定是在接菌种的时候消毒不彻底。看来要折本了。

永明跟立洪商量帮助桂香挽回点损失，商量来商量去也想不出别的办法，最后决定发动大家拿出一些好筒送给桂香。

永明跟大伙儿一说，大伙儿都说愿意出手相助。永明、立洪带头每人各送二十筒，金四送三十筒，其他人家有送二十筒的，有送十筒的。

春桃听到消息后便对炳茂说："阿茂，桂香孤儿寡母的，可怜呢，你多送她几筒吧！"炳茂说："好嘞。"便到中间楼把一筒筒雪白发亮的菌筒放进箩筐，往桂香家里挑去。挑到金四家门外的时候，恰巧碰上月芳提着篮子从水口上来。月芳问："阿茂，往哪里挑啊？"炳茂说："往桂香那里挑呢，她家的筒烂了。"

月芳站在门外，只见村里有不少人往桂香家里送香菇筒，桂香家里倒像开了个香菇筒收购站似的。

桂香一数炳茂挑的香菇筒，共有四十筒。桂香含着泪叫炳茂挑回去。炳茂生气地说："我和金五自小一块玩到大，你不收就是不认这个情！"然后挑起空箩筐就往家里走。

月芳闷闷不乐地跟在后面，心想炳茂为什么给桂香送那么多。到家以后，正是烧午饭的时候，月芳噘着嘴巴坐在椅子上生闷气。

炳茂说："阿芳，怎么还不烧饭，我肚子饿了呢！"

月芳回了句："不烧，要烧叫别人给你烧去。"

炳茂纳闷月芳好好的怎么生气了，也不多问，便擦燃火柴往灶肚子里点火，火柴一闪又灭了，灶肚子里依然黑咕隆咚的。炳茂又擦了一根火柴依然没点着，便烦躁地把火柴盒扔在一边。春桃看见了，轻轻地走过来，叫炳茂起身，然后用火钳从柴仓里夹了一些细柴放进灶肚子里，用火柴一点，灶肚子里便亮了。

桂香数了数人们送过来的菇筒，总共有四百多筒。她把永明、立洪、金四送的都收了下来，其他的每户只收一筒。

桂香挑着箩筐来到炳茂的家里，把香菇筒卸在屋檐下。春桃见了，便说："桂香，你怎么挑回来啦？"

桂香说："我哪能收那么多呢？你们的心意我领了。"说完便挑着空箩筐往家去了。

月芳一听，才知给桂香送筒是婆婆的意思，看来自己是误会炳茂了。也不说话，只是噙着泪水又把香菇筒集进箩筐里，往桂香家里挑去。

桂香又推脱了一番，最终收下十筒。

一个月后，各家的香菇筒长满白白的菌丝，还起了一个个疙瘩。人们把菌筒挑到田里，用胡须刀片割开塑料袋，小心翼翼地放进田里的横杆上。过了几天，一个个香菇就密密麻麻从菇筒上长了出来，没张开的好像和尚光光的脑袋，张开了的就像一把把小雨伞。人们小心翼翼地把香菇摘了下来，剪了脚，放在烘干棚里烘烤，烘干后等人来收购。

第一轮摘完以后，已是第二年的春天了。人们把香菇筒提起来，觉得轻飘飘的，便把香菇筒叠在方形水池里浸了水。过了几天，香菇又长出来了。采摘到第二轮一半的时候，人们投资的本钱就基本收回了，心里就像放下一块石头一般轻松无比。

一年下来，希建算了算收成，净赚了一千多块，相当于自己一年的工资。

第二年，村里种的数量比原先翻了一倍。种的多了，有的人管理跟不上，烂了筒，再加上各地都种，香菇的行情也低迷了，人们普遍反映利润比上年低了好几成。希建一家人放了两千筒，比上年更辛苦了。希建下午一放学就赶回家里帮忙，第二天半夜起来摘香菇，然后又赶往石岭上课。

又过了一年，村人看看自留山上的杂木已基本砍光，知道不能再种了。村人积累了一些资金，便琢磨起别的赚钱路子。

包怀去山阳拜年的时候，看见那里的村民在池塘里养鱼，一年下来可以赚好几千元钱，回来后便在自家屋后挖了个水塘，宽两米，深一米，长十米。开春以后，买来一百多尾鲤鱼苗，有红的、白的、灰的，包怀小心翼翼地把鱼苗放进池塘里。

包怀还特地到新华书店里买来一本关于池塘养鱼的书，照着书里的方法给鱼投料、换水、保暖。包谷有空闲的时间，便衔着长烟筒蹲在池塘边看。

池塘里的鲤鱼一天天长大，一家人的脸上洋溢着丰收的喜悦。包怀细细地计算着：到了秋天，每条鱼至少可以养到两斤重，池塘里就有二百多斤鱼，一斤可以卖五块钱，一年下来就有一千多块钱的收入。明年把鲤鱼潭包下来，可以养两千多斤，那可是一笔不小的收入啊。

秋天到了，包怀抓了几条鱼一过秤，每条都有两斤多重，便准备把鱼卖出去。但附近的农户大多在自己的稻田里养了鱼，远地的又嫌路难走，没有一个人过来买。包怀便准备运到坑口去卖。

为了赶上去坑口的拖拉机，包谷一家半夜就起床，把鱼装到水桶里。包怀挑着八十多斤重的担子急急出发，水桶里的鱼不停地晃动，发出咚咚的响声。

包怀打着手电筒翻下龙口岭，过了清溪桥，爬上山底岭，到石岭的时候天已大亮，只见老吴的拖拉机正往公路上驶去。包怀一边追一边喊："停下！快停下！"老吴没听见，拖拉机依然快速前进，"噗噗噗"地留下一串串黑烟。包怀挑着水桶晃晃荡荡地追了一段距离，最后绝望地停了下来。

怎么办？包怀想要是挑着走一天才能到达坑口，桶里的鱼早就死光了，往家里挑又不甘心。一位老人替包怀出主意：你在这里干等着也没用，还不如沿着公路挑过去，运气好的话说不定会碰上运烧火柴的车。

太阳火辣辣的，包怀挑着担子在公路上走着，脚踩在石子上发出咔咔的响声。公路像肠子般歪歪扭扭地向山坡上盘旋，包怀感到肩膀像被猫抓似的又胀又疼，全身乏力，忽然想起早饭还没吃呢。包怀歇下担子，一看水桶里有好几尾鲤鱼浮了上来，翻了白。他知道没了活水，鱼很快就会死去，又挑起水桶急急地往前赶。太阳挂上半空，包怀浑身汗淋淋的，来到坑头坳的时候，远远地看见一辆中型拖拉机正在装烧火柴。

包怀气喘吁吁地来到拖拉机旁边，跟开车的说："师傅，把我搭到坑口吧，给你钱。"开车的摇摇头说："不行，我这是装柴的，不装人啊。"

包怀哭丧着脸说："师傅，行行好吧，你不搭我，我的鱼就会死光了。"开车的看了一眼水桶，又说："你这东西不好装啊。"

包怀说："这个没事，把我和水桶都放到柴垛上就行。"开车的看包怀可怜，便答应了。

包怀立即扛起烧火柴帮忙装车。柴终于装好了，包怀便爬上高高的柴垛，可上面放不住水桶。装车的建议用绳子拴住水桶从柴垛的两边挂下来。

车子像捣米筛一般向前驶去。包怀像蜘蛛一般趴在柴垛上，紧紧地抓住柴垛不让自己被掀下来，柴垛两边的水桶不断地发出咚咚的响声，还溅出一朵朵水花。

车子终于到达了坑口，此时太阳已挂在头顶正中位置。包怀从柴垛上下来，感到全身的骨头都要散架了。他提起水桶，想抓两条鱼感谢开车的。一看水桶里的水都晃干了，一尾尾鲤鱼绝望地睁着红褐色的眼珠，一动不动地躺在里面。

开车的跟包怀说："你赶快挑到市场里去。放上水，看看还有活的没有。"包怀急急地把鱼挑到市场里，放进水，桶里的鱼便泡沫一般浮了上来，一条条全都肚皮朝上翻了白，发出一阵阵腥臭味。

买菜的一看水桶里的鱼，捂着鼻子摇摇头说："都死了，谁还要啊。"一直到午后，也没一个人买他的鱼。包怀生气了，咕噜噜地把鱼倒进市场旁边的阴沟里，挑着水桶赌气似的走出菜市场。

天上挂满了星星，包怀精疲力竭地回到了龙口。

玉珠问："卖了多少钱？"

"还卖什么？鱼都死光了。"

玉珠心疼地流下泪水，问："那剩下的怎么办？"

"还能怎么办？继续卖呗！"

"还卖？又死了怎么办？"

"你别尽说不吉利的，明天起早一点，赶上老吴的拖拉机运过去就不会了。"

刚过半夜，包怀一家人便起床把鱼全装进水桶里。包怀挑起担子急急往石岭赶去。不想天下起了毛毛雨，包怀想，下雨是好事，天气凉，鱼就不会死了。

包怀来到了龙口岭，不想山岭陡峭，又下着雨，一步没踩实便向前滑了下去。包怀用手臂按在石阶上固定住自己的身子，两只水桶便咕噜噜地滚下悬崖，向清溪河里滚去。包怀艰难地从石阶上站起来，只觉得右手臂连筋带骨地疼，伸不直了。

包怀曲着右手，扛着扁担回到家里。

玉珠问："怎么这么早就回来啦？"

包怀说："这回鱼和水桶都没了，手也断了。"

玉珠呼天喊地的："唉，我们家到底作了什么孽啊！"

玉珠叫来舅舅作发。作发摸了摸包怀的骨节说："还好，只是关节脱臼，骨头还没断。"作发狠命一拉，咔嚓一声，包怀的手臂关节恢复了原位，疼得直流眼泪。

作发给包怀的右手绑上布带，说手臂要休息半个月才可以发力。又拿了几副伤药叫玉珠煎起来给包怀喝。

包怀挂着手臂来到池塘边，只见池塘里空荡荡的，只剩下一尾养不大的灰鲤鱼惬意地摇着尾巴。那鲤鱼见了包怀的人影，便急急地往另一边游去。

14 / 木　头

　　希武当了武警之后，一心想像大伯那样出人头地，训练甚是刻苦，又加上希武之前常年走山路，在训练场上跑起步来健步如飞，超出别的新兵一大截，各项竞技水平都不错的希武很快就成为新兵里的模范，一年后便担任了小队长。

　　武汉发大水时，希武所在的武警中队被派到前线去抗洪。他们在中队长的带领下，乘上一辆大卡车来到一个水库边。天空下着倾盆大雨，水库里的水被灌得满满的，水面上掀起一层层黄色的巨浪，宛如千军万马一般涌上堤坝。

　　中队长一声令下，各小队分段负责往堤坝上叠沙袋。希武带着小队里的战士，穿着雨衣，扛起沙袋不停地在坝上来回跑着，眼前不时浮现出永昌叔叔当年躺在鲤鱼坝上的情景。忽然听到一位战士喊："不好，堤坝决口了。"

　　希武扛起沙袋飞快地往缺口的地方跑去，别的战士紧紧地跟在后面。希武来到缺口的旁边，只见堤坝中间出现了一个一米多高、两米多宽的决口，水从决口里涌了出来。一位当地的干部立即大喊："要赶紧把决口堵上，否则整个堤坝要垮了。"希武把沙袋往缺口里一扔，可沙袋一下去便像树叶一般立即被水冲走了。干部又大声喊："要在缺口里打上木桩，才能搁得住沙袋。"当地的村民找来斧子，砍倒坝上的杨树，削成一根根尖尖的木桩子，搬到缺口的旁边。此时坝上的决口越来越大，那位干部又说："要赶快把木桩按上。"希武挥一下手，大声喊："同志们，上！"便带头跳进水里，战士们紧跟着一个个跳了下来，肩并肩、手拉手搭起了一座人墙，挡住汹涌的洪水。洪水肆虐地漫上战士们的胸口、脑袋，呛得战士们直咳嗽。战士们憋住气，挺直腰杆，咬紧牙关坚持着。中队长指挥别的战士跳下水，在人墙外打下木桩，把砂子嵌在木桩之间。缺口慢慢地缩小，终于被堵上了。当地的干部和村民长长地舒了口气。

雨停了，水库里的水渐渐退去，战士们疲惫地回到了营地。当地政府给部队送来嘉奖令，希武所在的小队集体被记三等功，希武个人被记二等功。

希建退伍回到龙口那年，当地公安队伍正缺民警，由于希武在部队里表现优秀，便被破格招录为县治安大队里的一位民警。

龙口的人们逐渐意识到，村里的生活太不方便了。由于通不上公路，买一斤盐都要翻山越岭步行二十里路去石岭。山里的树木、毛竹都要背到山底那边去卖，养的、种的也没人来光顾。别的村都住上洋房了，龙口的人们依旧住在三四十年前盖的老房子里。由于生活水平低，路难走，外边的姑娘不愿嫁进来，村里的姑娘又都嫁了出去，那些上了年纪的后生整天做着娶媳妇的梦，生怕娶不到媳妇落了单。

当时机耕路已修到了山底村。山底跟龙口只隔一道峡谷，直线距离不到一千米，两村之间可以清晰地听见鸡鸣狗叫声。炳荣带来一个测量队站在山底那边看地形，测量队的人直摇头。说如果造桥，虽然距离不远，但峡谷太深，技术难度过大。如果绕着弯造路，须一直绕到虎头山脚再绕出来，估计有二十千米的路程，沿途都是悬崖峭壁，造价高得惊人。

村人说让上面拨点款自己挖，随即又理智地意识到，沿途都是山崖，靠蛮干是行不通的。

炳荣跟村里人说，想改变龙口村的环境很难，唯一的办法就是走出去，等有钱了搬到山外去住。家里的地可以暂时由老人和妇女去种。

有人说到外边做事没门路咋办？炳荣说："路是人走出来的，你不去走，怎么会有路呢？"

最早出去的是希雄和包勇表兄弟俩，两人初中一毕业就被家人送到坑口跟作发的女婿化明学做泥水。如今承包盖房子赚了不少钱，在坑口那边盖起了新房，娶了媳妇安居下来。

炳茂在刘家铺看见有人到山里收购木材，一了解是运到江苏南通那边去卖的，回来后便跟月芳商量，也想做木材的生意。

月芳说："你这人做事毛毛糙糙的，不是做生意的料。"

永明听了便说："让他试试吧，说不定能找到一条赚钱的路子。"

炳茂跑了一趟南通，了解了当地的行情，回来后与永明一起细细核算，一车过去估计有一千多块钱的利润。炳茂便与月芳一道去村里收购木料，一车齐了便雇人把木料背到山底，到林业局办了出口手续，又到税务所交了税，然后雇来虎头山底老廖的解放牌大卡车，装上木料，准备出发。希文也想跟着去。炳茂说："你先把地里的庄稼看好，以后做顺了再让你去。"希文便不作声了。

车子从山底出发，开了三天三夜才到南通。

炳茂到木场里问木料的收购价格，老板都说这段时间行情不好，场里的木料堆积起来卖不出去。炳茂这才明白，木材是死的，行情是会变的。炳茂心急火燎，打算便宜点卖出去，但老板出的价钱比自己收购的价格还低，算起来要亏一大截。炳茂不甘心，他想，过几天行情或许会好起来，便决定在那里等几天再说。老廖说车是等不住的，要急着回去帮别人运货。炳茂便找到江边的一块空地把木料卸下来，付了车钱后让老廖回去。

天色渐渐暗了下来，炳茂听到自己的肚子咕咕直叫，便走进路边的一家小饭店，要了一碟青菜，扒了一碗米饭，然后又回到木料旁边。接近木堆的时候，炳茂看见几个贼头贼脑的人正在偷自己的木料，便跑过去大喊一声："干什么！"那几个偷木料的就灰溜溜地跑了。

炳茂想夜里只能在这里守着了，便到附近的一个百货店里买来一盏手电筒和一张塑料纸，依着木堆搭起了一个简易的棚。

天色渐渐暗下来，炳茂钻进棚里，靠在木料上休息。江上不时传来轮船的汽笛声，江风吹来一阵阵鱼腥味。一群蚊子"嗡嗡嗡"袭来。炳茂走出棚子，来到附近的店里买了一盒蚊香，回来的时候拿起手电筒往窝里一照，不由得毛骨悚然。原来有一位蓬头垢面的乞丐占了自己的窝。幸好那乞丐还识相，看见主人回来便悻悻地离开了。

炳茂点燃蚊香，又点了一支烟抽起来。一抬头，只见一轮金黄的圆月高挂在空中。他想，真是"在家千日好，出门一时难"啊！

炳茂不敢睡去，他怕遇上抢劫的，便走出棚子，找来一根一米多长的铁条。炳茂想，凭着自己健壮的体格，又有这样的武器，对付几个抢劫犯不在话下。

炳茂毕竟累了一天，最终迷迷糊糊地睡着了。醒来的时候天已大亮，只见棚外的人们不停地忙碌着，有运垃圾的，有推着板车赶市场的，也有过路的。他们向炳茂投来了惊异的目光。

　　炳茂拿起毛巾向附近的一个村落里走去，向一位老太太讨了点水擦了把脸，找了一个包子馆吃了两个包子，然后又走进木材市场里，一家一家地问。令炳茂失望的是，行情还是很糟糕，没有一点上涨的趋势。他问老板行情什么时候会好起来。老板说："很难说，可能十几天，可能几个月，也可能一直好不起来。"

　　炳茂决定再等几天。他不想再搬动木料，因为一搬动就要花几百块钱的人工费，搬到别人的场地上还要付租金。

　　"活人不能被尿憋死"，炳茂想把自己临时的家打点得舒服一些。他又买来一些塑料纸，铺在地面上用木料压实，免得下雨的时候浸水；又把木料竖起来围在四周，只留一条缝供自己进出；还买来一床被絮铺在塑料纸上，让自己夜里睡得舒服一些；最后买来一些饼干水果，免得自己挨饿。

　　白天，偶尔有人来买几根木料，炳茂与他们讨价还价，估算一下没折本就零星卖出几根。

　　夜晚，月亮和星星躲进厚厚的云层里。炳茂感到特别闷热，估摸着要下雨了，便找来几根绳子扎紧棚里的塑料纸。下半夜，炳茂被一声炸雷惊醒。不久，哗哗地下起了大雨，塑料纸被雨点打得"梆梆"响。炳茂紧紧地蜷在棚子的里面，庆幸自己已经做好了迎接风雨的准备。风越刮越大，把塑料纸刮得"啪啪"作响。忽然"哐当"一声，竖着的木料被风刮倒，塑料纸"呼"地飞走了。炳茂拿起手电筒想找回那张塑料纸，可塑料纸早已无影无踪。炳茂回到木堆旁边，只见浑浊的江水漫了上来，很快就要漫到木堆了，于是急忙把棚里的包、衣服、被絮往江边高处搬。然后把手电筒衔在嘴里，拼命地往高处搬木料，心想能搬一根就少亏一根木料的钱。他想找人帮忙，哪怕有一个人帮他照一下手电筒也好，可周围一个人影也没有。

雨不停地下着，江水不停地漫上来，浸到了木材垛子。低处的木料浮了起来，晃晃悠悠地向江里飘去。炳茂发了狂似的搬木料，大的搬不动，就搬小的。江水继续往上涨，漫到了炳茂的腰部。炳茂想，留得青山在，不怕没柴烧，便从水里爬上来，撤回到高处。他用手电筒照着水面，眼巴巴地看着木料一根根地浮起来被水冲走。

天亮了，雨停了，炳茂从皮袋里拿出一套干衣服给自己换上。他看看被自己抢上来的木料，大概还剩下一半左右。他不敢相信自己一个人竟然会有那么大的能量。他想再撑下去也没什么意义了，就把木料贱卖给了木场老板。一算账，这一趟亏了三千多块钱，恰好把家里的积蓄都亏光了。

傍晚，玉珍正在灶台前煮饭，春桃焦急地跟玉珍说："阿珍，你快去看看吧。阿芳不知出了什么事，坐在灶台前哭呢，天快黑了也不烧饭。我怕她恼我，也不敢问。"

玉珍歇了手，走过中堂，来到月芳的灶台前，只见月芳正坐在凳子上抹眼泪，炳茂蓬头垢面地靠在竹椅上抽烟。玉珍想，肯定是夫妻俩怄气了，便坐到月芳的身旁，轻轻地问："嫂子，你这是怎么了？"

月芳擤了一把鼻涕，指着炳茂说："都怪他，做事毛毛糙糙的，把家里的积蓄都亏光了。"

炳茂辩解说："我哪知道行情变得这样快呀！"

玉珍知道炳茂卖木材亏了，便劝慰月芳说："嗨，我以为是天塌下来了呢！做生意总有赚有亏的啊。晚上跟阿明一起合计下怎样把亏了的钱赚回来。"又用指尖戳了戳月芳的胳臂，说："还不快点烧饭，要是咱爸知道了又说你不懂事了。"玉珍在灶肚子里点起了火，月芳便噙着泪去房间里量米去了。

晚饭后，长顺一家人便集在炳茂的堂前间里。炳茂说起了在南通的经历。月芳想起做香菇、养猪辛苦赚来的钱就这样打了水漂，眼泪又漫了出来。

永明说："贩木材这条路本身没错，我们主要是缺乏经验，没把握住行情。还有二哥做事确实有点毛糙，不该把木料卸在江边，否则损失也不会这么大。"大伙儿都说永明说得有理。

炳茂不甘心，时常给南通那边的老板打电话问木材的行情。过了一个月以后，行情真的见长了，可惜他手里没有木料。

炳茂想重新收购木料去卖，便跟月芳商量。月芳说："你还运啊，要是再亏了怎么办？"炳茂说："只要行情好就有钱赚。"月芳心里没底，不敢答应。炳茂便又找永明商量。永明鼓励炳茂再运一车过去试试看，还叫玉珍拿出两千元积蓄给炳茂做资本，长顺听到了也拿出一千元。玉珍惴惴不安地跟永明说："要是又亏了怎么办？"永明说："你放心，不会亏的。"

不久炳茂又收足了一车木料，他又打电话问南通那边的行情，确认行情正好，便急忙办了手续，叫来老廖的大卡车。

开车来的是老廖的儿子，二十来岁。炳茂问："你爸怎么没来？"小廖说："我爸身体不舒服。"

一路上，小廖吹着口哨，踩着油门，车子开得很快，炳茂直叫小廖"慢点"。小廖说："叔，你放心，我又不是新手。"

车子驶到台州路段，天已黑了。炳茂和小廖吃了晚饭后，便启动车子爬上盘山公路。到了半山的转弯处，迎面忽然驶来一辆装货的大卡车。小廖急忙踩刹车，打方向盘，车子便往外倾了下去，翻了几个跟头，坠入林子里，搁在一棵大树上停了下来。车斗上的木料哗啦啦地倾了一地。

炳茂晕晕乎乎地从驾驶室里爬出来，一摸头上黏糊糊的，嘴里浸入一股血腥味。四周黑咕隆咚的，炳茂极力眨几下眼睛，好让自己清醒过来。炳茂听到小廖"哎哟哎哟"地呻吟着，擦亮打火机一看，只见小廖卡在方向盘里出不来了。炳茂掰了掰车头，车头纹丝不动。"怎么办？"炳茂想只能向外界求救了，可这里前不着村后不着店的，电话又打不出去。炳茂急得不行，便顺着山梁往上爬去。山很陡，炳茂扒着树干晕晕乎乎地向上爬，打火机已擦不出亮光了，炳茂不知还要爬多久才能到上面的公路，他只是浑浑噩噩地向上爬着。耳边依稀传来流水的叮叮咚咚的响声，炳茂循声摸去，来到了小溪边，喝了口水，俯下身子擦了把脸，感觉自己比原先清醒了很多，便继续向上爬。炳茂终于爬到了公路上，此时已到了下半夜，路上驶过的车辆稀少，好不容易来了一辆过路的客车，炳茂在前面用力地挥着手，那位司机看了炳茂一眼，惊恐地一踩油门就过去了。过了一会儿，一辆大卡车驶了过来。炳茂想这回非拦下不可了，便脱下衣服站在路中间拼命地挥着，大声喊："师傅，停一下。"卡车"嘀嘀"响着喇叭，炳茂依然纹丝不动站在那里。卡车"嘎"的一声停下来，司机伸出脑袋骂道："你找死吗？"炳茂说："师傅，车翻了，救命啊。"司机从车头上下来，看了看乌黑的山崖，问："有人受伤没有？"炳茂说："司机卡在里面。"师傅说："我也救不了你们，快打110求救吧。"炳茂说："我也知道啊，可打不出去。"师傅立即说："快上车，我搭你去前面村里打。"

车子驶进一个村子，路边有几家小店。炳茂从车上下来，擂鼓似的敲起了一家店门。门开了，一位大汉拿着一根铁棒站在门口，后面紧跟着一位穿背心的妇女，手里拿着一把明晃晃的菜刀。大汉怒瞪着眼睛喊道："干什么，抢劫吗？"炳茂说："大哥，我是来求救的，车子翻了，打个电话。"

"打电话？一块钱。"

炳茂掏出五块钱给老板，说"不用找了"，然后便拨通了"110"，请求救护。大约过了十分钟，一辆消防车"嘟嘟"开了过来，炳茂挥手拦住上了车。消防车驶到翻车的地方，消防战士下了悬崖，救出了卡在驾驶室里的小廖。小廖"哎哟哎哟"直叫疼。消防战士说："可能是肋骨断了。"便用担架把小廖固定好抬了上来。救护车到了，医护人员把小廖抬上了车。炳茂站在旁边忽然像煮熟的面条一般蔫了下去，瘫坐在地上。医护人员立即把炳茂抬上了救护车，跟小廖一起送进医院里。医院一检查，小廖断了四根肋骨。炳茂轻微脑震荡，挂了盐水，头部用纱布包扎起来。

第二天下午，老廖夫妇赶到了医院。

老廖和炳茂来到翻车的地方。炳茂一看，洒落在旁边的木头都被人搬走了，急得直流眼泪。

炳茂脑袋裹着白布回到龙口。希文的媳妇燕琼见了，忙问："爸，你这是怎么了？"炳茂丧气地说："车翻了。"

月芳摸了摸炳茂的头，问："你的伤严重吗？"

"不要紧，只是木材没了。"

月芳傻在那里，泪水从眼眶里涌了出来。

春桃和玉珍急急赶来，春桃哭着问："阿茂，你怎么了？"

"妈，我没事。"

"没事就好。你以后就不要再运什么木头了，可别走金五的老路啊。"一提起金五，在场的人不由得打了个寒战。

晚上，一家人又聚在炳茂的堂前间里。

炳茂懊恼地说："我的运气怎么那么背呢？好不容易遇到了好的行情，车又翻了，木材也被人搬走了。"

春桃念了句"阿弥陀佛"，说："炳茂今年怎么那么不走运啊。"

月芳急得直流泪，说："原先买木材的钱还没付清呢，我们家以后的日子该怎么过啊。"

春桃问："能不能再叫他们宽限一段时间啊？"

"不好办啊。村里人知道我亏了，拿不到钱心里不踏实呢！"炳茂皱起眉头说。永明和长顺再也拿不出钱了，听了只是默默地坐在那里。就在一家人一筹莫展的时候，爱琴和希建拿着手电筒走进堂前间里。

爱琴摸了摸炳茂脑袋上的纱布，问："要不要紧？"炳茂说："不要紧。"爱琴说："人不要紧就好。"爱琴说炳荣听到炳茂翻车后急得很，他自己又在外地，便叫她连夜过来看看。

月芳拉着爱琴的胳臂，流着泪说："嫂子，家里亏了这么多钱，以后的日子不知怎么过了。"

爱琴说："妹子，没什么大不了的，不就是亏点钱嘛。我们现在都还年轻，希文、希武正有出息呢。"

永明、玉珍也安慰月芳。永明说："要想办法先把收购木料的钱还掉。”

炳茂粗算了一下，除了欠永明和长顺的三千元钱之外，还欠收木材的三千元。爱琴说：“不要紧，我和希建回石岭筹点钱，明天送过来就是。”

第二天，希建送来三千元钱，叫炳茂把村里收购木材的钱先还清。

玉珍说：“还是我帮二哥去还吧，免得村里人收钱面子上过不去。”炳茂和月芳觉得有理，便把钱递给玉珍。玉珍要了账本，一户户地把钱送到村人家里。

玉珍把三百元钱递给玉珠。玉珠说：“姐，炳茂大哥运木材出事了，他哪儿来的钱啊。”玉珍就把炳茂筹钱的事一一说了。

“姐，你还认我这个妹妹吗？炳茂大哥有困难，我怎么好意思向他要钱呢？”

“家里商量好的，不能欠大家的。”

“姐，你这是把我当外人看啊！”玉珠噘起嘴，生气地说。

包谷敲着长烟筒，脖子上的青筋暴起来，说：“快拿回去，我们家收了钱就不是人了。”

包怀也说：“玉珍，把钱拿回去吧。”玉珍感动不已，噙着泪把钱拿回家里。

那边松柳也不愿意收钱。到了晚上，村里人把钱一一送还到永明的家里。

　　立洪跟永明说："我看炳茂哥的生意不能停啊。翻车只是偶然的事，只要路子走对了，钱肯定能赚回来。"

　　"我也这样想，只是生意这事我也没底，还是让他自己决定吧。他愿意继续做下去，我尽力帮助他。"

　　"有需要帮忙的，你跟我吱一声。"

　　第二天，永明把付钱的事一一跟炳茂和月芳说了。月芳感动得直流眼泪。

　　永明说："哥，村里人都说你应该继续做下去。"

　　月芳说："为了这事，这几天我和你哥睡不着觉呢。要是不做，亏了的钱就收不回来了。要是做下去，继续亏了，以后就没翻身的日子了。"

　　"行情把握住了，肯定有赚，只是做生意要有本钱啊。我也不好意思再去赊木材了。"炳茂脸上流露出无奈的神情。

　　永明把三千元钱递给月芳，说："你先拿去做本吧，收购木料的时候把定金先付给人家。我和咱爸的钱以后再还吧。"月芳眼圈有点发红，说："你就不怕你哥亏了，还不起这钱吗？"

　　永明说："还不起就不要还呗，都是一家人，还有什么可说的呢？我相信哥的能力，不会亏的。"

　　长顺说做事不要太急躁，叫炳茂去炳荣那里讨个主意。

　　第二天，炳茂又来到炳荣的家里。炳荣说："做事情只要方向对了，总有一天会成功的。"便鼓励炳茂继续做下去。

　　炳茂回到龙口后，玉珍说："要是哥有个帮手就好了。

互相之间也有个照应。像这次要是有人看着，木料就不会被人搬走了。"

永明说："有理。不如让希文跟去当帮手。"

炳茂说："要是都出去了，地里的庄稼没人看。"

"你放心，我帮忙看下吧。"永明说。

希文原本感到家里的几个兄弟都有了出息，自己待在家里种地太窝囊，早就想到外面去闯一闯了，听永明说叫他给炳茂当帮手，不由得面露喜色，说："好嘞，我去！"

周末，希武急急回到家里，拿来三千多元钱给月芳。月芳问："阿武，这钱是哪里来的啊？"希武说："是台州那边追回来的。"

原来希武得到炳茂在台州那边木料被抢的消息以后，立即向局里的领导汇报。局里立即与台州市公安局取得联系。市公安局责成当地派出所追查此事。那些抢木料的人迫于公安机关的威力，纷纷把卖出去的钱交还给当地派出所。只是卖出去的价格很低，交回的钱比原价少了很多。

炳茂、月芳甚是欢喜，感到这钱是意外的收获。有了希武追回的三千元，炳茂收购木头便更有底气了。

炳茂又往南通那边打电话询问行情，然后便和希文一道去山阳那边收购木材运到南通。炳茂惴惴不安地找到木场的老板，得知行情跟电话里说的差不多，便把木料运到价格稍微高一点的木场里。老板看了木材以后挑剔了一番，最后还是成交了。

　　回来的路上，炳茂和希文一结算，净赚了两千两百元。月芳看到父子俩满面春风的样子，知道是赚了，心里欢喜。

　　有了第一次的赚头，父子俩又收购了几车木材。每车都赚了钱，便把原先亏的钱赚了回来。希文究竟读过几年书，做事比炳茂精细，往后炳茂便把贩木料的生意全交给希文与燕琼去做，自己专心看管地里的庄稼。月芳则悉心照看孙子克聪。

　　后来希文又跟虎头山林场联络，把林场里的一批木材盘下来，趁行情好的时候运到南通去卖，又赚了一笔。

15 / 山里的女孩

永明的女儿凤华和包怀的女儿巧竹初中毕业后都没去读高中。两人听说山外有好几个同学去温州打工赚钱，便也琢磨起去温州打工的事，只是担心家里人不同意。

凤华觉得爸爸开明一点，便想从他那里先"突破"。

傍晚，永明坐在屋前的椅子上乘凉，凤华跟巧竹来到永明的身边。凤华甜甜地叫了一声"爸"，接着便给永明捶背。永明知道凤华有事要找他，便眨了眨眼，发出"嘿嘿"的笑声。凤华撒娇说："爸，我跟巧竹想去温州打工。"巧竹只在一旁站着，不敢说话。

玉珍正在栏边喂猪，听凤华说要去温州打工，便立即赶过来，瞪起眼睛说："凤华，你别没事找事了，女孩子家打什么工啊！安分点，在家里好好待着。"凤华噘起嘴巴，直把玉珍推回到猪栏边，说："去去去，谁跟你说啊！"

永明听过别村的女孩去城里打工的事，他也从心底赞成年轻人要出去闯一闯，只是担心凤华和巧竹从没出过远门，去陌生的地方会吃亏，便对凤华说："你别一时逞强了，过几年再说吧。"凤华说："没事的，如果真的吃不消我们就回家。"

玉珍沉下脸说："不能去，谁去了就打断谁的腿。"凤华犟了一句："我就要去。"

玉珍急了，抢起喂猪的铲子跑了过来。凤华急着往永明的身后躲。

长顺正在屋檐下吸烟，见此皱起眉头说："你们一大一小都不是什么好货色，有话不能好好说吗？"玉珍敬长顺是长辈，便站在一旁不作声。

长顺又教训起凤华来："你这个没大没小的，都这样大了还尽惹大人生气，真不懂事！"凤华拉着长顺的胳臂说："爷爷，我要去温州打工。"

长顺说："你想想容易，平常连自己的衣服都撂下来要你妈洗，你以为打工那么轻松啊！"

永明挠着后脑勺沉思了一会儿，说："她在家确实太享福了，让她出去尝尝苦头也好。"

秋菊伛偻着腰，站在屋檐下嘶哑着喉咙喊道："阿囡，别去，安分点，再过几年找个好人家嫁了便是。"

邻居们听到永明家的嘈杂声便聚了过来。他们意见不一，有的夸凤华有志气，有的说女孩子应该安分点在家待着。

最后永明拍板说："既然她俩想去，就让她们去吧。"大家也附和着，玉珍也就不说什么了。凤华高兴地搂住永明的脖子对着脸嘬了一口。

凤华陪巧竹来到包怀的家里，两人把去温州打工的事说了。包怀夫妻听说永明已经同意，便不再说什么。

清晨，天刚蒙蒙亮，凤华和巧竹起程出发。两人肩上扛着一个编织袋，里面放着衣服、被单、毛巾等各色生活用品。玉珍、玉珠两姐妹眼圈红红的，舍不得让自己的女儿出门。两人细细地交代凤华和巧竹，叫她们不要硬撑着，不顺心就回家。

两人来到石岭，乘面包车到达县城，然后又买了票乘上去温州的客车。到温州南站的时候，已是下午三点多了。

凤华和巧竹下了车，只见车站里的人头像鸭群一般颤动。听大人们说，拥挤的地方东西容易被人偷走，两人就用手紧紧地夹住编织袋，随着人流走出车站。

街道两边的楼房高高耸起，马路上的车辆像河水一般流动，凤华和巧竹分不清东南西北。听同学说，找工作先要去五马街找职业介绍所。五马街在哪里呢？两人商量乘出租车去。一问要八块钱，舍不得。那些长长的公交车又不知道往哪里开，不敢上。听同学说五马街离车站不远，两人便决定走到五马街。凤华问了一位摆地摊的阿姨，阿姨往对面指了指。两人便向马路对面走去。过马路的时候，凤华脚刚跨出去，便看到一辆车向她轧过来，急忙把脚缩了回来。等了好长时间，车终于少了，两人便快速向对面奔去，巧竹紧紧地拉住凤华的衣襟。快到路边的时候，只见一辆黑色的小车飞快地驶了过来，两人的心"嘣"地跳了起来，便像电线杆一般一动不动傻傻地站在那里。那辆车"嘎"的一声停下来，凤华和巧竹立即又往马路对面冲去。

凤华和巧竹走走问问，走得两腿发酸，终于来到了五马街，找到了一家职业介绍所。介绍所柜台里坐着一位四十多岁的卷发女人，说帮助介绍工作，每人要交十元钱的中介费。两人各自从衣兜里掏出十元钱递给卷发女人。"卷发"便"喂喂"地打了一通电话，跟两人说，永强那边有织麻底的活，每月勤快点可以赚到三百多元钱。

凤华和巧竹心里欢喜，便答应下来。"卷发"给凤华一个电话号码，叫她俩去坐21路公共汽车，坐到站就是永强，到时候再给老板打个电话，老板就会过来接她们。凤华问去哪里乘21路车，"卷发"说附近的马路上都有。两人扛起编织袋走出介绍所，见有很多人在马路边的一个亭子下等车，也便站在那里。不一会儿，一辆21路公共汽车在亭子前停了下来。两人急忙挤了上去，看见人家都"啪啪"地向一个铁箱里投硬币，每人投两块。两人身上偏偏没带硬币，只搜出了五元钱。正在为难的时候，有位好心的阿姨替她们找了零钱。凤华把手举得高高的，然后把钱投到箱子里，箱子里发出"噼里啪啦"的响声。凤华见那位胖胖的男司机头也不抬只顾自己开车，担心到站了司机会再次向她要钱。

车上挤满了人，凤华和巧竹扛着编织袋站在过道里。有人说太占位置了，两人只好把编织袋放到脚下，生怕丢掉又用脚牢牢夹紧。车里很闷，汗气、脚臭气一阵阵袭来，凤华想吐。好不容易等到车子停了下来，但下了一批，立即又上了一批。车子每到一个站，都分别用普通话和温州话报了一下站名。两人的腿都站酸了，却还没有听到"永强"的名字。车上的人越来越少，两人找了位置坐了下来。再过一站，车子便停在一个院子里。

司机说："到站了，你们怎么还不下？"凤华奇怪怎么没听到报"永强"的名字。两人下了车走出车站，此时天色已暗了下来，街道两旁亮起了灯。两人一看路边的那些商店仍旧是温州的牌子，越想越不对劲，便去问一位卖糖的商店老板。老板说这是温州市区，不是永强。凤华焦急地说："21路车不是去永强的吗？"

老板一眼就看出凤华和巧竹是山里人，便说："你们是乘反方向了吧。"凤华急得流下了眼泪，问老板怎么办。老板说今天没车了，只能明天再过去。

凤华又问老板永强离这有多远，老板说大概有三四十千米吧。

"天哪！三四十千米走一天也走不到啊！"凤华嘀咕道，"看来只能在温州过夜了。"

两人走不动路，肚子咕咕地叫个不停，这才想起从早晨出来以后就没吃过什么东西，便到路边店里要了一碗拉面。巧竹端起碗说吃不下。凤华知道她是急的，便安慰巧竹说："别着急，总会有办法的。"

吃了拉面以后，两人商量找一家旅店住下来，便问拉面店的老板哪里有住的地方。老板说对面就有很多旅店。

凤华和巧竹穿过马路走到对面，走进一家宾馆。宾馆的地面铺着平平的石头，可以照出人影来。凤华走到柜台，看见一位穿着时髦的女孩坐在那里。凤华问住一夜要多少钱，那女孩说一个房间要一百元。两人吓得跑出旅馆，心想把身上所有的钱拿出来也不够住一夜。

两人又回到了街上，想找一家便宜一点的旅馆。后来在街边遇到了一位四十多岁胖胖的妇女。那妇女摇着一把蒲葵扇子，打量了两人一番，问："想住旅馆吗？"凤华说："是。"那妇女说："我家有。"凤华问："住一夜要多少钱？"妇女说："每人十块。"两人便跟在妇女身后走进巷子。不知道转了多少个弯，妇女才说："到了。"便把两人带上楼，顺着一条走廊走过去。凤华看到旁边都是一个个小房间，房间里面传出男女的嬉笑声。凤华到底年纪大点，感到脸烫烫的，拉着巧竹迅速往外跑。跑了好长的路才停了下来，累得巧竹直喘粗气。

巧竹问凤华到底怎么回事。凤华说幸好跑得快，不然以后就见不得人了。

巧竹这才明白，原来那里就是村人偶尔提起的专门诱拐女孩子"失足"的地方。两人再也不敢去问旅馆了，决定找一个稍微合适的地方随便过一夜。

凤华想，要是在街灯下过夜，半夜遇到流氓、抢劫什么的就糟了。想想还是找一个僻静一点的地方好。两人便往一条巷子里走去，一直走到尽头，看见巷子旁边立着一株电线杆，电线杆上有一盏灯发出淡淡的光。两人坐下来想靠着墙壁过夜，巧竹忽然"哇"的一声叫起来。原来巧竹踩到了一个人，那人抓住她的脚，嘶哑地说："是谁……啊？"

凤华和巧竹知道是遇到了乞丐，便拼命地往巷子那头奔去。两人感到真是"入天无门，入地无路"，不由得蹲在街边呜呜地哭了起来。

此时路上的人越来越少了，好多商店已关了门。凤华和巧竹看见对面有一扇铁门里有人进进出出的，便扛起编织袋走了进去。又看到有一条石阶路往一座山上铺去，一片片婆娑的树影投在石阶上。两人走上石阶，一直走到山顶。山顶上有一座亭子，亭子中间有一张石桌，四周围着木做的廊椅。两人决定在亭子里过一夜。

巧竹偎依在凤华的身上，在亭子的廊椅上躺了下来。一群蚊子"嗡嗡"地向两人发起了进攻。凤华从编织袋里拿出了一条被单，把两人的身体裹了起来，一直蒙到头上。

巧竹一躺下去就睡着了，可凤华却怎么也睡不着。她透过被单的缝隙，看到天上有许多星星，不由得想起小时候在自家院子里看星星的情形。

小时候，也是这样的星空，凤华一群人偎依在奶奶的身边。奶奶给大伙儿讲《牛郎织女》的故事。奶奶讲累了，大伙儿便在院子里唱起了儿歌："天上星，地下人，姑妈叫我吃点心……"

公园里一片寂静，四周偶尔传来几声蟋蟀的叫声。折腾了一天的凤华终于睡着了。

天刚蒙蒙亮，凤华被亭子四周叽叽喳喳的鸟叫声吵醒，她坐起来用手撩了撩蓬乱的头发，庆幸两人安全地度过一夜。凤华推了推偎依在自己身上的巧竹。巧竹揉了揉惺忪的眼睛，伸了伸懒腰站起来。

凤华看见山脚下都是楼房，一条条街道纵横交错，宛如爷爷棋盘里的格线。远处还有一条江，有一艘轮船在行驶。

巧竹拿出一面小镜子一照，发现头发乱蓬蓬的，如鸡窝一般，便拿出梳子梳起来。梳齐头发后，两人便扛起编织袋下了山，来到一个水池边，拧开水龙头胡乱地擦了一把脸，然后向门口走去。可门还紧紧地锁着，两人只好绕着围墙走，找到一处里外都矮一点的地方翻了出去。

两人来到马路上，找到一家包子店买来包子一边走一边啃着。凤华极力回忆昨晚从车站里走出的线路，转了几圈以后终于找到了车站。车站的大门已经开了，两人走了进去，找到21路车，一看车门还关着。凤华估计来早了，便靠着车等着。等了好一会才看到昨晚的那位胖司机拿着一个水杯蹒跚地走来，开了车门，两人赶紧上了车，紧挨着坐下来。凤华不放心，问司机："这车是不是开往永强那边？"司机说："是。"车子开出了车站，凤华发现车子对面的壁上画着一幅线路图，她懊悔昨天没看一眼。她数了数，发现到永强有二十几个站头。大约开了一个多小时，车子便开进了永强车站。两人下了车，找到了一个公用电话拨通了老板的号码。

老板叫两人在车站门口等着。不久，门口驶来一辆带斗的五菱车。驾驶室里走出一位戴墨镜的年轻人，个子高高的。他一见两人，便"啪"地打了个响指，说："美女，上车！"

两人上了车斗，车子便"嘟嘟嘟"地向目的地驶去。马路两边起初是一排排楼房，后来房子越来越少，出现一片平整的田地，田地里种着稻谷和一些叫不出名字的庄稼。车子经过一座座小桥，桥下河道里的水静静的，飘着泡沫，浑浊发黑。不久，路边又出现一排排矮小的房子，就像村里搭的灰铺一样。

车子在一个"灰铺"前停了下来，"墨镜"招呼两人下车，拿出钥匙开了一间"灰铺"的门，说："你们俩以后就住这里，每月交五十元房租，钱从工资里扣。""墨镜"让两人整理一下，说下午带她们去厂里。

两人进了"灰铺"的门，只见里面一片昏暗，墙上有个米斗大的小窗户透进一缕淡淡的光。窗户上插着一根根小铁条，让凤华想起电影里看到的那些关犯人的牢房。巧竹拉亮电灯，昏黄的灯光下，只见靠墙摆着一张铁床，床上铺着一张发黄的草席，另一边靠着一张烂断一只脚的学生桌。

两人整理好房间，躺在床上休息了一会儿，又到外边店里吃了一碗拉面。回房间的时候，只见一位秃顶的男人在门口等着。秃顶男人领着凤华和巧竹转过一条巷子，然后便进入一座宽敞的厂房。

厂房里坐满了织麻底的女工，一个个只顾低着头干活，手下不停地发出"吱吱"拉线的响声。秃顶男人把两人带到一张桌子前，叫两人坐下来等着，又拿来一捆扁扁的绳子，还有一些麻线和一个锥子、一把剪刀，每人各一份。一会儿，来了一个三十来岁的女人，叫两人看着她做。

那女人把扁扁的绳子转了几圈，用剪刀剪下来，放在桌前的一个脚印形状的铁盒子里一绞，那绳子就变成了鞋底的形状。然后把一个带钩的锥子从侧面刺过去，把麻线拉了过来。一针针地拉，拉了二十几次，一只鞋底就缝好了。

那女人叫凤华和巧竹试着织。凤华使劲全力才把锥子戳了过去，花了五六分钟才织好一只麻底，此时巧竹才织到一半。那女人说："就这样织，织好一只五分钱，下班的时候有人来登记。"然后转身走了。

女人走后，凤华便照着样子织了起来，巧竹在旁边看着。凤华织好了一只，跟那女人织的一比较，觉得相差无几。她怕织错了，又拿给邻座的一位妇女看了一下，那女人点点头。凤华又看着巧竹织，巧竹身体瘦小，咬紧牙关才能把锥子戳过去。花了七八分钟巧竹才织好一只，说手臂都酸了。

两人各自织起来，每织好一只就想，又赚了五分钱。到了下班的时候，"墨镜"来点货。凤华织了十二双，巧竹只织了五双。凤华看看有的大姐半天织了六十双，照这样的速度，一个月下来就可以赚三百多元钱。

晚饭时间到了，两人到厨房里端来一盒饭，买来一碟青菜，坐在工作台前吃起来。

老板说，最近要急着交货，叫大家晚上加班织。两人吃完饭后立即开始工作，一直织到十点多才停下来。结果两人都比下午多织了两双。

一回到房间，巧竹脸也不洗就躺在床上，只喊累，不一会儿就呼呼大睡了。下半夜，隔壁传来一阵小孩的哭声，两人又被吵醒了。巧竹喊手腕疼，凤华便给巧竹揉。天亮了，两人起床后感到腰酸背疼的。两人吃了早餐，又开始了一天的工作。

几天以后，两人渐渐地习惯了那里的工作和生活，巧竹织麻底的速度也慢慢赶了上来。有时"墨镜"来到她们跟前，帮巧竹戳锥子。

一个月下来，厂里结算工资，凤华和巧竹各自领到了两百多元钱。两人一心想多赚点钱带回家里，便尽量多上工，一个星期只休息半天。凤华发现巧竹比来时瘦了很多，有时夜里翻来覆去睡不着。她想如果长期这样下去，巧竹的身体一定会垮下去的。两人便决定，一个星期休息一天，每天上班时间不超过十小时。

到了休息天，凤华和巧竹决定到外边去散散心。两人听说这里离海边不远，便决定去看看大海。

清晨，东边的天空刚漫上一圈红晕，凤华和巧竹便起身出发，向一条直直的砂石路上走去，脚底下发出嚓嚓的响声。砂石路的旁边是一片平坦的田地，种着稻子、番薯和各色庄稼。再走一段路便出现一大片池塘，池塘里的水是黄绿色的，水面上泛起一阵阵涟漪。巧竹忽然看到里面跃起了一尾红鲤鱼。两人凑近细看，才发现是一群鱼在抢食吃。

凤华和巧竹不停地走着，终于看到远方有一片白茫茫的水，水面上飞起一群海鸥。两人加快了脚步，可是走了一段路之后那片水还是那么遥远。两人在路边的一块绿草地上坐下来，吃了点饼干和橘子。巧竹脱了鞋一看，脚底都磨出泡了。两人不甘心就这样回头，又站起来往前走，终于走到了石子路的尽头，来到了一条大坝前。两人上了大坝，一股鱼腥味钻入鼻子里。只见大坝底下是一片滩涂，离大海足足有好几千米远。滩涂里站着一群戴着斗笠的男女，乌黑的泥浆漫过他们的腰，一个个都成了泥人。"泥人"的前面摆着一只小船，小船上放着一个箩筐。"泥人"用一个小畚箕拨起泥浆，从泥里挑拣出一些东西放进箩筐里。"泥人"一边挑拣一边推着小船前进，每上前一步，腿都要从深深的泥浆里拔起，身后留下一道黑色的痕迹。

远处不时有海水涌过来，泛起一阵阵白色的浪花，浪花退回去以后，又留下一片浅黄色的滩涂。凤华想，海边为什么没有白白的沙滩呢？远处的海水怎么没有电影里看到的那样蓝呢？

凤华抬头看看太阳，约莫已过正午，两人便踏上了回家的路。太阳晒得路上的石子发着白光，脚底下的嚓嚓声似乎更清脆了。巧竹用一条红手帕不停地擦着汗，直喊口渴。早上带的几个橘子早已吃光了。两人感到双腿就像灌了铅一般沉重，只好走一段歇一会儿。

身后传来一阵"咕噜噜"的响声。凤华回头一看，只见迎面驶来一辆三轮车，踩车的是一位小伙子，头戴斗笠，个子矮小，皮肤黝黑。两人睁大眼睛，渴望那辆三轮车能载上她们一段。凤华向小伙子轻轻地挥了一下手，三轮车便"嘎"的一声在两人身边停了下来。

小伙子招呼两人上车，巧竹抬腿想跨上去，凤华立即拉住巧竹。小伙子说："上来吧，不要你们的钱。"两人放心地上了三轮车，坐在车斗的边沿上。三轮车缓缓地向前移动，车辊辘发出"叽咕叽咕"痛苦的呻吟声。每到上坡的时候，小伙子便站起身子，双腿狠命地往下用力，肩膀一耸一耸的，背部的骨头像山梁一样凸起来。凤华感到挺过意不去的，便说："大哥，还是让我们下车吧！"

小伙子说："没事，你们只管坐。"

凤华回头看车斗，只见中间放着一只木桶，桶里塞着鱼网，下面是清水，水里有东西蠕动。两人低头细看，只见几只蟹子伸开长长的大钳子来回走着。还有一些指甲大小的两头圆圆的东西。

　　路上，小伙子没说一句话，只是一味地踩着三轮车，脸上、脊背上满是汗水。三轮车终于到了凤华和巧竹住的地方，两人下了车，想说一句感谢的话，可是小伙子已踩着三轮车走了，留下一道黑黑的背影。

　　后来，凤华和巧竹还乘公共汽车去天柱峰玩了一天。让她俩最开心的是看到了真实的马——水库边，有人扶着马鞍坐在马上溜达，前面有一个人牵着。马一走动，身上便发出叮叮当当的响声。

　　又过了一个月，凤华和巧竹领到工资后想买身时髦的衣服。两人来到大街上，进入一家服装商店里。只见墙壁上挂满花花绿绿的衣服，巧竹看看这件，又看看那件，问一下价格，有的一件要一百多块，相当于自己半个月的工资，两人舍不得买，最后狠心各买下一件粉红色的衬衫、一条牛仔裤和一双高跟皮鞋，每人各花了一百二十块钱。然后，两人又去了理发店，剪掉了辫子，也学着城里人的样子把头发披到肩上。

　　回到宿舍以后，两人立即穿上新衣服，对着镜子横看竖看，发现穿上新衣服以后，身材变窈窕了，皮肤也变白了。尤其是巧竹，长得一双圆圆的杏眼，身材小巧，活脱脱地像观音菩萨旁的玉女。凤华想：其实山里的女孩长得并不比城里的差，只是穿的没城里的时髦罢了。

　　天气渐渐变冷了，凤华和巧竹穿上厚厚的冬衣。一天夜里，凤华听见巧竹说胡话，她一摸巧竹的额头，感觉烫烫的如火笼一般。她推醒了巧竹，巧竹直喊头疼。凤华想带巧竹去医院，可外面黑漆漆的，她不敢出去。

好不容易等到天亮，凤华架着巧竹往医院走去。路上不时碰到匆匆赶着去干活的人们。巧竹浑身无力，软绵绵的像丝带一般粘在凤华的身上。路上没有载人的三轮车，凤华只好背着巧竹艰难地向前挪动。身后忽然传来一阵熟悉的"咕噜咕噜"的响声，一辆三轮车在凤华的身边停了下来。凤华抬头一看，发现骑三轮车的正是那天看海时遇到的那个小伙子。

凤华扶着巧竹上了三轮车，三轮车"咕噜咕噜"地穿街走巷，最后停在一家医院前面。

小伙子扶着巧竹进了急诊室，跟凤华说："我先走了，有什么事到你们厂边的菜市场里找我。"

医生给巧竹挂了点滴，又开了几包西药，两人便雇了一辆三轮车回到了住处。

巧竹的病好后，两人特意去了菜市场，想看看那位好心的小伙子，可是找遍了菜市场也没有见到他的影子。后来又去了几次也没遇到。终于有一天，两人在菜市场的一个角落里看到了那个小伙子。小伙子坐在一张矮凳上，前面摆着一个水桶，水桶里有虾、蟹，还有一些长条形的两头圆圆的东西。巧竹问："这是什么？"小伙子说："蛏子。"

菜场里不时有顾客来看小伙子水桶里的水产。小伙子也不跟顾客讨价还价，也不夸自己的货好。要么说"好吧"，然后把水产称给顾客；要么说"不卖"，低下头来默不作声。

趁着卖东西的空闲，凤华便跟小伙子聊了起来。原来小伙子名叫李新民，住在厂子附近的一个村里。由于大多时间在外边赶海，所以凤华找了几次都没有遇到他。凤华又详细地问了李新民的住址，准备抽空去看看他。

巧竹好奇地在菜市场里转了转，发现那里有好多从没见过的鱼、蟹、虾。有一条大鱼足有三四十斤重，主人好像卖猪肉一样一刀刀把大鱼剁了卖。有一个大萝卜白白的，长长的，圆圆的，比家里种的大好几倍。

傍晚时分，凤华和巧竹提着一袋苹果，向新民家里走去。进了村子，只见路边是一排排整齐的洋房。

新民家的瓦房又矮又小，倚在一间五层楼的洋房边，远看就像一只立在大白鹅旁边的黑色小鸡雏。两人进了木屋，便见新民正在厨房里洗碗。新民看见凤华和巧竹，脸上流露出不安和惊异的神情。他忙端凳子叫两人坐，然后烧水、洗苹果。凤华听到房间里传出几声咳嗽声。进门一看，一股臭气飘了过来，只见床上躺着一位瘦骨嶙峋的老太太。新民说那是他奶奶。

凤华问："你爸妈呢？"

新民噙着泪水说起了他的家事。新民的父母是渔民，在新民十五岁那年出海时翻船淹死了。家里只剩下新民和一位七十多岁的奶奶，靠新民赶海过日子。奶奶的身体一天不如一天，最后瘫痪在床上了，连吃饭、大小便都要新民来照顾。

回家的路上，凤华想：都说山里人苦，原来城里有更苦的人。之后凤华和巧竹又去了几趟新民的家里，帮新民洗一些换下来的衣服和被子。

一天，凤华接到了家里的电话，说奶奶下园子拔菜时闪了一下腰，回家后便躺在床上起不来了，叫她赶紧回家看看。凤华便急急地往家里赶。

秋风萧瑟，路边的野菊花依然傲立着，枝条上擎着一朵朵黄色的花瓣。凤华走进家里，只见二奶奶坐在奶奶的床前。奶奶拉着二奶奶的手说："妹子，多亏你把永明过继给我，让大顺有了后脉，我可以放心地去见他了。"二奶奶只是流泪，说不出话来。凤华来到床前，噙着泪水喊了声"奶奶"。秋菊伸出手，抚着凤华的发丝，说："阿囡，别哭，长得这么俊，以后一定能嫁个好人家。"

翠梅、兰英、秀丽来到房间里，秋菊嘴角边挤出一丝微笑，说："姐妹们，你们日后各自安好吧。"

秀丽说："大姐，我给你唱段《高机》吧。"秀丽便轻轻哼唱起来："……观音宫中走过去，外边一座莲花桥。莲花桥头走过去，行过一所土地公……"

秋菊静静地躺在床上，渐渐合拢眼睛，脸上带着一丝微笑。

　　自凤华回去以后，巧竹一个人感到闷闷的，下班后便时常到镇子上逛。

　　一天晚上，巧竹从镇子上回来，经过一条巷子。巷子里灯光昏暗，巧竹走到一半的时候，只见巷子那头像幽灵一般闪出一个男人。巧竹心里怦怦直跳，赶忙转身往回走。刚一转身，迎面又撞到一个男人。那男人双臂交叉放在胸前，像一面墙似的挡住了巧竹的去路，嘻嘻地笑着："美女，一起玩玩。"说完就把手向巧竹伸了过来。巧竹躲开那人的手拔腿就往前跑。没跑出几步，巧竹就被那男人抓住了肩膀，另一个人也跑了过来，嬉笑着说："别走啊，好好陪我们玩玩，你不会吃亏的。"巧竹想喊，可是脖子已被男人勒住了，喊不出来，急得双脚乱踢。

　　就在巧竹绝望的时候，巷子那边"蹬蹬"地跑来一个男人，大喊一声："干什么！"那两个欺负巧竹的男人便跑开了。

　　惊魂未定的巧竹呆呆地靠在墙上。那男人走到了巧竹跟前，巧竹一看，原来是厂里的"墨镜"。"墨镜"拉着巧竹的手说："没事了，回去吧！以后不要一个人出去玩。"

　　巧竹感激地看了"墨镜"一眼。"墨镜"一直把巧竹送到房间外。

　　傍晚，巧竹百无聊赖地坐在屋前抬起头望着天空。"墨镜"开来一辆五菱车停在巧竹的跟前，招呼说："上车吧，带你出去逛逛。"巧竹犹豫了一下，便上了车。

车子在镇里的街道上停了下来，"墨镜"带着巧竹逛进了一家商店，给巧竹买了一件紫青色的风雪衣，巧竹推辞了一番，最后还是收下了。两人又去电影院看了一场电影，看完已是晚上十点多了。

"墨镜"带巧竹进了一家酒店，说吃点东西再回去。"墨镜"点了几个菜，拿来一瓶红酒，倒了一杯递给巧竹。巧竹尝了一口，感到甜甜的，一点酒味也没有，便仰起头喝了下去。"墨镜"又给巧竹倒了一杯，巧竹又喝了下去。"墨镜"不停地倒酒，巧竹不停地喝。渐渐地，巧竹感到脸上发烫，觉得天花板上的大灯旋转起来，身体软绵绵的一点力气也没有，最后趴倒在桌子上，连眼皮也抬不起来了。巧竹恍恍惚惚地感到自己被人抱起，向房间里走去，然后就什么都不知道了。

巧竹半夜醒来，觉得嘴巴干干的，想起来喝点水。她忽然发现自己躺在一张大床上，床头亮着一盏暗红色的灯，房间的四周都是金黄色的。她看到自己的身旁躺着一个男人，便"噌"地一下坐了起来，发现自己身上一丝不挂。巧竹一看身边的男人竟然是"墨镜"，便用手不停地拍打着他，"呜呜"地哭了起来。

"墨镜"醒了，他把巧竹紧紧地搂在胸前，说自己很喜欢巧竹，以后准备跟她结婚。巧竹无力地垂下了抡起的小手……

办完奶奶的丧事以后，凤华不放心巧竹，便又急急地赶到厂里。一到永强，凤华感到巧竹好像变了一个人似的，上班懒懒散散的，夜里时常独自跑出去玩，一直玩到很迟才回来，满身透着香水味。

凤华隐隐约约地感到事有蹊跷，便问巧竹怎么回事。巧竹不想说，凤华再三追问，巧竹才说出自己跟"墨镜"之间发生的事。凤华责怪巧竹做事太草率。

傍晚，凤华去找新民，想了解"墨镜"的底细。新民一听，顿时变了脸色，直叫荒唐。原来"墨镜"是厂里老板的外甥，三甲那边人，名叫李洪新。新民曾给他家送过海鲜。洪新已经有老婆，并且还有一个孩子。

凤华知道巧竹已陷进感情的泥潭里，一时半会儿拔不出来了，便与新民合计带巧竹到李洪新家附近，让她亲眼看看。

下班后，凤华和巧竹坐上新民的三轮车去了三甲，在一间当街的饺子店里坐了下来。新民叫店主人端上三碗馄饨，三人坐着吃了起来。不一会儿，凤华看到巧竹脸色煞白，整个人几乎要瘫了下去。原来巧竹看见对面一间洋房里走出了李洪新，身后还跟着一位年轻女人，女人手里抱着一个小孩，两人卿卿我我地往街上走去。

巧竹咬着嘴唇，瞪着一双杏眼想冲过去，被凤华拉住了。新民骑着三轮车往回走，巧竹靠着凤华的怀里抽泣着。

凤华想找李洪新论理。新民说没什么理可论的，他会推得一干二净的，反诬赖巧竹勾搭他，到时候吃亏的还是巧竹。

巧竹说她再也不想在这里待下去了，可两人又不甘心就这样回家，便合计去别的地方找工作。后来两人在龙湾找到一份缝鞋包的工作。

在龙湾做了一个月后便到了年关，凤华和巧竹准备回家过年。临行前，两人到市场上买了一些鱼干之类的年货带回家。一到家里，村里人都说两人变了，变得比以前更成熟了。

过了初十，凤华和巧竹又去了龙湾。凤华惦记着新民，便独自去了永强。

凤华走进新民的家里，只见新民坐在桌前流泪。原来新民的奶奶年前去世了，新民成了真正的孤儿。凤华触景生情，想起去世不久的奶奶，也便抽噎起来。

新民忽然"扑通"一声跪倒在凤华的面前，说："我现在一个亲人也没有了，只有你是我最好的朋友，我们以后一起生活吧！"

凤华扶起了新民，百感交集，不知怎么说好。往后，新民便经常到龙湾来看凤华，两人的交往日益密切。

巧竹看出了凤华的心思，凤华便对巧竹说出了心里话。凤华担心家里人会不同意，尤其是妈妈，自己去温州打工都让她觉得女儿丢了似的。两人商量，这事要成功光靠自己不行，需找个人来帮忙。她们首先想到了希建哥哥，说希建有文化，眼界开阔，一定会支持她的。凤华便给希建写了一封信，把自己的心里话都写在里面。

希建收到凤华的信以后，便跟雪莲商量。雪莲说："你去找爱琴伯母商量吧。"

爱琴一听觉得这是好事，便跟炳荣商量。炳荣说永明那里倒好说，就怕玉珍那关过不了。

周末的傍晚，天气有点冷，希建、炳荣、爱琴三人一起来到了龙口，进了永明家的堂前间，屋里的炉火旺旺的。玉珍泡了茶，端上一盘腌菜头。爱琴拿起筷子"咯吱咯吱"地吃着，连说"好吃"。

炳荣拿出一包"云烟"分了起来，火炉间里弥漫着香烟的烟雾。

炳荣问起凤华打工的事，然后说城里的生活方便，赚钱的路子多，最后总结了一句："山头的财主，不值大地方担水的。"

长顺呷了一口烟说："'生落的命，订下的秤'①，山里人有山里人的活法，城里人有城里人的活法，眼睛一闭，什么都没有了。"

"是啊，我家凤华到了城里，人都变漂亮了。"玉珍怕勾起婆婆去世的伤心事，立即岔开话题。

爱琴看时机成熟了，便道出了凤华跟新民的事来，最后补上一句："我看凤华嫁过去也可以。"永明说："不知对

①生落的命，订下的秤：俚语。意为人生下来便各有各命，如同秤上刻的刻度一般各不相同。

方的人品怎样。"

永明刚说完，玉珍便急着说："不行，嫁这么远，家里就是死了人她也不知道啊！"不想这话正好冲了秋菊过世的忌，长顺立即瞪起眼睛。玉珍知道自己心急口误，便低下头不作声。

堂前间里一阵沉默。半晌，希建说："伯母，这年代跟以前可不一样了。我们要充分考虑凤华她本人的意愿啊。"

爱琴说："是啊，婚姻是孩子的大事，关系到她一生的幸福。她幸福了，我们大人也就安心了。"

玉珍眼里闪出了泪花，埋怨起永明来："都是你，当初答应她去打工，现在女儿都被城里人带走了。"

长顺听了，只是在旁边"吧嗒吧嗒"吸着烟丝。

炳荣说："姑娘往城里嫁是好事。"

炳茂夫妻听到说话声后便赶了过来。炳茂说话本来就直来直去的，他听说凤华要嫁到城里，玉珍不肯，便急了起来："这有什么不同意的啊？要是我，早就答应了！"炳荣在旁边听了只是皱眉。

玉珍本来心里就不好受，被炳茂这么一激，火气就上来了，抢白了一句："又不是你的女儿，你站着说话不腰疼。"

炳茂还想说话，月芳用力掐了一下炳茂的大腿，把炳茂推出了堂前间。炳茂便无趣地走了。

爱琴说："妹子啊，大家都是替凤华的幸福着想啊！"玉珍默不作声。

永明说："子女的婚姻还是由她自己做主吧！如果凤华真的喜欢那后生，家里也没什么可说的。"

永明又转过头来跟希建说："阿建，你给凤华打个电话，叫她别遮遮掩掩的，省得她白担那么多心事，有空把那小伙子带回家来看看。"希建点头应承了下来。

听永明这么一说，炳荣、爱琴、希建三人长长地松了一口气。三人起身告别。玉珍急忙出来留客："别走，锅里的酒都热好了。天气冷，喝一杯暖暖身子。"

大家纳闷，玉珍一直坐在堂前间里，不知她什么时候热的酒。

爱琴想推辞，月芳出来帮忙留客："大哥大嫂现在都住在石岭那边了，来一趟也不容易，喝一杯吧！"

玉珍端上一叠泡茶碗，月芳帮忙分碗和筷子。玉珍又端上一大茶缸的红酒。茶缸的盖子一开，米酒的香气就飘了出来。

玉珍端起茶缸一碗碗地倒了起来。月芳洗了一些踏菜①头、腌蕨、萝卜干、腌梗豆放在碗里端了上来。

永明对月芳说："快去把哥叫来，他是个'酒老笼'，喝酒没他的份，他明天会跟我急的。"

爱琴问长顺："叔，妈呢，这么热闹也不过来坐一下？"长顺说："她已经睡下，就不要吵她了。"

炳茂笑嘻嘻地进了堂前间。玉珍拿来碗和筷子，炳茂自

---

① 踏菜：方言，即"腌白菜"，因腌制时用脚踩实而得名。

己端起茶缸满满地倒了一碗。

长顺、永明、炳荣、炳茂一边喝一边天南地北地聊了起来，每个人都喝得红光满面的。希建和爱琴本来不打算喝酒，禁不住酒香的诱惑，也喝了一碗，两人只觉得身体飘飘然的好像升上了天空似的。炳茂喝得不过瘾，又叫起来："玉珍，再热一缸过来吧，我们还没喝足呢！"玉珍便又去厨房热了一缸，分别倒进各人的碗里，大家喝了以后就欢欢喜喜地散了。

希建回到石岭以后，便给凤华打了电话，叫凤华把小伙子带回家来看看。

凤华心里欢喜，便带新民去街上理了头发，买了一身新衣服。凤华觉得新民身材和五官都算过得去，就是皮肤被海风吹得黑黝黝的，好像烧炭人一般。

新民想带点东西去龙口，左思右想不知带什么东西好。凤华说："带点水产吧。"

凤华和新民乘车来到了石岭，步行到了山底岭头。新民一看险峻的山岭腿脚便哆嗦起来，凤华只好扶着新民一步步下了岭，到龙口的时候天都黑了。村人听说胡家新女婿上门了，便赶来看热闹。

大家一看新民长得黑黑的，也不爱说话，便觉得他和山里人没什么区别。

当晚，玉珍就把新民带来的那些蟹、虾、蛏子、鱼烧起来，足足烧了一大锅，然后叫村里人过来尝鲜。

永明详细地问了新民的家庭情况，新民一五一十地说了。

夜里，玉珍跟永明说这小伙子家里条件太差了，凤华嫁过去恐怕会吃苦。永明倒觉得这小伙子老实本分，是个可以依靠的人。夫妻俩看到凤华与新民情意绵绵，便不再做棒打鸳鸯的事了。

第二天早上，凤华和新民离开了龙口回到了温州，凤华悬着的心就像一块石头一样落了地。

凤华跟新民一回到永强，便谋划以后的出路。她想新民老是去赶海也不是办法，又辛苦又不赚钱。她了解到村里有好多池塘闲置着，便跟新民商量在池塘里养一些鱼、蟹、虾之类的水产，等养大了再拿到市场去卖，那样收入或许会高一些。新民正有这样的打算，便跟一位远房的姑父去学养鱼、蟹、虾的技术，回来后找了村里一块废弃的池塘，整理一番后只等开春后放苗。

新民想早点把凤华娶回家里一起创业，便托了一位亲戚到龙口提亲。永明知道新民是个苦命的人，也不要新民的彩礼。双方约好过了年后就把凤华嫁过去。

凤华出嫁以后，专心与新民操办池塘养殖的事，不再去龙湾缝鞋包。巧竹便一人留在厂里。

周末，巧竹来到温州五马街。只见街上的人如蚂蚁搬家一般来来往往。

巧竹走进一家服装店，看到一位身材高挑的女郎正在试穿一条粉红色的裙子。女郎穿上裙子以后，身材像杨柳一般窈窕起来。女郎的脸上洋溢着满足的笑容，问老板多少钱。老板看了一下裙子上的标签说："一千二。"女郎说："便宜点吧。"老板说："我这里不还价的。"女郎拿出包里的皮夹，拿出一叠钱数了数递给老板。老板收了钱，把裙子装进一个袋子里。女郎提着袋子跳舞似的迈着轻盈的步伐走出店门，腰身像被风吹动的柳丝一般扭动起来。

老板问巧竹："美女，看上哪件了？"巧竹惶恐地退出店里。

巧竹走进隔壁的皮鞋店，只见鞋架上的皮鞋鞋跟高高的，好像画图的圆规一般。店里不断有穿着高跟鞋的女郎出来，屁股一扭一扭的，尖尖的鞋跟踩在水泥地面上，发出"咔咔"的响声。巧竹看了一下皮鞋的价格，每双都要好几百元钱。

巧竹又走进一家首饰店。只见玻璃橱窗里的首饰闪着金光，有项链、手镯、耳环，价格都要好几千元。一个年纪跟自己差不多大的女孩挽着一个身材胖胖的中年男人走进了首饰店。男人指着橱窗里的一对金耳环，叫老板拿出来看看。耳环套进那女孩的耳垂上，女孩像电影里的公主一般娇羞得低下了头。中年男人拍着手说："漂亮，实在是漂亮。"

中年男人付了钱，腆着大肚子扶着女孩的腰走出店。巧竹觉得他们不像一对父女。不是父女，那是什么呢？巧竹一时找不到答案。

中午，巧竹走进榕树下的一家小吃店，坐在椅子上要了一碗拉面。一位戴着白帽子的胖师傅从砧板上拿起几条面坯，双手像健美运动员拉弹簧一般伸开又缩拢，不一会儿，他手里的面坯就变成一把麻线一般的面条。老板把面条放进开水里，不一会儿便端上了一碗香喷喷的拉面。

榕树下不断有顾客进来，那位胖师傅不慌不忙地应付着，收钱、拉面、上碗。

吃了拉面以后，巧竹来到中山公园里，坐在亭子上打了一个盹，然后进入旁边的动物园里看了一会动物。她看到了龇牙咧嘴的老虎、凶恶无比的狼狗，还有温顺可爱的小鹿、含情脉脉的孔雀……走出动物园的时候，巧竹又吃了一碗面，天色便渐渐暗了下来。

巧竹想乘公交车回家，便顺着一条街道走了下去。街道边忽然传来一阵"咚嚓嚓"有节奏的音乐声。巧竹像被磁铁吸引一般走上楼梯，进入一家舞厅。舞厅里霓虹灯闪烁，舞池里的男女搂在一起，随着音乐的节奏翩翩起舞。巧竹站在旁边呆呆地看着。

柜台后走出一位帅气的男人，穿着西装，欠身做了一个邀请的动作："美女，请你跳支舞。"巧竹低着头说："我不会。"说完便退了出来。到了门口的时候，巧竹遇到一位中年妇女，卷着金黄色的头发，穿着黑色的旗袍，戴着铃铛似的耳环。卷发女人浑身打量巧竹一番，说："姑娘，来这里跳舞吧。包吃包住，保底九百元，有提成，一个月赚五六千块钱没问题。"巧竹说："我不会。""卷发"说："不会可以学，我教你。"巧竹低着头离开了舞厅，上了公交车回到宿舍里。

夜里，巧竹晕乎乎地躺在床上，白天的经历像放电影一般浮现在眼前，粉红色的裙子，尖尖的鞋跟，金光闪闪的耳环，还有女人像杨柳一般晃动的腰身，像公主一般幸福的笑容……

第二天，巧竹走进车间里，一阵刺鼻的皮草味飘了过来。巧竹懒洋洋地缝着鞋包，耳边传来单调的"吱吱吱"的麻线拉动的声响，她感到自己恍恍惚惚地像做梦一般，纤细的胳臂像枯枝一般抬不起来。

傍晚，巧竹又来到城里，走进那家舞厅，找到了那位卷发女人。

"卷发"拿出一张表格叫巧竹登记。"卷发"问："以前跳过舞吗？"巧竹说："六一儿童节上台跳过《山里的孩子心爱山》。""卷发"带她走进一个房间，房间里亮起了一盏暗红色的灯。"卷发"按下三用机，音乐声有节奏地响起。"卷发"一手搭在巧竹的肩上，一手搂着巧竹的腰，说："你跟着音乐的节奏走动就可以了，注意不要踩到对方的脚。"

"卷发"带着巧竹跳一遍，说："你的节奏感很强，身材也好，男人会喜欢的，可以上了。"巧竹不安地说："我还不会呢！""卷发"说："边跳边学呗。男人不在意你跳得好不好，只在意你的服务态度好不好。你态度好的话他会给你小费的。"

"卷发"又把巧竹带到另一个房间里，给她喷上香水，搽上粉，抹上口红，披下头发。"卷发"说："下次你要自己来。"然后又叫巧竹换上一件裙子。

巧竹穿上裙子以后，只感到脊背发凉，原来胸部以上都裸露在外边，腰被扣得细细的，裙子只遮到膝盖以上部位。巧竹对着镜子看了看，感觉镜子里的影子不是自己了。

"卷发"说："想赚钱的话就要大方一点。你每跟客人跳一曲，就有五块钱的收入，客人给的小费归你自己。"

巧竹走进舞厅，在一张红色的沙发上坐了下来，立即有一位中年男人向她走过来，欠身邀请她跳舞。巧竹羞涩地站起身，中年男人搂着她的腰走进舞池里。巧竹的身体有点发抖。中年男人说："新来的吧。"巧竹点点头。

音箱里播放着《小城故事》，巧竹跟着节奏缓缓地迈开了舞步。男人说："你跳得很不错。"

一曲终了，男人说："来，我请你喝一杯。"

中年男人牵着巧竹的手在一张小圆桌旁坐下来，向服务员招了招手。一位穿紫红色衣服的女服务员走了过来，欠身问："先生需要来点什么？"男人说："两杯葡萄酒。"服务员立即从柜台后边端来两杯红酒，放在圆桌上。巧竹想起当初与"墨镜"喝酒时的情景，身体不由得打了一个寒战。男人举起杯，说："来吧，为我们的相识干一杯。"巧竹端起高脚酒杯，仰起头喝了下去。

舞池里响起《外婆的澎湖湾》，中年男人搂着巧竹的腰滑进舞池。喝了酒后，巧竹感到脸上烫烫的，动作也越发放开了，全身的骨节似乎发出"咔咔"的响声。

一曲终了，服务员又递来一杯酒，巧竹一仰头喝了下去。又来了一曲《我一见你就笑》，中年男人又搂着巧竹的腰滑进舞池。旁边有一位男士叫道："张总，你可不能独享啊！"张总说："又不是你的女人，你吃哪门子醋啊？"

巧竹感到头晕晕的，腿脚沉重起来。中年男人的手越搂越紧，巧竹感到自己身体几乎要跟那个男人贴在一起了。巧竹说："张总，别这样。"

张总把一张钱塞进巧竹的衣兜里，轻声说："来这里的姑娘都这样的，我不会亏待你的。"张总的手继续往下滑，巧竹很不自在地扭动着身体。曲子终于放完了，巧竹回到沙发上，跟老板娘说："有点累，我先回去了。"然后便回房间换了衣服。老板娘说："你今天的表现不错，以后继续努力吧。"

巧竹回到宿舍以后，软绵绵地躺在床上，她拿出老板给的小费一看，是一张五十块的。她算了一下收入：跟张总总共跳了七支曲子，加上保底工资，一夜下来共有一百元收入，相当于缝鞋包八天的工资。

第二天，巧竹便去厂里辞了工，搬到了老板娘安排的住处。

晚上，巧竹化了妆，换上衣服，进入舞厅。这晚，巧竹并没有看见昨晚的那位"张总"。巧竹陪男人跳了十二支舞，都是年轻人，没有不雅的动作，也没有得到小费。一直到十二点多才下班，她腰酸背疼地躺到床上。

第三天晚上，一位大腹便便的中年男人邀请巧竹跳舞。那男人秃顶，脑门在灯下闪着白光，满是酒气的嘴巴直往巧竹的脖子上蹭。巧竹像吞了一只苍蝇一般，皱着眉头厌恶地把头撇向一边。男人的手不安分地从巧竹的腰里往下滑去，直滑到巧竹的大腿上。巧竹一把推开男人，气呼呼地回到座位上。

秃顶男人叫来老板娘，说："老板娘，这位小姐服务态度不好。"

老板娘笑着说："她新来的，你多包涵。"然后把巧竹叫进房间里，教训她说："来这里就不要装什么淑女了，都像你这样，我这舞厅早关门了。"

巧竹指了指下身说："他的手往我这里摸。"

"摸一下有什么关系啊？肉又不会掉。你再这样我这儿不要你了。"

巧竹尴尬地回到了舞厅，然后又跟几个年轻的男人跳了几曲。

第六天晚上，巧竹终于看见了第一次跟她跳舞的那位张总。他一来，便搂着巧竹滑进舞池里，凑近巧竹的耳边说："宝贝，想死我了。"然后从兜里拿出一只玉镯，放进巧竹的口袋里，说："我去新疆那边出了趟差，给你带来个正宗的本地货。"巧竹感到口袋里沉沉的,便说:"谢谢张总。"张总说:"你叫我大哥吧,那样感到亲切。"两人一直跳到十一点多,张总伏在巧竹的耳边说:"你出台吗?给你八百块。"

巧竹心里一震,犹豫了一会儿,最终还是摇了摇头。

过了几天,张总又来到了舞厅里。这次张总并没有邀巧竹跳舞,他搂着一位新来的姑娘滑进舞池里。巧竹想,在这座城市里,像她这样的女孩子实在太多了,她们就像飞蛾一样,在男人面前飞来飞去。

一天晚上,舞厅里的男女跳得正欢。忽然一队警察冲了进来,大声喊道:"都站好,不许动。"客人们都散了,舞女们被带上了警车,带到派出所里。巧竹吓得浑身发抖,派出所的民警登记了舞女们的姓名、身份证号码,然后把她们带到 个放映室里。银幕上播放出 群失足妇女的片段,她们原先都是很纯洁的,受了金钱的诱惑后便去赚男人的钱,有陪酒的,有陪舞的,有出台的,有当"二奶"的,但结果都很凄惨,有被情杀的,有自杀的,有得性病的,有家庭破裂的。巧竹回想起这一个多月的经历,感到羞愧难当。由于舞女们并没有太出格的表现,民警们对她们教育了一番,便把她们放走了。临走前民警又说,你们在这里已有了记录,下次再发现要从重处罚。

巧竹战战兢兢地到住处拿了行李,又回到了原先的鞋包厂。

　　过了一段时间，巧竹想这样天天替老板打工实在太累了，而且赚到的钱也不多。可她又不敢再去舞厅赚钱，便思考起别的赚钱门路来。她发现鞋包厂的老板其实也就是租一间厂房，购买一些简单的设备，到总厂里把原材料提过来交给员工缝，缝好以后再送到总厂里去，老板就可以从中赚取差价。巧竹想：自己要是也把原材料提过来，运到坑口那里雇员工缝，不是也可以赚钱吗？

　　总厂在哪里呢？巧竹问厂里的人，厂里的人都说不知道。

　　一天早上，巧竹发现厂子的门口停着一辆五菱车，有两个工人正往车上装缝好的鞋包。巧竹想，这一定是往总厂送货的车，便偷偷地上了一辆出租车，紧紧地跟了上去。一个多小时后，五菱车驶进了一座厂房里。厂房的门口挂着"温州双屿凯悦皮鞋厂"的牌子。

　　巧竹下了车，跨进厂子的大门。她发现这里的厂房比龙湾那边的大了好几倍，里面的工人也特别多。巧竹找到了厂子办公的地方，根据贴着的牌子找到了经理室，她壮起胆子敲了敲门。

　　门开了，里面走出一个穿着靓丽的女孩，面带笑容，轻声问："小姐，您找谁？"

　　"我找经理。"

　　"有预约吗？"

　　"没有。"巧竹不知道什么叫"预约"。

　　女孩说："对不起，现在经理很忙。你下午再来吧！"

说完就关上门。

巧竹走出厂子后四处转了转，她发现这边的厂子比龙湾那边还多。到了下午一点多，巧竹再次敲响了经理室的门。那位靓丽的女孩睡眼惺忪地出来开门。她看到巧竹，脸上挂起了笑容，问："您找谁？"

"我找经理。"巧竹心里嘀咕道：真是贵人多忘事啊，早上刚见过，这会儿就忘了吗？

女孩又说："对不起，经理在休息，你两点钟来吧。"

巧竹看了看手表，还有半个多小时才到两点，便在走廊里的一张椅子上坐了下来。不一会儿，来了一位三十多岁的手拿皮包的男人，他来到经理室，敲了敲门。门开了，那个女孩走了出来，满脸堆笑地说："王经理，您来了，我们经理等你很久了。"

巧竹想，原来经理并没有休息，敢情是自己身份不高的缘故。

巧竹坐在椅子上耐着性子等着，过了好长时间才看到刚才进去的男人满脸含笑地走了出来。那女孩把男人送出门，趁着门没关紧，巧竹便挤了进去，径直走进里间。女孩在后面叫着："哎，小姐，你……"

巧竹走进经理室，只见一张宽大的办公桌后面坐着一位胖胖的中年男人，惬意地抖动着两条肥腿。男人头朝着窗外，几缕丝线一般的头发往上捋起，脑门油光发亮。巧竹壮起胆子叫了一声"经理"，经理连人带椅转了过来。巧竹一看，不由得惊讶地合不拢嘴。原来眼前的这位男人正是那天晚上在舞厅里遇到的秃顶男人。巧竹想起那天晚上不愉快的经历，不由得打了一个寒战。经理把巧竹浑身上下细细打量了一番，巧竹不自在地缩紧身子。

巧竹猜想经理并没认出自己，便强作镇静地问经理缝好的鞋包厂里每双多少钱收回。大抵那经理认为巧竹是某个厂里的业务员，便提起精神说："一毛八。"巧竹想，分厂的老板只给员工一毛，只要找个场地，提提材料，送送货，每双就赚了八分，怪不得那些老板那样有钱。

巧竹问，能不能让她把原材料提出去缝。经理问："是哪个厂的？"巧竹摇摇头说："厂子还没办起来。"或许那时皮鞋销路好，正为赶不出产品发愁吧，经理又补了一句："只要有营业执照，交点押金就可以。"

"营业执照，自己可以办吗？"巧竹从厂里出来后琢磨着，想找个有经验的人商量一下。

巧竹回到龙口，把自己想办鞋包厂的想法跟爸爸细细说了一遍。包怀心里没底，便找永明商量。永明说："可以试试看。"包怀觉得反正投资也不大，就让巧竹试试看吧。

包怀叫巧竹先回厂里，上面的事情由她哥哥包勇来操办。

巧竹去温州以后，包勇便在坑口租了一间房子，又到工商所里办了营业执照，给店取名叫"巧竹鞋包店"。包勇把执照带到巧竹那里。

巧竹拿到执照以后又去见那位秃顶经理。经理没料到这小姑娘还动真格的。他眯着眼睛看看执照，又看看巧竹，说："好吧！先交三万元押金。"

巧竹听了立即晕了头，那么多的押金怎么拿得出来啊？她跟经理说："我是初办，没那么多的资金，再说我提的货也不多，少一点吧。"

经理转了一下眼珠子说："那你说多少？"

"一万元。"

经理抬起手理了理油光可鉴的几缕头发，眨了眨眼睛说："好说，晚上六点你把钱带过来，到清湖大酒店签个合同吧。我请你喝一杯，你一个人过来。"

"酒店？"巧竹听出了经理话中的意思，身不由己地打了一个哆嗦。巧竹想：舍不得孩子套不住狼，为了办厂成功，就是上刀山下火海，也要去闯一闯。

巧竹说："好吧！"经理拿起笔，在一张纸上写了两个字递给巧竹，向巧竹暧昧一笑。巧竹一看，纸条上面写着"云梦"两字。

巧竹跑到永强向凤华借了钱，凑足了钱后，便在天黑的时候去了清湖大酒店，进入"云梦"包厢。只见包厢里的小圆桌上摆着几盘大菜，桌角上放着一瓶红酒，旁边立着两只高脚玻璃酒杯。秃顶经理斜靠在桌后的沙发上，一见巧竹进门，立即起身迎了过来，手搭在巧竹的肩上，把她扶到一张椅子上坐下来。

经理打开酒瓶要往酒杯里倒酒。巧竹挡着经理的手说：

"经理，我从不喝酒的。"经理说："哪里哪里，你不喝就是瞧不起我。"说完便倒了半杯酒递给巧竹，自己也倒了半杯。经理端起酒杯，"嘭"的一声碰一下巧竹手里的酒杯，巧竹的手不由得抖动了一下。经理说："美女，来，为我们的相识干杯。"然后一仰脖子，半杯酒"咕咕咕"地流进嘴里，连大气也不出一口。经理放下酒杯，眼巴巴地看着巧竹。

巧竹把杯子端起来，凑到嘴边皱起眉头喝下一口，立即用手按住喉咙咳嗽起来。她一边咳一边喘着粗气，说："经理，对不住了，我实在喝不下。"

可经理却不肯罢休，说："美女，什么事情都是从不会到会的啦。"

"实在不行啊，经理。"

"你不喝我可生气了。"经理皱起眉头不满地说。

巧竹只好把酒喝了下去，然后不停地咳嗽，身体向一边歪去。经理赶忙伸手把巧竹扶住。巧竹推开了经理的手，坐在椅子上。

经理又给巧竹倒了一杯，说："美女，好事成双，为我们的合作干杯。"

"经理，我实在不行啊！"

"哪里哪里，你不喝就说明没诚意。"

"那我还是回去吧。"巧竹无奈地说。

一听巧竹说要回去，经理便急了，说："你合同不要了吗？"

"不要了。"

"怎么不要了，你只要喝下这杯酒，我就签。"

巧竹妩媚地看了经理一眼说："你说话算数？"

"骗你是小狗。"

经理拿出合同摊到桌子上，拿起笔在上面晃一下，说："喝吧！你喝了我就签。"巧竹皱着眉头，仰起脖子，"咕咕"地把酒倒进了嘴里。酒喝完了，字也签好了。巧竹从兜里拿出一万块钱递给经理，然后在合同上签上自己的名字，拿起一份合同放进自己的包里，起身便往外走。经理傻傻地在那里看着，用手指着巧竹说："你……"

巧竹走到门口，对着经理回眸一笑，说："经理，我有急事，先走了，我们以后的日子还长着呢！"然后打开门走了出去。

第二天，巧竹拿着合同到双屿厂里提了皮料、线、针，雇车送到南站。那里正好有一辆去景宁的客车经过坑口，巧竹就把货放进客车的底箱里带了上去。巧竹叫在双屿鞋包厂打工的金玲也跟了上去，教那里的妇女缝鞋包。

包勇在坑口把车里的材料卸了下来，搬进店里。早有一群提鞋包的妇女围了过来。那些妇女领了鞋包，金玲手把手地教她们怎么缝。其实缝鞋包本来就不复杂，只要把线照着孔穿过去拉紧就是了。金玲教了一阵子，妇女们就学会了。

有的妇女要把鞋包提到家里去缝，金玲要求她们在规定的时间里缝好送过来。妇女们每缝一双就可以赚五分钱，勤快一点的话一天可以赚四五块钱。妇女们觉得在家里就可以赚钱，心里都美滋滋的。

鞋包缝好以后，包怀又让去景宁的车把缝好的鞋包带到温州，巧竹在温州接收、交货。

一个月以后，巧竹进行结算，除去各种费用，每双净赚八分钱，总共有两千多元的收入，付给金玲五百元的工资后，净赚一千五百多块，比打工的工资高了好几倍。

一年以后，温州双屿皮鞋厂转型，改做另一种品牌。鞋包改用机器缝了。巧竹又投资了两万多元钱，买来鞋包机器，在坑口办起了鞋包厂。后来巧竹在坑口认识了一位男青年，两人成了家，又注入一笔资金，扩大了鞋包厂的规模。

16 / 兄妹店

夜色里，金旺挑着簸箕从龙脊背下来，路过白骨洞的时候，忽然看见洞里有灯光在闪动。金旺定睛一看，原来有几个陌生人围着供桌玩"牌九"。金旺便好奇地站在旁边看。只见当家的满脸络腮胡，长得格外粗壮，嘴里叼着香烟给人分牌，其余的三人在自己位置上投注，有投两块的、五块的、十块的。抓牌的拿起两张牌，在头顶上划了弧，一跺脚，嘴里念一声"歪碎"，牌子摊开了，加起来有五点的、六点的、三点的，一个个哭丧着脸。当家的把牌翻开，立即"唉"的一声把头憋向一边。金旺一看，一张"五洞"，另一张"六洞"，一加只有一点。当家的把钱一一赔出去。

当家的瞅了瞅金旺，说："兄弟，你也来一把？"

金旺窘迫地说："不。"然后便挑起簸箕走下白骨洞，回到家里。

夜里，金旺躺在床上，睁着眼看着天花板，脑子里老是浮现出白骨洞赌牌九的画面来。金旺心想：要是运气好的话，按上十块钱，就能赢十块钱，比去地里种番薯划算多了。可家里的钱都是老爸管的，自己兜里一分钱也没有。金旺无奈地摇了摇头，自己一个大后生，怎么就这么窝囊呢？

第二天早上，金四和金旺挑着栏肥，继续到龙脊背掘番薯地，压番薯藤。下午，金旺看见龙脊岭上不时有陌生人下来，金旺估摸一定是去白骨洞赌牌九的，于是脑子里便不停地浮现出当家的赔钱的画面来。

太阳猛烈地照下来，金旺软绵绵地挥起锄耙。他看了一眼金四，捂着肚子蹲下来。

金四问："阿旺，你怎么了？"

"爸，我肚子疼。"

"是不是发痧了？你快回去歇下吧。"

金旺匆匆下了龙脊岭，回到家里，偷偷地走进金四的睡房，翻开箱子，把底下的零钱抓了一把放进衣兜里。走出房间的时候，恰遇桂香背着锄耙回家，见了金旺，便问："阿旺，怎么这么早就回家了？"

金旺说："婶子，我肚子疼。"

夜幕降临，白骨洞里点起了蜡烛，供桌四周挤满了人。当家的还是那个满脸络腮胡的汉子。旁边的纷纷把钱压在抓牌的前面，赢了的，满脸喜色；输了的，唉声叹气。

金旺挤进人群，拿出钱押了下去。时而赢，时而输，只见兜里的钱一张一张消失，不一会儿，竟然输光了。金旺懊恼地回到家里。

第二天早上，金四早早起床，准备去石岭那边买"肥田粉"。翻开箱子一看，只见底下的一百多块钱只剩下三十来块了。

金四问美兰拿了没有，美兰说"没有"。

金四和美兰一脸茫然，翻箱倒柜找钱。桂香贴着美兰的耳朵悄悄地说了几句。美兰跟金四一说，金四立即叫过金旺，厉声问："阿旺，你把钱拿到哪里去了？"

金旺支支吾吾地说："我没……拿。"

金四生气了，拿来一条竹枝想抽金旺。桂香忙拦住金四说："大哥，都这么大的人了，打不得。"

玉珍听见金四家的嘈杂声，忙赶了下来。美兰便流着泪向玉珍诉说一番。玉珍叫金四夫妇不要急躁，让她好好问问。

玉珍把金旺带到一旁，悄声问："金旺兄弟，到底怎么回事？"金旺便一五一十把赌钱的事说了。

玉珍用手指戳了一下金旺的额头，说："你啊，真没出息。"然后又回头劝金四："金叔，你就别打金旺兄弟了。叫金旺下次改了就好。你说是不是，金旺兄弟？"

金旺说："是，下次不敢了。"

金四骂道："你这畜生，把家里预备买肥料的钱都赌掉了，这钱是你妈一趟趟跑猪栏头赚来的。"金旺羞愧地低下了头。

桂香拿出一叠零钱递给美兰，美兰把钱递给金四，金四又把钱递给金旺，大声叱道："还不赶紧去吃饭！吃完饭后去石岭把'肥田粉'挑回来。"金旺便回到堂前间，噙着泪

"呼哧呼哧"地扒起饭来。

玉珍回到家里，月芳便问："阿珍，刚才四叔家发生什么事了？"

"四叔要抽金旺呢。"

"为什么？"

"金旺昨夜在白骨洞里赌牌九，把买肥料的钱输了。"

"怪不得哩，昨夜我看见白骨洞里灯光晃来晃去的，我还以为是鬼灯呢！"

"在白骨洞里赌钱，那还得了？"长顺急得一阵咳嗽，"快叫人把他们赶跑，不能污了我们村的名声。白骨洞是清净的地方，不允许他们乱来。"

春桃给长顺捶背，说："你就不要操心了，让阿明去管吧。"

玉珍说："阿明早上去我弟家帮忙盖房子了，晚上才回呢。"

长顺忙说："玉珍，你赶快叫立洪带人去赶。"

"知道了，爸。"玉珍往外弯走去，恰巧在黄泥岗遇到立洪。

立洪说："晚上去赶吧，白天他们早散了。"

傍晚，立洪带了一班劳力来到里湾，准备会合人马一起去白骨洞。金旺拿着一条扁担赶上来，立洪见了忙说："金旺，快把扁担放下，会出人命的。"大伙儿也劝金旺不要拿，说不是去打架的。

一伙人风风火火地赶到白骨洞前，洞里的一群人赌战正酣。金旺和几个心急的后生钻了进去，见了满脸络腮胡的壮汉又退了出来。

立洪喊："你们不要赌了，赌博是犯法的！"那壮汉依旧分着牌，说："犯法了警察会来抓我的，不关你们的事。"立洪说："不行，在我们的地头就不能赌。"壮汉瞅了一眼立洪，慢条斯理地问："你是谁？口气这么大。"

"他是我们的村主任。"底下人说。

壮汉把牌交给身边帮忙的，走出白骨洞，双拳揸在胸前向立洪鞠了个躬，说："兄弟，借你的地盘用一下，日后定会报答。"

立洪继承了奎福的基因，身材矮小，脑袋秃顶，站在壮汉的面前，宛如一只小鸡跟大公鸡争斗一般。立洪仰头看着壮汉，提高嗓门说："不行，就是不行！"壮汉说："兄弟，请你多多包涵。我们今天结束了，明天就不来了。"然后又坐回到桌子前，继续给人分牌，让别的人照例下赌注。村人看着立洪，立洪看着村人，不知该怎么办好。

永明拿着电筒赶了上来，村人立即给他让开一条路。永明走到桌子前，往桌子上"嘣"地捶一拳，"牌九"像蟋蟀一般跳了起来。永明瞪起眼睛喊道："龙口是个清净的地方，绝不允许你们无法无天！"

底下的人也挥起拳头喊："快走，不走就对你们不客气了！"

那伙人便收拾行头灰溜溜地往虎头山里走了。临行前，那壮汉说："我们走着瞧，日后总会见面的。"

金玲在双屿鞋包厂待了一段时间以后，发现双屿一带外来打工的人特别多，路边的那些小吃店忙得挤也挤不过来。她想堂哥金旺如今窝在家里，不如叫他出来一起开拉面店，肯定比在厂里打工赚得多。

金玲回到龙口跟金四一家人商量。

金旺一听要去温州开店，心跳得厉害，连声说："不行，不行！"金四骂道："你这个没出息的东西，我当年十五六岁的时候就学会兑牛了。你想待在家里受穷吗？让你打一辈子光棍！"

一提到打光棍，金旺就像被针尖戳到的气球一般"噗"的一声蔫了下去。两年前，山外的亲戚给金旺介绍了一个江西的姑娘，人长得不赖。金四便通过介绍人给对方家里送了一些彩礼，把那姑娘娶了过来。那姑娘起初对龙口的生活还感到新鲜，摆出一副安居乐业的样子，可是过不了几个月，她便忍受不了山村里的无聊，偷偷地跑了，被村里人发现后追了回来。美兰整天看着她，不让她出门，那姑娘就又哭又闹的。永明跟金四说："'强扭的瓜不甜'，既然那姑娘不愿意就放她走吧！"金旺便眼睁睁地看着自己的媳妇离开了龙口。

大抵金旺怕自己真的成了"站起来一竖，躺下来一横"

的光棍汉，便挠挠后脑勺说："那我去试试吧！"

金旺有一个远房叔公在县城开拉面店，金旺便去那里学烧拉面的技术。

金玲回到双屿，通过房屋中介在那里找到了一间店面。金四筹了钱拿给金玲，金玲付了店主租金，雇人打点一下店面，买来灶台、桌椅、碗柜，然后去工商局、税务局、卫生局办了手续，只等金旺过来开业。

金旺乘车到达温州南站，金玲把他接到双屿。那时天色已暗了下来，兄妹俩整理了一下店铺，揉了面团，熬了佐料。又洗了青菜，切了葱，弄完已经是夜里十二点多了。金玲回住处睡觉，金旺搭了一张钢丝床睡在店铺里。

第二天早上，金玲急急地赶到店铺。只见店铺的门关得紧紧的，她用钥匙开了门，径直来到金旺的床边。金旺还在那里呼呼大睡，金玲叫醒金旺。金旺转了一个身，说："我还想睡。"

金玲发火了，拧住金旺的耳朵，生气地说："你这懒虫，还不起来，今天要开业了。"

"啊，开业了！"金旺一骨碌儿坐起来，揉了一下眼睛，洗了一把脸，开了铺门，挂上牌子，叫作"阿旺拉面店"，然后又"噼里啪啦"地放了一串鞭炮。

金旺穿上白衣服，带上白帽子，点起煤球炉，烧开了水，只等客人上门拉面下锅。金玲一看，自家堂哥胖乎乎的，还真有烧拉面这一行的模样。金玲坐在店门前，一看有人路过便喊："好吃的拉面嘞——"那声音又尖又长，金旺听了忍不住"扑哧"一声笑出来，想不到自家堂妹还有这么好听的嗓音。

有客人进了店铺，说："要一碗拉面。"金玲对着金旺长长地叫了一声："拉面一碗——"金旺也回了一句："好——嘞。"

金旺在里面烧好拉面端了出来，金玲在外面结账收钱，招呼客人。客人们图新鲜，有不少出工的人进来吃。进门的人越来越多，金旺手忙脚乱，不知先干哪样好：煤球要添了，碗也要洗了，面团又没了……真是"顾得上吹箫，来不及捺窟"①，金旺忙得直滴汗珠子。

外面的客人不断进来，金旺一看面坯没了，兄妹俩只好回绝了客人。金旺准备中午的面坯，又熬了一些肉屑。金玲买来青菜、肉、蛋等原料。到了中午，又有客人陆陆续续进来吃拉面。兄妹俩一直忙到夜里十一点多才关了门。一结账，卖了三百多块钱，除去各种费用净赚一百多块，兄妹俩兴奋得互相击了一下掌。金玲感到腰酸背疼的，金旺也直喊"吃不消"。

真是"钱财压筋骨"，到了第二天早上，金玲睡眼惺忪地赶到店铺，发现金旺已经在那里生起炉子烧开了水。见金玲来了，得意地向她挤挤眼，意思是"今天你该表扬我

---

① 捺窟：方言，即按孔，这里指吹箫时按箫上的孔。

了吧"。

午后，来了一位工地的包工头，叫金旺下午三点钟送二十碗拉面到工地给工人当点心。不要太早，也不要太迟。

有生意做，金旺心里自然欢喜。忙过中午之后，便揉好面坯，放在面板上用毛巾盖住，搁在灶台上，单等时间到了下锅。忽然刮起了一阵风，不久又下起一阵雨，雨点都打到了店铺后面的灶台上。过了一会儿，天又晴了，金旺看看快三点了，就烧开了水，准备把拉面烧好送到工地上去。水沸了，他一弄面坯直叫"皇天"。原来面坯被雨水打湿了，糊成一团牢牢地粘在面板上，金玲埋怨金旺做事不周全。怎么办？重新揉又没时间了。金旺想起小时候妈妈在家里摘"麦鸡"下锅也很好吃，便把面坯一撮撮地放进锅里，倒上佐料、肉屑，舀到铅盆里，带上碗，雇了一辆三轮车便往工地上送去。到了工地，包工头疑惑地看着盆里，说："不是叫你送拉面的吗？怎么送这么一团团的东西过来？"

金旺说这也很好吃，那包工尝了一口摇摇头说："不要了。"结果"麦鸡"被退了回来。兄妹俩觉得倒掉了可惜，卖给客人又没人要，只好自己吃。一连吃了两天还吃不完，剩下的只好倒掉了。

一天晚上十一点多，有两个卷着红发的年轻人进了店里，各自要了一碗面。吃完了就眼巴巴地盯着金玲，一边付钱，一边跟金旺开起了玩笑，说："老板，老板娘很靓啊，连她也一起卖给我吧！"说完还伸手往金玲的脸上摸了一把。金旺看见了，立即把眼瞪得像铜铃一般的，拿起切面的刀"蹦"的一声砍到砧板上，大声说："卖你娘！"吓得两个年轻人撒腿就跑。

一段时间下来，生意倒是不少，只是人很累。兄妹俩商量雇一个人来帮忙。

金玲来到劳动力市场找到了一位四川姑娘，名字叫丽娟。谈好了工资，金玲就把她带到了店里。金旺一看就埋怨起来："你怎么找了个这么难看的女人，我看了以后揉面也没力气了。"原来那姑娘长得跟金旺一般胖墩墩的，脸蛋鼓鼓的，眼睛眯成一条缝。金玲说："你还想找个天仙一般的来给你洗碗啊？只要人勤快就行。"

一段时间过后，两人感到丽娟确实很勤快，性子也随和。

后来卫生监督所的人来了，说店里的卫生不符合标准。兄妹俩只好把店里的活儿停了下来，花了好几百元钱把店面重新装修了一遍。

之后，消防队的人来了，说消防不符合要求，又要整改。兄妹俩只好又花了几百块钱买来消防器材。

金玲看到金旺在灶台上烧面，丽娟在水槽边洗碗，越看越像一对夫妻在开店。心想如今堂哥的亲事正好没着落，家里人整日发愁，要是促成丽娟跟堂哥的婚事，那真是天底下的头等美事啊。

金玲把自己的意思跟金旺一说，金旺的大脑袋便像风口的葫芦一般摇晃起来，连说："不行，不行，要找也要找个漂亮点的。"金玲的火气便迸了出来："你这个呆子，别'癞蛤蟆想吃天鹅肉'了，就你那模样还挑三拣四，我还担心人家不愿意呢。看看你多大年纪了，到时候做光棍别后悔。"金旺便不再说什么，只说过段时间再看看。

金旺暗暗留意了丽娟一段时间，渐渐感到丽娟越来越可爱，人看着也越来越顺眼了。他又急着找金玲，叫她出面说说看。金玲抢白："急了吧！怕人家跑掉了是不是？"金旺不好意思地用手挠了挠自己的大头。

金玲便做起红娘来，把自己的意思跟丽娟说了。丽娟说要跟家人商量商量再做决定。

过了一段时间，丽娟说家里人同意了，金玲赶忙打电话跟金四家里人说。美兰高兴得好几夜都合不拢眼，她只催金玲早点把事情办妥，好让自己早点抱上孙子。金玲跟丽娟商量过了午就办婚事，丽娟家里人同意了。

到了快过年的时候，金旺把丽娟带回家里。村里人一看，都说真是"花对花，柳对柳，蒙锤①对扫帚"。

过年后，金旺跟丽娟成婚，之后一家人又去了双屿面馆。面馆的主人要把房子收回去，金旺把租金提高了，他也不肯。两人只好又去了别处，后来在状元找到一处地方，重新把店开了起来。

———————————

① 蒙锤：方言，一种用木料做成的捶打东西的器具。

17 / 钢铁厂

　　希文夫妻做了几年木材生意以后，着实赚了不少钱。但随着经济的发展，人们盖房子都用钢筋水泥，木材的生意便越做越差，夫妻俩感到再做下去也没钱可赚了，便想另找一条赚钱的路子。希文说："既然钢材走俏，为什么不办一个钢铁厂呢？"

　　夫妻俩便向炳茂提出了自己的想法。炳茂说："好是好，不过风险有点大，还是去你大伯那里讨个主意吧。"

　　希文和燕琼来到坑口炳荣的办公室里，当时炳荣已调到坑口镇当了分管工商业的副镇长。炳荣说："这想法很好，坑口的当地有一家炼钢坯的厂，办得很成功，你们可以向他们学习办厂的经验。"

　　炳荣便带夫妻俩去参观刘继松的钢铁厂。刘继松办了厂之后，不仅赚了钱，还成了当地的红人，被选为县人大代表。刘继松向希文夫妻详细介绍了办厂的流程、投资、生产、销售等情况。两人得知办厂需要那么多资金，不由得踌躇起来。

炳荣说："你一家人办厂力量太单薄，还是找一个合伙人吧。最好找一个家族外的，扩大财路，降低风险。"

炳荣又嘱咐希文："赚钱要走正路，那些歪门邪道的事咱不要做。"希文点点头。

希文回到龙口以后便跟家人商量，准备找个合伙人。炳茂和永明思来想去，最终想到了立洪，觉得立洪做事稳当，眼界开阔，也有一定的财力。一伙人便来到立洪的家里，商量合伙办厂的事。秀丽听到了忙说："阿洪啊，你们别'好了还要好，有了布衫还要袄'，稳当点过过日子算了。"

松柳一听要投资那么多钱，便说："使不得，使不得，要是亏了就没翻身的日子了。"

立洪说："'胆大做将军，胆小做蚊虫'，不冒点险，怎么赚得了钱呢？"

永明说："初次办厂，经验不足，投资又那么大，最好再找个能干的人合股。"

立洪想起了山底村的村主任朝锋，朝锋跟人家合伙办过厂，有一定的经验。但又想起朝锋是一个"牵个老娘过水沟，也要银子过兜兜"①的人，便有些怕了。永明说："办厂还是需要精明的人，我们对他留意点就是了。"

第二天，立洪和希文来到山底村，跟朝锋说起办厂的事。朝锋说他也正想跟人合伙办厂。三人细细合计，决定先

———————————

① 牵个老娘过水沟，也要银子过兜兜：俚语，意为很会算计。

办个小的，一点五吨的炉子，投资大概三十万元。

三人听说丽水那里电价低，厂房租金也不贵，交通也方便，便来到丽水，最终在大岗头镇找到了一个废弃的停车场，跟村人谈妥租金，每年两万元。又去当地的环保、工商、税务、电业等部门办理了手续，拿到了营业执照。

三人想叫永明去厂里当负责人。永明说："村里的青壮年都出去了，剩下的老的老小的小，没一个领头的也不行啊。"最后决定由立洪当法人代表。厂子采用股份制的形式，分成三股，每股十万元。立洪、希文、朝锋各占一股。龙口村的人们纷纷投了钱。

俗话说："三个蛮人顶个阴阳，三个火棍顶个风箱。"一伙人忙了一通之后，厂子便开业了。三人进行了分工，立洪负责厂里的生产，朝锋负责收废铁，希文负责推销钢坯，立洪的儿子宽亮当会计，村里的劳力去厂里当工人，月芳到厂里给工人们烧饭。炳茂到厂里跟大松轮流站炉头。由于三人都不懂炼钢坯的技术，便到缙云那边请来了一位姓刘的师傅。立洪说奎安以前是打铜的，打铜跟炼铁也有相通的地方，便把奎安叫过来跟刘师傅学技术。

由于当地厂子多，白天电力不足，厂子只能夜里开工。立洪把工人分成两拨轮流上工。刘师傅在旁边指导，奎安站在旁边学习。看了一会儿，奎安说炼钢坯跟"化铜"其实也差不多。

大松把压成豆腐块一般的废铁用铁叉一叉叉地挑到炉子

里。一通电，炉子里的温度便急剧升高，迸发出蓝色的火焰，废铁被熔化后就变成红红的铁水，炉里的温度越升越高，铁水变成了白色。大松不停地往炉里投废铁，炉子里的铁水便渐渐漫了上来。立洪按下"倒顺"开关，炉子就往一边倾过去，铁水像倒茶一样通过"炉嘴"缓缓地流到下面的桶里。那铁水遇到空气，发出"啪啪"的爆炸声，飞出一朵朵红色的小花。两个工人把铁水抬到一边，倒进一个模子里，铁水冷了以后就成了一条条的形状。

一炉炼好后，另一拨工人上岗炼下一炉。从晚上九点开始，到第二天清晨刚好炼出两炉。

一个月下来，一切都还顺利，三人算一下账，除去各种费用，发现利润不高，这样下去最多只能保本。还是朝锋精明，他了解到别的厂之所以利润高，是采用了偷电的办法，把电费节省下来当利润。立洪说："'吃勿好只用一夹，走勿好只用一脚'①，这些犯法的事咱不能干，抓住了又要罚款、又要坐牢的。"朝锋说只要跟电业局里的人打通关系就可以，立洪和希文还是觉得不行。

立洪说："既要走正路，又要想赚钱，'秃头上的虱子，明摆着'，那就是各方面都要精打细算。废铁的价格要低，钢坯的价钱要高，工人劳动效率也要高。"

---

① 吃勿好只用一夹，走勿好只用一脚：俚语，一根筷子夹不住食物，一条脚走不了路。意为不可走偏门。

第二个月，厂里送走了刘师傅，由奎安掌管技术。立洪、希文、朝锋三人一起转了转附近的废铁收购站，发现废铁的价格虽然大体上一样，但有的地方稍微低点。三人细细地合计了一下，算上运费，决定哪里划算就去哪里运。钢坯也一样，多联系几家。这样，精打细算，每吨就能多出一百多元利润来。工人的技术也渐渐熟练了，本来一夜炼两炉，后来头尾加点时间，炼出了三炉。这样，每天的利润便提高了。

那段时间的钢坯价格虽然时高时低，但总体利润还能保持稳定。到了年底的时候，一结算，人们可以获取三分利润。

厂里给投资的人分了"红"，龙口村的人们都觉得办钢铁厂是一条好出路。

过了年以后，三人又筹集了二十万元资金，买来一只一点五吨的炉子，扩大了厂子的生产规模。开始几个月都顺顺利利的，钢坯和废铁的市场价格都保持稳定，但是过了一段时间，钢坯没人要了。立洪打电话问别的厂子，他们说也遇到了同样的情况。厂子只好停工，把工人送回家里。人们的心不由得悬了起来。那些老办厂的人说不要紧，这是因为市场钢坯饱和造成的，过段时间销路又会变好的，就看厂子能不能扛得住。

大概过了三个月，钢坯又卖出去了，而且价格比往常更高一些。立洪后悔当初没多储备钢坯，便急急地叫回工人恢复生产。

由于利润比以前高，两个月以后工厂便基本挽回了停产的损失。

又过了一个月，宽亮结账的时候发现利润竟然又莫名其妙地低了下来。立洪和希文便细细地寻找原因，结果发现废铁炼出钢坯的成分比以前低了。立洪想无非就是两个原因：一是希文隐瞒了钢坯的数量——不对，希文的钢坯是按车送的，每车的数量跟以前差不多；二是朝锋虚报了废铁的数量。他忽然想起有一天朝锋运废铁回来，无意间听月芳说了一句："怎么今天这车废铁看起来比以往的少呢？"朝锋说："今天的废铁沉一些。"

立洪想，莫非真是朝锋运回的废铁出了问题？他决定好好调查一下。一天夜里，朝锋运废铁回来，拿出单子报了重量后就回房间睡觉了。立洪悄悄地叫司机把车开到五千米外的地方过磅。一过磅，发现废铁的重量比单子少了三百多斤，那就相当于四五百块钱啊。肯定是朝锋跟废铁站串通好，吞了厂里的钱。

立洪跟希文一说，希文便要找朝锋理论。立洪说先不要声张，看看下一趟再说。朝锋再次运废铁过来后，立洪和炳茂便又一起偷偷地运过去过磅，发现朝峰又多报了两百多斤。

俗话说："路湿早脱鞋，有事早安排。"炳茂把朝锋虚报废铁的事情揭了出来。朝锋想抵赖，立洪就把过磅的单子拿出来给朝锋看。朝锋顿时面红耳赤，无话可说。

朝锋是个要面子的人，他觉得再在厂子里待下去也没意思了，便提出要撤股。立洪和希文同意了。两人认为朝锋在厂子初办的时候有一定的功劳，又是隔壁邻居，便算了三分的利息给他。后来朝锋便去了江苏，自己办了厂。

朝锋的股份退出去以后，立洪又回到村里筹集资金。村里人纷纷把积蓄拿出来投资，有的还去亲戚那里借。朝锋退股后的资金缺口很快就补齐了。

朝锋离开以后，厂里由宽亮负责运废铁，把在温州开拉面店的金玲叫过来当会计。金玲早就想把拉面店交给金旺夫妻经营了。如此一来，正合她的心意。

到了年底的时候，厂里又进行了一次结算，众人又分到了三分的利润。人们高高兴兴地回到龙口过年。过了初七以后，立洪和炳茂去了厂里，发现当地的电价提高了一毛。按照这样的电价炼下去，利润就很低了。两人便决定把厂子转手，另找别的地方办厂。

盘掉厂子以后，立洪和希文回到村里，问大家愿不愿意继续投资。大家都说"愿意"。立洪说："办厂风险很大，要是赚了不要说我好，赔了也不要说我坏。"大家都说："你放开手脚干就是，我们相信你。"

立洪和希文四处打听，了解到西安那边的电价较低。两人便去了西安，详细了解当地的电价和钢坯的行情，最终决定在那里办厂。他们在村里买下了一块地皮，盖起了厂房。准备办两只一吨半的炉子，总投资六十万元左右。分成两股，每股三十万元。立洪和希文各占一股，每人各自投资十五万元，其余的向村里人筹集。立洪和希文分别打电话叫包怀和永明向村里筹集资金。村里人把投资到大岗头的资金又投了进来，不到一个月时间，资金就凑齐了。

厂里又做了分工，仍然由立洪主管生产，希文负责收购废铁，宽亮负责推销钢坯，金玲当会计。

市场上的行情时好时坏。行情好的时候两只炉同时开工，不好的时候只开一只炉子，总体利润还算稳定。

一天夜里，由于停电，厂里没有生产。炳茂夜里起来上厕所，忽然看见棚里有人影晃动。他就悄悄地摸了过去，发现有几个人在搬钢坯。炳茂便高声喊道："有贼偷钢坯了！"厂里的人们立即披衣起床，大喊"抓贼"。那几个贼迅速往门外跑去，然后传来一阵汽车的马达声。

大家跑到门口一看，发现铁门的锁被撬开了。棚里的钢坯已经少了十几根，要不是被炳茂发现，恐怕被偷光了。

第二天下午，厂子门外来了十几个年轻人，一个个喝得红光满面的，说是要进来讨包烟抽。他们大摇大摆地进了厂办公室，有的坐在办公桌上，有的横躺在沙发上。立洪忙给他们递烟，还叫金玲给他们泡茶。

宽亮和厂里的工人听到办公室里的嘈杂声便赶了过来。

金玲端着一杯茶来到一个染着红色头发的壮汉前，那壮汉伸手摸了一下金玲的脸。宽亮见了，也管不了自己势单力薄，上前一拳就打到那壮汉的后背上。那壮汉转过身来抓住宽亮的衣领，一巴掌扇过来。那些工人都是不服输的，就从外边冲了进来，双方扭打在一起。门外忽然传来一声大喊："谁敢动！"双方歇了手定睛一看，只见一个高高胖胖的汉子，脸黑黑的，拿着一把铁叉站在门口，做出要刺的姿势。那些来捣乱的大约以为遇到了个不要命的，便纷纷跑出了办公室。

大家一看，拿铁叉的正是大松。大松在棚里"做炉"的时候，听到办公室里有人来捣乱，便拿着铁叉跑了出来。见小混混们逃了，大松拿着铁叉一边追一边说："有种别跑啊！"

立洪把大松叫了回来。大松一放下铁叉便瘫坐在沙发上，汗珠子一颗颗滚了下来。月芳拿来毛巾给大松擦脸。平时，大家都说大松是个闷葫芦，只会干活不会说话。这一次，大家都说多亏了大松这个"愣头青"，否则打起来砸坏了东西，吃亏的还是厂里。

希文从外边回来，他说这伙人可能是昨夜偷钢坯的，没偷成来撒气了。或许他们还会耍什么阴招，让大家要多防着点。

一天夜里，厂里的炉子炼得正旺，忽然一下子就停电了。炼钢坯最怕的是停电，电一停，炉里的铁水就要弄出来切割开重新炼。

大家忙跑了出去，发现厂子外边变压器的令克①被钩了

① 令克：也称跌落式保险，是一种高压型户外跌落式熔断器。

下来了。大伙儿说准是那伙来闹事的人干的。

立洪跟大伙儿说："这样下去厂子就要停产了。"炳茂说："别急，叫我那小子想想办法。"炳茂便把电话打到了希武那里。当时希武已担任县治安大队的副队长。希武立即通过局里跟当地的公安机关取得联系，公安机关便把那几个搞破坏的拘留起来，往后厂子便安宁了。

傍晚，桂香从晒谷场上往家里挑谷子。脚底下一拌，一个趔趄扑倒在地上，一袋谷子"咕噜咕噜"地滚下坎子，滚到下面的园子里。袋口散了，稻谷撒在泥土里。桂香呼天喊地地跑到园子里，狠命地把稻谷一把一把捧进袋子里，生怕稻谷长了脚逃走似的。天色渐渐黑了下来，桂香拿着火篾灯，一粒粒地捡谷子，眼泪簌簌地滴到地上，念叨着："金玲，你这个死囡，怎么净往外跑，也不知你妈一个人在家多可怜啊！"

美兰看见园里的灯光，便喊："妹子，你黑灯瞎火的，捡什么宝嘞！"

桂香说："谷子倒了，不捡回来怕被老鼠叼走。"

美兰忙来拿手电筒，下到园子里，一粒粒地帮忙捡。

第二天，桂香又早早起床，把园子里的泥刮了一层，用筛子筛一遍，然后又捡出几颗谷子来。

金玲是桂香唯一的女儿，母女俩相依为命。自金玲去了西安以后，桂香经常打电话询问金玲的近况。立洪叫金玲把桂香叫过来，到厂里拣拣铁屑什么的，既可以增加收入，又可以母女团聚。

桂香接到金玲的电话以后，有心想去，但又舍不得家里养的猪、兔子、鸡、鸭，还有地里种的庄稼。桂香找金四商量，金四又找到永明。永明便替桂香安排：把猪卖了，把兔子、鸡、鸭送给亲戚；地里的庄稼由他和金四帮忙看着，秋收的时候叫村里人一起帮忙收回来。

一切安排妥当之后，桂香便打点行李准备去西安，她把编织袋塞得鼓鼓的：有衣服、咸菜，沉沉的有五六十斤重。

美兰说："妹子，你带那么多粗货干吗！像讨饭人过宫^①似的。"

桂香说："多带一些干菜，到那边可以省点钱。"

桂香扛着编织袋来到石岭，乘上去县城的面包车。一路颠簸，桂香吐得脸色发青。桂香怀疑自己能不能活着到达西安。县城去温州的路倒是平稳了许多，桂香便不吐了。桂香怕到温州找不到路，事先让希建打电话叫金旺接她。桂香到达温州南站，金旺已等在那里。金旺把桂香送到双屿车站，带着她上了去西安的卧铺车。那时已是傍晚了。

当时去西安还没通高速，从温州出发要坐好几天的车。金旺知道伯母是个极为节俭的人，路上的饭菜又贵，伯母肯

---

① 讨饭人过宫：俚语，即要饭的向别处搬东西，意为"袋子里装的杂物很多"。

定舍不得吃，便到市场里买来一些水果、饼干、饮料，准备给桂香带到路上去吃。

金旺买来东西回到车上一看，发现桂香不见了，编织袋也没了，便急忙下车去找。

原来桂香怕路上小便，想在开车前去一趟厕所。又怕东西放车上被人偷走，就把编织袋扛在肩上。桂香看到车子旁边的小屋子里有人提着裤子进进出出，便料定那里就是厕所。一进门，就看见一群男人站在一个凹槽边撒尿。她不知道厕所也分男女，心里嘀咕：怎么女人都不撒尿啊。那些撒尿的男人见一个女人进来，不由得发出一阵惊呼。后来看看桂香的摸样，只当是一个疯婆子进来了，于是又恢复了原来的姿势安心撒尿。桂香便在一个坏了门的大便处扛着编织袋蹲下撒了尿。

从厕所里出来，桂香分不清哪一辆车是去西安的。她便去找金旺，见人就用龙口的土话问："同志，金旺在哪里啊？"那些人压根儿不知道桂香说什么，只是摇摇头。桂香急得脸上直冒汗，像没头的苍蝇一样东窜西窜。

幸好桂香的打扮比人家奇特，穿着一身不知是什么年代买的格子上衣，后脑勺扎着一条像《红灯记》里李铁梅一般的长辫子，肩上还扛着一个编织袋。金旺远远地就看到了她，赶紧跑了过去。桂香见了金旺，就向落水的人扶住竹竿一样扶住金旺的胳膊惊恐地说："阿旺，不好了，车开走了。"

金旺真是又好气又好笑。他一边拉着桂香往去西安的车上赶，一边告诉她车上是有厕所的。

两人一上车，车子便启动了，金旺急急地把桂香送到位置上，把买来的东西放在桂香的怀里，叫她路上拿出来吃。桂香连念了几声"阿弥陀佛"，说："让你花钱，吃进去牙齿都会掉光的。"金旺又叫桂香安心坐车，到西安的时候金玲会在车站里接她。下车的时候，金旺嘱咐跟车的在路上停车时看着点，别让桂香走失了。

一路上，桂香时常问同座的人："同志，西安到了吗？"

到了服务区，乘客们下车吃东西，跟车的也来催桂香下车。桂香怕行李被人偷走，硬是不肯下车，她拿出一个硬邦邦的糍粑啃了起来，觉得没味，便又从菜缸里抓出几把咸菜心放进嘴里。

夜里，车外一片漆黑，桂香迷迷糊糊想睡觉。她怕到了车站自己不知道下车，便用手指狠狠地掐了一下自己的眉心，直掐出红红的一块，好让自己清醒过来。

车子终于到达西安车站。金玲和宽亮早早在车站那里等着。金玲看见妈妈披头散发地背着一个编织袋从车站门口里出来，东瞧瞧西瞧瞧，嘴里还喊着："金玲啊，在哪里啊？"那声音就好像一位失去孩子的母亲在呼号。金玲立即跑上去拉着桂香的手说："妈，我在这儿呢！"

桂香来到厂子里，金玲翻出编织袋里的东西。只见金旺给她买的东西仍原封不动地放在那里。金玲看在眼里，心里酸酸的。

到了厂里以后，桂香拿着一块磁铁去吸废渣子里的铁，称重卖给厂里，每天都有好几块钱的收入。又能赚钱又能跟女儿团聚，桂香心里感到很踏实。

桂香到底是个勤快的人，她除了自己挣钱以外，还帮月芳烧饭，有空还帮工人们洗洗衣服。她看到厂子后面倒满了炉灰，便买来各色菜种播下去，发芽后又细心照料。那些菜长得越来越好，厂里的人们便能吃到桂香种的新鲜蔬菜了。

过了一段时间，厂里人渐渐发现奎安跟桂香有那么一点意思了。奎安每每得空便像跟屁虫一样跟在桂香的后面：桂香去洗衣服，奎安帮忙提水；桂香去种菜，奎安便帮忙锄地。桂香也并不讨厌奎安。大家想：寡妇配光棍，这是天下第一等美事啊。立洪便想成全他俩的婚事，他找金玲商量，金玲说只要两人合得来就行。

立洪便给桂香和奎安牵起红线来，奎安心里喜欢，桂香羞答答地说这么大年纪嫁人怕被人笑话。立洪哈哈一笑，说都什么年代了，男女结婚还有人笑话？桂香到底也尝够了当寡妇的苦楚，看看奎安人还不错，便点头应承了下来。

立洪打电话征求金四的意见。

金四问："是上门还是嫁出？"

立洪说："奎安本来就没个家的，自然是上门了。"

金四便应承下来，直催立洪抓紧时间把事给办了。

厂里腾出一个房间给奎安和桂香做新房，门口贴了张大大的"红双喜"。那天晚上，厂里给两人摆上喜酒庆贺。两人成婚以后，如胶似漆，大伙儿都说这真是前世的缘分。

一天晚上，天气异常闷热，奎安拐到厂篷外边想呼吸一口新鲜空气，忽然听见围墙的角落里传来一阵响动，便拿起手电筒一照，见一对男女搂在一起。那对男女见有光照来便立即松开，拉着手跑了。奎安觉得有点面熟，又一照，呵，原来是金玲和宽亮。

宽亮跟金玲都到了成婚的年纪。两人到了厂子里以后，宽亮经常开车与金玲一起外出结账。日久生情，两人便发展到了如胶似漆的地步。金玲怕妈妈知道了不高兴，便一直隐瞒着，只是偷偷跑到外边幽会。

自金五死了以后，桂香一心想招个上门女婿，老了也有个依靠。当时实行计划生育，各家都只有一个男丁，一直以来没有哪个好后生愿意上门，有几个差劲的桂香又看不上。久而久之，桂香就形成了一种心病，担心女儿嫁出去后把自己一个人扔在家里。不论谁给金玲提亲，只要说把金玲嫁出去，不管对方是谁，就恼他，板起脸跟人家急："要嫁你的女儿嫁过去，我家阿玲不嫁！"

奎安悄悄地把宽亮跟金玲的事情跟立洪说了。立洪心里欢喜，又怕桂香不同意，便找炳茂商量。

炳茂连说这是好事，但他知道桂香是个急性子的女人，怕自己挨了骂难堪，便找来奎安偷偷合计一番。

晚上，奎安在家里就着一盘咸菜喝着小酒，桂香坐在旁边纳鞋底。炳茂在门外喊："奎安在吗？"

奎安应了声："在呢！"桂香忙去开门，把炳茂迎了进来，满脸含笑地说："是炳茂啊，快坐！"炳茂便在凳子上坐了下来。

奎安对桂香说："香，拿个杯子来，我和炳茂喝一杯。"炳茂忙推辞："不了，我刚吃过饭。"

奎安说："来吧，喝一杯！"桂香拿来一个杯子，又从柜子里拿出两个咸鸭蛋切开放在桌子上。奎安掀开墙壁边酒坛上的沙袋，用勺子舀出烧酒倒进杯子里。炳茂推辞不过，拿起酒杯喝了一口。

两人一边喝一边聊起厂里的事，先聊生产，再聊利润。两人喝得面红耳赤的。金玲提着一个挎包从里间出来，见了炳茂便打招呼："茂哥，你在啊！"炳茂"嗯"了一声。金玲又对桂香说："妈，我出去一下。"桂香喊了声："别走远，早点回来。"

炳茂问桂香："金玲几岁了？"

"二十四岁了。"

"啊，这么大了，我以为才二十岁呢，那也该出嫁了。"

"是啊，还没有找到合适的呢。"

"男大当婚，女大当嫁，迟早是要嫁的。我觉得女孩不要嫁太远，嫁近点好，能随时有个照应。"

"是啊，嫁给同村的最好。"奎安附和着。

"这样吧，我给你们介绍个龙口的。后生不仅长得帅，人品也好。"

"谁？"奎安一拍桌子，"快说，这关系到金玲一生的幸福啊！"

"就是立洪家的宽亮啊，有好几家都向他提亲呢！"

奎安急切地跟桂香说："阿香，这确实是个好对象，我看就把金玲嫁过去吧，要是迟了会被别的姑娘抢走的。"

桂香听炳茂与奎安谈论起嫁金玲来，原本要发作，可两人一唱一和的，她连插嘴的机会也没有。她听说对方是宽亮的时候，便静下心思忖起来：宽亮人乖巧，他爸又是村里的能人，金玲嫁过去应该不会吃苦；又是同村的，随时都能相互照应。她听炳茂说已经有人向宽亮提亲了，心里倒真有点着急起来。

桂香说："阿茂，你说咋办就咋办吧。"

炳茂一拍胸脯，说："这事包在我身上。只是不知你家金玲同不同意？"炳茂一口喝完杯里的酒，起身向门外走去。奎安送到门口，两人挤挤眼，会心地笑了。

两天之后，奎安跟炳茂说："阿茂，坏了，桂香说金玲的事先缓一缓。"

原来炳茂提出金玲嫁宽亮的事以后，桂香便打电话跟金四商量。金四连说："使不得，使不得，金玲要是嫁给宽亮，金五就绝后了。除非宽亮上门给金家当女婿。"

桂香想金玲是金五唯一的后脉，理应要把他的宗枝传下去。

奎福听到消息后立即给立洪打电话："阿洪，可别让'金算盘'给算计了，他金家要后代，我们谢家也不能绝后啊！"

立洪找炳茂商量，炳茂一筹莫展。此后桂香便紧紧地盯着金玲，不让金玲与宽亮交往。金玲只是偷偷地流泪，直叹自己命苦，年纪小小就没了父亲，长大了又不能跟自己喜欢的人在一起。

一个月以后，月芳喜滋滋地跟炳茂说："阿茂，成了，成了。"

炳茂丈二和尚摸不着头脑："什么成了？"

"婚事成了，桂香有了。"

炳茂依然听不懂月芳话里的意思，月芳不耐烦地说："桂香肚里有孩子了，宽亮和金玲的婚事成了。"

原来月芳发现桂香近几天捂着肚子直呕吐，想吃酸的东西，便怀疑桂香有喜了。她怕自己看走眼，便亲口问桂香。桂香说自己都四十多岁了，还这么折腾着，给人闹笑话。月芳说这是上辈子点过清油灯才换来的好事，叫她好好养胎。

炳茂想奎安老弟也够争气的，不仅为自己留下了后脉，还给宽亮和金玲的婚事助了一把力。要是桂香生下一个儿子，这事就百分之百成了；要是生下一个女孩，这事也成了一半。炳茂只说这事先不要声张，叫宽亮和金玲把心稳下来，只等桂香生下孩子再说。

第二年夏天，桂香生下一个男孩，奎安笑得合不拢嘴，直说自己的祖公头有幸，让他这个瘌子没有绝后。

炳茂又极力撮合宽亮和金玲的婚事，桂香没什么可说的，只是金四觉得金玲嫁出去没给金五留下一支后脉，总是闷闷不乐。但这毕竟是桂香的家事，他也不好太过干涉。

村里人说，西安钢铁厂一办，成就了桂香家两对美妙的姻缘，这也是龙口村的大喜事。

过了年，一伙人又来到西安，厂子又开了工。起初钢坯的行情还算不错，但后来由于当地办的厂子越来越多，市场上的钢坯便渐渐处于饱和状态，销售的价格便越来越低。最要命的是各处废铁的价格却不断上升，照这样下去，厂子一点生产利润也没有了。厂子一停就会亏空，炼下去又没利润，立洪他们左右为难，最后还是硬着头皮继续生产，只求往后钢坯的价格能往上升。一直到六月份，钢坯的价格才渐渐往上提。立洪他们松了一口气，便趁着钢坯走俏日夜不停地炼。

一天夜里，大松往炉里投废铁，炳茂过去看。炳茂知道大松为了多赚钱，像老黄牛一样不停地劳作着，从没听见他叫过一声苦。由于长期被火蒸熏着，大松黝黑的皮肤变成蜡黄，人也比以前瘦了很多。炳茂怜悯地看了自己的妹夫一眼，便上了炉头，想接一下手让大松休息一会儿。忽然炉里"轰"地发出一声巨响，刹那间铁水四溅。炳茂把大松使劲一推，大松便趴倒在地上。炉子里一股红红的铁水飞溅了出来，炳茂赶忙往大松的身上一趴，铁水便直飞到炳茂的背上。炳茂后背的衣服"呼呼"地燃起来。人们听到响声立即赶到厂棚里，发现炳茂背上的衣服被烧光了，肉被烧成黑红色。炳茂直喊疼，月芳呼天喊地地哭着。宽亮赶忙开来五菱车把炳茂送到医院里。

原来大松往炉里投废铁的时候不小心把一个气体瓶挑到炉里，瓶里的气体遇到高温爆炸了。

医生一诊断，发现炳茂后背百分之六十以上面积的皮肤都烧伤了。幸好当时戴着安全帽，头部没什么损伤。医生先把烧伤的部位用纱布包了起来，然后给炳茂挂上盐水消炎。月芳抱着希文"呜呜"地哭着。

炳茂趴在病床上问医生："会不会死？"医生说："死不了。"炳茂便跟月芳说："你听到了没有？我死不了，你还哭什么？"

炳茂又说："我救了你哥哥，你还没谢我呢！"

月芳只是默默地流泪，心想炳茂平时没说过几句正经话，但干起事来却并不糊涂。

厂里人想炳茂被烫伤的事究竟是瞒不住的，便打电话给永明，叫他安慰春桃和长顺。春桃不放心，又打电话到厂里，炳茂和月芳又细细地安慰了她一番。

厂里不仅烫伤了炳茂，还炸坏了一只炉。当时正是钢坯最走俏的时期，大家说没赶上行情怪可惜的。立洪他们想再买来一只炉子投入生产，但又要花十几万块钱。当时厂里正是资金运转最困难的时候，立洪便打电话给永明，叫他筹十万元钱汇过来。永明向村里人筹钱，可村里的钱大多拿出去投资了，凑来凑去也只筹了一万多块钱。立洪便——向在外地的龙口人打电话，巧竹、凤华、金旺、希雄、包勇都筹了钱。希建听到消息后，向信用社贷了两万元。十万元钱凑齐了，厂里又买来一只新炉子重新投入了生产。

一个月以后，炳茂出院了，只是后背的皮肤皱巴巴的。炳茂说："要是前半身这样，月芳就不要我了。"

月芳嗔炳茂"良心被狗吃了"。

炳茂仍需休息一段时间才能上工，厂里每月照常给炳茂发一部分工资。炳茂觉得白拿工资怪不好意思的，便坐在传达室里替厂里看门。

由于下半年的行情比上半年好，厂子的损失被填补回来了。只是这年的分红没有了，立洪和炳茂觉得挺对不住大家的。大家都说遇到这样的事情，能保住本钱就不错了。

18 / 百万工程

　　克聪高中毕业后，回到龙口的家里。月芳和燕琼打电话叫他去西安，一起在钢坯厂里做事，永明也催他去。克聪说："不去，我要去温州赚钱。"玉珍说："阿聪，你一个人出去大人不放心呢。"克聪说："小奶奶，你放心吧，我已经是大人了。"

　　第二天，克聪便打点行装，只身来到温州。克聪进了几家介绍所，一问都是做苦力的，他不愿意干，决定自己去公司里找工作。克聪问了几家公司，可公司缺的是技术人员。克聪没技术，公司不要他。克聪只好到厂里找，厂里需要的都是苦力工。克聪转了几天还是找不到称心的工作，眼看身上带的钱都快花完了，决定委屈一下自己，干一段时间的苦力再说。

　　克聪来到双屿镇的一家皮鞋厂，那里正好缺一位"压机"的工人。压机属于高强度的力气活，工资比别的工种稍高一些，每月大约有一千块钱的收入。克聪便进入厂里，当起了压机工人。

上工了，克聪用手重重地拉起三四十斤重的机器，"咔嚓"一声放下去，下面的胶皮便被压成鞋底模型，同时像放屁虫一般"呲"地挤出一阵胶皮的气味。为了提高劳动效率，厂里特地配了一个姑娘当助手，专门负责投递料子。

那姑娘二十岁模样，身穿一件紫红色衬衫，苹果脸，白里透红，像一个剥了皮的鸡蛋在胭脂盒里滚过一般，说话的声音如百灵鸟般动听，仿佛喉咙里装着两块银片似的。

姑娘自我介绍说名叫紫凌，湖南萍乡人，刚到温州打工不久。

克聪"咔嚓咔嚓"地压了几趟之后，感到手臂酸酸的抬不起来，汗珠子不停地从脸上滚落下来。紫凌拿来毛巾，擦去克聪脸上的汗水，又递过一杯水。克聪感激地看了紫凌一眼，紫凌的脸上也浸满了汗水，脸上的红晕宛如雨后的紫荆花一般，更加艳丽了。

下班以后，克聪感到浑身软绵绵的，一躺到床上便呼呼大睡。

第二天，克聪又来到车间，只觉得浑身酸疼。紫凌已坐在那里，她对克聪嫣然一笑。克聪振作精神，又开始了一天的劳作。

半个月后的一天早上，克聪上班的时候没见到紫凌。新来了一位胖胖的妇女，板着脸，不时地催促克聪快点干，说慢腾腾的一个月下来赚不到几块钱。

渐渐地，克聪便想念起紫凌来。

　　两个月以后，克聪接到紫凌的电话，说她在广西南宁那边找到了一个好项目，叫克聪一起过去创业。

　　克聪精神一振，领了厂里的工资后便买票上了去广西的火车，乘了三天三夜来到南宁。一下车，克聪感到周围一片陌生，心不由得怦怦直跳。

　　紫凌来车站接克聪。一路上，紫凌像唐老鸭一般不停地张着嘴巴，说南宁怎么怎么好。克聪觉得紫凌好像变了一个人似的。

　　天色渐渐暗了下来，紫凌把克聪带到一条偏僻的乡间公路上，路边是一片茂密的树林，树上的鸟儿发出一声声怪叫。克聪想拉紫凌的手，紫凌把手缩了回去。走了两三千米后，克聪看到一间大院，院墙很高，上面插着一条条尖尖的玻璃。院门口守着两个壮汉。紫凌带克聪进了院门，只见里面竖起两座三层楼的房子，两房之间隔着一块狭小的操场。克聪感到自己好像进了重庆渣滓洞的监狱一般，便好奇地问紫凌，究竟要做什么项目。紫凌神秘地一笑，说过几天就知道了。

　　紫凌带克聪走进三层楼的一个房间里，房间里打着地铺，里面住着四五个人，一见克聪进来，便起身立在一旁，向克聪点头微笑，仿佛迎接上级的领导过来视察一般。紫凌跟克聪说，以后他就住在这里，然后便转身走进里面的房间。同寝室的连忙帮克聪打点行李，在地铺上安顿下来。开饭了，克聪跟着同寝室的一起来到餐厅。餐厅里摆着一条条长桌子，桌子旁边做祷告似的立着五六十个人，念着："公司是我家，人人都爱它；供我吃和住，业绩来报答。"桌上也没什么菜，只有一大脸盆的菜汤。

第二天早上，克聪刚起床，紫凌便等在外边，说带他到外面去逛逛。路上，紫凌关心地问："还住得习惯吗？"克聪点点头。紫凌说："现在是创业阶段，苦点累点都是正常的。"两人来到南宁城区，只见街道两旁立起了一座座楼房，马路上车辆来来往往。克聪心想这里跟温州一样发达。紫凌说这里跟温州一样，有很多外地人来这里创业，他们都很成功，都开上了豪车，住上了豪宅。

第三天，紫凌把克聪带进了一个房间里，说是要进行创业培训。房间里坐着几十个人。紫凌说，这些人都是来创业的。

一个气质干练的中年男人走进培训室，听课的人便"噼里啪啦"放鞭炮似的拍起掌来，端端正正地向老师欢迎致敬。

老师一挥手，学员们坐了下来。老师说话的声音大如洪钟，铿锵有力，他说："在座的精英们，你们想成功吗？"听课的人大声回应："想！"老师说："那就来宏业公司吧！从此以后，你们再也不要做苦力了，再也不要看别人的脸色做事了。"然后便在黑板上刷刷地画了一张图，一级级的好像台阶一般。老师说："下面，由创业精英紫凌上来与大家分享五阶三级制。"

培训室里爆发出一阵雷鸣般的掌声。紫凌面带微笑，满怀豪情地走上讲台，落落大方地向大伙儿鞠了一个躬，培训室里又响起一阵热烈的掌声。

紫凌说话清脆有力，条理清晰，详细地介绍了"五阶三级制"的规则，说每个人每月只要投三千六百八十元"份子钱"，过了三年以后就可以成为百万富翁。

从课堂里出来，克聪觉得有点离谱，问紫凌这究竟是什么项目，这么赚钱。紫凌说这是国家新开发的秘密项目，这位讲课的老师就是她的湖南老乡，他是最早参与这个项目的，现在都成了百万富翁了。

克聪想，真有这么好的事吗？会不会非法呢？第四天，一个国家干部模样的人上台给大家讲课，他摆出了一部部法典，什么《反传销法》《经济法》……说自己原来是司法所里的干部，辞职过来创业的。

克聪想，看来这项目是合法的，可就是要拉人头什么的，太难了。

又过了一天，一位邋邋遢遢的农村妇女走上了讲台，她说自己原来是在四川种菜的，来这里两年之后，从贫困变成了富婆。克聪睁大眼睛看着，心想，她都行，我也行吧。

克聪继续听课，有一个看上去很懂经济的人说，这是一个"高大上"的项目，国家很重视，现在正是缺人才的时候。克聪想，难道我真的撞到好运了吗？

第六天，紫凌说："听课也很累的，今天再带你去外边逛一下。"两人来到一座公园里，看到水池中央有一只乌龟，背上驮着一个人。紫凌说："这乌龟是千年的乌龟，代表千年等一回的好机遇。你说是不是？"克聪点点头说："是。"

第七天，一位理着中分头、戴着金项链的人出现在课堂上。课堂里掌声比往常更响亮，似打雷一般。主持人介绍说这是公司的老总。老总一开口便举着双手喊："同志们，今天睡地板，三年后你们也会成为老板。"

克聪一连听了七天的课，不由得精神振奋，心想自己一定要努力，利用两三年的时间，成为大老板，风风光光地回到龙口。

紫凌说："进入公司首先要投份子钱，一份是三千六百八十元。"克聪问自己没钱怎么办。紫凌说："这就要靠你自己去努力了。"然后给了克聪一个账号，说要是有钱就汇到这个账号里，公司的人自然会知道的。

克聪便打电话给西安钢铁厂的爷爷炳茂，说自己在广西那边投资了一个项目，需要三千六百八十元钱，以后赚钱后还给他。炳茂听到了，忙叫月芳把钱汇过去。

第一笔钱寄到以后，紫凌说："你的进展还是很快的。一份还是实习生，要是凑足两份就是业务员了，那就有工资领了。"怎么办？克聪只想多赚点钱，于是又打电话给爸爸希文。希文便又往账号里汇了三千六百八十元钱。紫凌表扬克聪的进展很快，不到一个月就成业务员了，照这样的速度下去，一年以后就可以做到经理级别了。紫凌推荐克聪在课堂上分享经验。克聪站在台上举起拳头，满怀豪情地喊："朋友们，只要我们不放弃，我们的事业一定能成功！"台下爆发出热烈的掌声，齐声喊："我们一定能成功！"一位领导模样的人拍拍克聪的肩膀，伸出大拇指夸克聪讲得好。

一个月以后，紫凌跟克聪说，最好是拉人过来，那样进展会更快。克聪看见紫凌整天给外边打电话，叫来不少湖南的老乡。很快，紫凌升为主任级别。他便学着紫凌的语气给几个高中毕业的同学打电话，可他们大多学技术去了，不愿意过来。

又过了一个月，克聪一点进展也没有，紫凌说："那就先交份子钱吧。"克聪想来想去，便把电话打到永明那里。永明感到克聪怪怪的，便把电话打到月芳那里，月芳说克聪上个月已向炳茂和希文要了钱。永明起了疑心，便打电话去问希建。希建一听连说不好，说克聪可能陷入传销组织里去了。他说他有个同学，原本生意做得好好的，后来也是去广西那边做了传销，最后倾家荡产，还被抓进牢里。

"那下次打电话过来叫他回来吧。"

"克聪被洗脑后，已经陷进去了，是不会轻易退出来的。"

"那怎么办？"

"你跟希武说下吧。"当时希武担任刑侦大队副队长。

永明跟希武通了电话。希武说："现在还没什么线索，还不能立案啊。"

永明决定过去看看。希武说："有线索以后，立即跟我联系。"

一个星期以后，克聪又打电话过来向永明借钱。永明说他要过去考察一下再说。克聪满心欢喜，心想永明爷爷是一位有魄力的能人，要是他加入，就可以拉进一大批人。

永明到了南宁以后，克聪学着紫凌的样子带永明到城里去逛，然后叫永明去听课。永明一听，立即明白克聪已陷入传销的旋涡里去了。他悄悄地做克聪的思想工作，可克聪就是听不进去。他想出去告诉当地的公安，把整个传销组织端掉。可这里的看守跟监狱一般严密，门口总有两个壮汉守着。屋里的电话又整日有人看着，打不出去。怎么办？永明细细观察，最终发现卫生间里有一个出气孔没按上铁条，窗外正对着一棵高大的木棉树。

夜晚，窗外月光正亮，房间里的人们呼呼睡去。永明悄悄起床，蹑手蹑脚地走进厕所，像蜘蛛一般爬到出气孔部位，使劲扒开砖块，探出身子，对着窗外的树影纵身一跃，抓住一条木棉树枝。那树枝承受不住永明身体的重量，"咔擦"一声断了。永明连人带枝往下掉，"砰"的一声摔到树底下的一块石头上。永明感到一阵撕心裂肺的疼痛，缩起身子，双手紧紧地捂住小腿。

楼房里有人大喊："有人跳楼了！"屋里的电灯相继亮起来，克聪发现永明不见了踪影。

一群人拿着手电筒来到窗外，在树底下找到了永明，把永明拖回房间里。一个大汉骂道："你找死啊。"

永明咬着牙，瞪着眼睛喊："兄弟们，传销是犯法的，他们干的是伤天害理的事，你们不要上当受骗了！"

立即有个大汉过来，扇了永明两巴掌，说："你再说，抽死你！"

克聪挡在大汉的面前，大声喊着："不要打我爷爷！"

大汉走了，克聪问永明："爷爷，你的腿怎样了？"

永明说："骨头断了，动不了。"紫凌在旁边冷冷地看着，嘴角抖动几下。克聪对着紫凌喊："我爷爷的腿断了，快叫人给他治！"

有个领导模样的人走了过来，说："吵什么？死不了。明天再说。"

第二天，房间里走进一位医生模样的人。他摸了摸永明的腿，说："没事，骨头断了会自动接上的。"然后放下几块膏药就走了。

永明喊："我要上医院！"立即过来一位大汉，叱道："你找死吗？真是灾星！"说完抢起胳臂又要抽永明。克聪急了，梗着脖子向大汉撞了过去。那大汉揪住克聪的衣领，直把克聪"砰砰"地往墙上撞。克聪眼前直冒金星。

这时，希武带着一队公安冲了进来，大声喊："不许动，蹲下。"房间里的人立即齐刷刷地蹲了下来。

"是谁报的案？"希武问。

"是我。"紫凌从人群里站了出来。

"走！"一位女公安把紫凌带了出去。

门外停着几辆警车，把院子里的人一个个押上了车。

一辆救护车驶了过来。医护人员把永明抬上担架送进医院。

原来自永明去柳州以后，希武一直没收到信息，便料定永明受到了传销团伙的控制。希武便带着一位助手来到南宁，与当地公安机关取得联系，四处展开排查，最后在紫凌报案后才找到传销组织的场所。

半个月以后，永明和克聪回到了龙口。经公安的教育以后，克聪彻底醒悟过来，感到自己宛如做了一场噩梦。

当时地里的庄稼长得正旺，永明拄着拐杖不能下地。克聪每天起早贪黑下地耘田、锄番薯草。

一天早上，玉珍起来烧饭，见院子里站着一个汗淋淋的姑娘。玉珍问她话，她说是来找克聪的。

克聪出来一看，见是紫凌，忙把她领了进来。

永明拄着拐杖从屋里出来。他见了紫凌，便说："你来做什么，你害我们害得还不够吗？"玉珍一听，便知道紫凌就是叫克聪去广西的那个女孩，忙把紫凌推出屋子，说："你这个害人精，还不走？"克聪忙拉住玉珍的胳臂，央求地说："小奶奶，你就让她留下来吧。"玉珍说："不行，她又来害我们了，你还愿意让她害吗？"

紫凌"扑通"一声跪在地上，含着泪说："奶奶，你留下我吧。我就是给你们做牛做马也愿意。"

春桃看见了，忙喊："阿珍，别推她，这姑娘还嫩着呢。"

玉珍说："姊子，就你心慈，她会害人的。"

永明说："姑娘，你还是回自己的家吧。"

紫凌噙着泪说："我回不去了，村里人和亲戚都讨厌我，就让我留下来给你们当女儿吧。我发誓不再害你们了。"玉珍无语，克聪便把紫凌带进屋里。

紫凌来到龙口以后，每天忙里忙外的，甚是勤快。有时还跟克聪一起下地，脸庞被太阳晒得黑黑的。

村里人对克聪说："你别看她表面上很乖，肚子里精着呢！还是要防着点，可别上她的当。"

一个月后，紫凌对永明、玉珍说："爷爷、奶奶，我爸妈打电话过来叫我回去。说家里卖了房子，把钱赔给他们了。你们是好人，我会永远记住你们的。"然后紫凌又抱着春桃哭了一会儿。

临走前，紫凌来到永明身边，噙着泪水说："爷爷，对不住了。"永明向紫凌挥挥手说："你走吧！"紫凌背起挎包走出屋子。

克聪背着田圈从地里回来。玉珍说："阿聪，紫凌走了。"

"走了。去哪儿啊？"

"回老家去了，刚走不久。"

"这女孩好像真的改过来了，那天还是她报的案呢。"永明说。

玉珍说："阿聪，你快把她追回来吧。这孩子若真的改了，是个好姑娘，长得又俊。"

克聪像箭一般冲出院子，往石岭赶去。克聪气喘吁吁地赶到石岭，只见一辆面包车往公路上驶去。克聪喊："停下，停下！"面包车"噗噗噗"地冒出一股尾烟，把克聪远远地抛在后面。克聪无力地瘫坐在路边的石头上。

阳光下，一道美丽的身影向克聪移来。克聪抬头一看，紫凌穿着红衬衫，像一簇紫荆花，静静地立在他眼前……

19 / 坟

希建回忆录

工作几年后，我看到了县城学校通过"打擂"选调教师的启事。伯母说："你去试试吧，你不能一辈子窝在山沟沟里，要到更广阔的地方去接受锻炼，那样才能出人头地。再说克敏也快要上学了，他需要更好的学习环境。"

我通过了笔试、面试，最终调进县第二小学。我和雪莲带着克敏来到县城，住进学校的宿舍里。母亲不愿意跟我们去县城，仍然留在龙口跟爷爷一起种地。

克敏终究摆脱不了山里孩子的习性，经常跑到学校旁边的田里抓泥鳅、玩泥巴。他把泥巴捏成一团团的，做成小猪、小牛，有时挖一个洞做成桥，捏成一幢房子，经常玩得满脸泥巴，浑身湿淋淋的。雪莲生气了，要抽他。我说："爱玩是孩子的天性，你就让他玩吧。"

雪莲埋怨我说："都是你惯的，他现在都成野孩子了。"

住进县城以后，雪莲又干起了老本行，租了一家门面做裁缝。为了早一天让顾客穿上新衣服，她经常"哒哒"地踩着缝纫机一直忙到半夜。

一天，我接到永明伯伯的电话，说奶奶生病了，叫我回去看看。

我急忙赶到龙口，只见奶奶躺在间里的床上，身体瘦成了一具骨架。奶奶脸带笑容，吃力地跟我唠叨着，她说很欣慰走在爷爷的前头，没有克死爷爷，还给他生了那么多的孩子，这是她一辈子修心修来的。

我回到学校的第三天，永明伯伯给我打来电话，说奶奶过世了。一家人又急急地赶到龙口，叶茶姑姑和玉珍、月芳两位伯母哭成了泪人。奶奶出殡那天，全村人都给她送行，都说奶奶是个大善人。爷爷在奶奶的棺材边哭着不愿站起来。

第二年春天，爷爷来到了桃树坵里，剪来田埂边的那棵老桃树的嫩枝，扦插在田里。不久，枝头便爆出一棵棵嫩芽。爷爷戴着斗笠，拿着锄耙，经常给小桃树除草、上肥、培土。第三年春天，满田的桃树都开花了，粉红色的花瓣在微风中抖擞着，好像一群少女在翩翩起舞。

奶奶去世以后，母亲唠叨着要去福建看看太姥爷的坟。清明节前夕，一家人乘上去福建的面包车，几经辗转，来到南平市蒲城县蒲山村。母亲带着我们来到河边的一块平地上，那里长满了齐腰深的杂草。母亲用手指划着，说当年我父亲和金四爷爷就在那里放松香。我抬头放眼望去，眼前是郁郁葱葱的松树林，我的耳边回响起一阵阵刀割松树皮"沙沙"的响声。母亲惊喜地用手指着树林边的那道山梁，只见那里开满了一簇簇红艳艳的杜鹃花。

母亲又带我们来到一处山坳，呆呆地看着一处残垣断壁。母亲含泪比画着，说那里是她和太公当年的住处。

母亲带着我们走进一片竹林，忽然跪倒在地上"呜呜哇哇"地哭起来，双手不停地拍打着地面。原来太姥爷的坟不见了，山坳里有一条柏油路从竹林间穿过。

母亲带我们来到蒲山村，找到了村主任。村主任是一位三十多岁的年轻人，他说公路是五年前造的，是通往蒲城县城的改道公路。当时他在外地做生意，具体情况不是很清楚，叫我们去问村里的老支书。

我们来到老支书的家里。老支书安慰我们说："你们莫紧张，独臂郎中生前心好，用草药治好了不少人的病，我们哪能不管他呢？"

老支书把我们带到一棵大松树底下，那里立着一座座小小的坟墓。在一座墓碑前，刻着"独臂郎中之墓"六个字。

母亲闪着泪花，跪在墓地前。雪莲和克敏从路边采来几朵杜鹃花，扎成一束放在石碑前。

一家人跪在墓前，深深地拜了三拜。我的眼前浮现出一位白发苍苍的独臂老人，他正笑呵呵地看着我们……

母亲叫我和雪莲先回家，她要在蒲山住一段时间，陪陪爷爷。我不放心，母亲最近身体一直不太好，她一个人怎么过呢？

老支书说："你就让她住一段时间吧！我们会照顾她的。"

我说："那她住哪里呢？"

老支书说："这个不打紧，年前我兄弟一家人搬到蒲城去住了。他那里的房子正空着，里面的生活用品都齐全，你妈妈就住那里吧！"

我和雪莲帮母亲打理好房子，置办了一些新的行头，买来粮食。第二天，我和雪莲向母亲告别。母亲不停地向我们挥着手，雪莲的眼圈红红的。

两个月后，老支书给我打来电话，说母亲过世了。我和雪莲匆匆赶到了蒲山。老支书已为母亲办理了后事，只等我们见上最后一面就下葬。我掀开母亲的黑头巾，只见母亲脸上挂着一副怀恋不舍的神情。老支书说："自你们离开以后，你妈妈每天都去她爷爷的坟前哭一场。可能是伤心过度吧，或许身体本来就不怎么好。她就在你太姥爷的坟前过世了。"

老支书说："我们想征求你们家人的意见，是把她的遗体运回去，还是埋在蒲山呢？"

我想起母亲对蒲山和太姥爷的留恋，便说："让她留在蒲山吧。"

老支书说："好，你们放心，我们蒲山的后人每年都会给她扫墓的。"

村里人就在太爷爷的旁边给妈妈造了一座新墓，把妈妈埋在那里。我们一家人磕了头之后便离开了蒲山。

二十一世纪初，政府实施扶贫迁村政策，计划将龙口村迁到坑口镇后半垟村地界。村人的意见不一，老人们说："不要迁了，还是住龙口好。"年轻人说："还是迁吧，外边生活方便多了。"

坑口镇党委书记炳荣说："向城镇集聚，是国家的战略政策，我们要跟上时代步伐啊。"

长顺嘶哑着喉咙说："伙计们，咱还是走吧，咱不能拖年轻人后腿啊。"

政府按人头给予补贴，龙口村的人们在后半垟村地界盖起了新房子，只等过年后搬过去住。

年关一到，龙口村的人们陆续回到龙口，那些嫁出去的、搬到外地的人纷纷回来，他们都说这是在龙口过的最后一个年，一定要把年过得团团圆圆、热热闹闹的。整个村子齐刷刷聚集了三百多人。

长顺躺在床上，已经一个多月没起来了。腊月二十八那天，长顺把希建叫到床前，他用手指了指箱子。希建打开箱子，从箱底拿出那半截大刀。长顺说："阿建，你是个文化人，这把刀就交给你保管了。"希建使劲地点点头，说："爷爷，你放心吧！我一定会保管好的。"

大年三十，天空忽然飘起了一朵朵雪花，玉屑似的洒在龙口的大地上，整个龙口村笼罩在一片白茫茫的世界里。长顺的精神似乎比往常更好了一些，他说要去桃花坼里看看桃树长得怎样了。永明说："下雪了，外边太冷，还是不要去吧。"长顺执拗地说："去看看吧。"月芳、玉珍、叶茶给长顺穿上棉袄，戴上皮帽。炳茂背着长顺，永明、希文、希雄一班人撑起雨伞跟在后面来到桃花坼，只见那棵老桃树的树枝上挂着一条条晶莹的冰条。长顺用手轻轻地抹了抹桃树上的雪，然后坐在雪地上，靠着桃树干安详地睡着了。

"爸！""爷爷！""太爷爷！"桃树上的雪簌簌飘落，如同下起一阵洁白的桃花雨……

村人集中在炳茂家的院子里给长顺办丧事。村人都说长顺最有福气，龙口村的人都回来给他送终。

爷爷去世以后，希建将半截大刀送进县博物馆。老馆长说："这把大刀见证了一个村庄的历史，我们会好好保管的。"

这一年，村里的老人一个一个相继走了，白骨洞的旁边又添了许多新坟。奎福和秀丽是清明节前一天离开人世的。那天早晨，秀丽烧好饭后叫奎福起床吃饭，发现奎福躺在床上紧紧地闭着眼睛。秀丽抱着奎福，轻轻地哼起了《高机》："哥呀，路上行程要仔细，登山渡水哥要防。哥回自家保贵体，小妹时刻忖着郎……"秀丽唱着唱着，喉咙"咕"的一声，便歪在一边睡去了。金四走得最蹊跷，走之前他还跟长顺坐在火炉间里聊天，算计着今年可以打多少斤谷子，收多少斤番薯丝，聊着聊着便趴在桌子上，脑袋再也没有抬起来。

过年以后，村人纷纷往坑口搬东西。龙口与山底之间挂起了一道铁索，人们把家具、粮食通过铁索一趟趟运到山底，然后又雇车运到坑口。

龙口村的人们陆续告别了自己生长的地方，住进了坑口的新家。包谷执拗地要在龙口再住些日子，包怀只好每隔一段时间进村去看望他。

包谷在黄泥岗梯田里种上庄稼，这块也想种，那块也不想丢，每天都起早贪黑的。每到农忙的时候，包怀便过来帮忙。但毕竟人少力薄，有很多土地荒芜了，包谷的心里像被针刺了一般疼。

每到传统节日，家家户户进山祭祖。村人明白，没有祖辈的付出，就没有如今幸福的生活。但后来人们忙于生计，就把自己的祖宗请到坑口那边去祭祀了。

包谷想，在龙口生活过的人，死后他们的魂是不会离开的。于是每到过节，就一家一家地端去饭菜和酒祭奠。每到一户人家，那些人生前跟他一起插秧、犁田、打猎的场景便会像放电影一般浮现在包谷眼前。想起他们一个个都走了，一种莫名的悲哀和孤独如浓雾一般迷漫在包谷的心头。

由于长久没人光顾，这些人家屋前的院子里长满了齐腰深的杂草，这些院子曾经是孩子们游戏、大人们谈天的场所。有些房屋经不起风雨的侵蚀，纷纷倒塌。村口的那棵老栎树经历过风霜雨雪的洗礼之后，平添了许多光秃秃的枯枝，有几只乌鸦在上面筑了巢。山鸟越聚越多，呼朋引伴声此起彼伏。龙溪里的石蛙似乎"咕咕"叫得更欢了。

村里的电灯早就不亮了，包谷无意麻烦自己的后代去修理线路，他点起了火篾灯，在灯下喝着茶，"吧嗒吧嗒"地吸着烟，然后趴在桌上呼呼大睡。

包谷去看地里的庄稼，只见园里的番薯被野猪连根拱起，田里的稻苗被山羊、野兔啃光。包谷心疼地回到家里。刚进家门，便听见厨房里传来"吱吱吱"的喧闹声。包谷偷偷地一看，竟然是一群猴子进屋偷吃灶台上的油和米。

包谷走进堂前间，想拿土铳去驱赶猴子，才想起土铳已经上缴了，便又来到中堂里，拿来一根挑草用的冲担①，对准了灶台上正在嬉闹的猴子。

包谷终究没有抛出冲担，他想，龙口村原本是属于它们的。人和动物都是自然界的生灵，一种生灵活着，要让更多活着的生灵过得舒心惬意。

包谷发现这群猴子是从虎头山上下来的，每天中午时分都经过白骨洞前的乌枝树，傍晚又回到虎头山里。包谷便来到白骨洞前，把玉米、番薯片撒在地上，那些猴子便纷纷从乌枝树上下来，"喔喔"地抢吃着地上的食物。有了吃的，

---

① 冲担：用笔直的小毛竹或大一点的龙须竹做的一种农具，两头削尖，常 用于担柴禾、稻捆、麦捆。

那群猴子便再也不去村里捣乱了。包谷感到自己每天从白骨洞上下很累，便干脆把家搬到白骨洞里，每天与猴子为伍，与它们分享食物。每到"饭点"，包谷拿出唢呐"哒哒嘟嘟"地吹了起来，猴子便从老远的地方赶来，等着包谷撒下食物。后来包谷吹出的唢呐声越来越细了，像漏了气的风箱一般，包谷便拿来村里的铜锣，用"哐哐"的声音代替唢呐声。

一天，包怀来到白骨洞里，发现一群猴子呆呆地蹲在洞前的岩坎上。他走进去一看，只见父亲安详地躺在洞里的床上睡着了。

村里人进村为包谷办理后事，一群猴子来到白骨洞前的乌枝树上，"呜呜"叫着为包谷送行。

20 / 景 区

清明节前夕，希建与克敏回龙口扫墓。

克敏一踏进龙口村，便拿出照相机"咔嚓咔嚓"不停地拍着。克敏说："爸，其实咱龙口很美的。"希建明白，克敏是学园林规划的，他能在旁人看似很平常的景象中挖掘出独特的美来。希建说："是的，只是再美也无人欣赏啊。"

克敏说他要为龙口做个景区规划，正好可以完成他的实习任务。希建赞许地点点头。

克敏带着测量器材和生活用品只身一人住进龙口，白天进行实地勘测，夜里回到阁楼绘图，两个月后便制成一幅"龙口景区规划图"，带回浙江农林大学请指导师修改。

半年以后，希建拿着"龙口景区规划图"来到坑口，对龙口村党支部书记希雄说："哥，我县正在全力打造旅游经济，你这个当父母官的，可不能只顾自己赚钱，不给村里做事啊！"

希雄细细地看了看规划图，说："你的想法很好，只是在龙口建景区要投入大量的人力物力。目前我们村里的能人都散在外地，我也做不了主，还是等他们过年回来后再细细合计吧！"

当时龙口人在西安办的钢铁厂已转给当地一家企业，龙口人便用赚回的钱纷纷投资别的项目。希文在温州投资房地产，希雄和包勇在县城办起装修公司，立洪在山东开了一家超市，其他有投资水电站的，有办民宿的……

年关到了，龙口在外的人们陆续回到了坑口。希雄组织召开村务会议，商量龙口建景区的事项，特地邀请那些老干部和能人参加。炳荣已退休，也来参加会议。

希建摊开规划图给大家看，在场的人不由得发出"啧啧"的赞叹声。

包勇说："建景区好是好，可我们没有那么大的实力啊！"

希雄说："政府有扶持政策，最高可以扶持百分之三十。"

希文说："我看资金倒不是大问题，最重要的是投进去的钱能不能收回来，那都是乡亲们的血汗钱啊！"

炳荣说："搞投资肯定有风险的，就是别的项目也一样。我们建设自己的景区，我看这个险值得去冒一次。"

底下人说："那就搞吧。"

大家商量建设景区的具体程序，顿时感觉像猎狗看到刺猬一般无从入手。炳荣说："旅游局的局长是我的老部下，我给他打个电话，你们只管缠住他就行了。"

希雄说："公司里的事我可以交给包勇负责，只是你们都出去了，我一个人担不起这么大的责任啊。"

"叔，我来帮你。"克聪自告奋勇地说。

紫凌说："我也来帮你。"

克聪与紫凌成家以后，希文和燕琼怕小夫妻俩再出事，便不让他俩出远门。两人便在坑口租下房子，办起了民宿，生意非常红火。

正月初十，希雄带着紫凌来到县旅游局，夏局长热情地接待了两人。希雄把一份《建设龙口景区的报告》交给夏局长，报告里详细阐述了龙口村的自然景观和人文景观，以及村人投资的意愿。紫凌又用讲鞭指着规划图给旅游局的领导细细讲解了一番，领导们听后频频点头。

三天以后，金副县长带领旅游局、林业局、交通局一行领导乘车来到山底村，站在岩坎上往龙口方向看，只见山那边云雾缭绕，峰峦叠嶂，虎头山如一只老虎仰天长啸，龙脊背则像一条长龙，俯身喝清溪里的水。领导们在希雄的陪同下走进龙口，实地勘察了二十二层梯田、鲤鱼坝、白骨洞、雷公崖、顺顺洞等地貌。每到一处，紫凌便给领导们讲解景点规划及其蕴含的人文故事。

一行人返回到山底岭头，看着山底和龙口之间深深的峡谷，金副县长说："龙口风景秀丽，人文内涵丰富，确实值得打造成旅游景区，只是地点太偏，路进不去啊！"

夏局长说："龙口的北边是虎头山景区，在两个景区之间造一条公路，这样人们就可以从虎头山那里出来了。"

金副县长摇摇头说："这样可不行啊，造路必然会破坏沿途的资源和环境。再说游客们绕一大圈才到龙口，又原路返回，不妥啊。"

夏局长低头沉思了一会儿，说："也是，要让游客们先到龙口，然后一路走进去才好。或者从虎头山一路走出来。"

金副县长问交通局的吴局长能不能帮龙口修一条公路。

吴局长摇摇头说："上头确实有'村村通公路'的政策，只是龙口已经迁村了，这个项目也就不成立了；况且投资的金额又这么大，资金很难安排。"

"唉，可惜了，就算县里给你们百分之三十的资金扶持，造了路之后恐怕就没什么利润了。"金副县长叹了口气，又对希雄说，"发展旅游产业，我们是支持的。但也不能做亏本生意，你们要综合考虑投资者的效益啊。"

上车前，夏局长悄声对希雄说："金副县长的意思是建设景区县里是支持的，关键是看你们的决心。我建议你们找个有财力的个人或集团合作，降低投资的风险。"

县里一班人走后，希雄便着手寻找景区合伙人。炳荣通过一位战友找到了一位老华侨。老华侨坐车准备去龙口察看地形，一路颠簸，老华侨吐得厉害，说路况太差了，半路就掉头回去了。

　　元旦，希建应邀去瑞安寨寮溪参加同学会，遇到了当时一起实习的组长慧琳。慧琳在意大利开了一家服装厂，成为班里的大款。三十年过去了，慧琳依然关心希建的生活境遇，对希建问长问短的。希建跟慧琳说龙口想建设景区，问她有没有合作的意向。慧琳说她也正想回国投资，叫希建带她去龙口看看。

　　同学会散了之后，希建带慧琳来到龙口，勘察了二十二层梯田和白骨洞。希建想带她看看雷公崖和顺顺洞，慧琳抬头看看天，说不早了，还是回去吧。

　　希建与慧琳回到坑口，慧琳与村里签订了投资一千万元的合作意向书。在回县城的路上，希建问慧琳："这么大的投资怎么就这样轻易敲定了？不嫌龙口地点偏吗？"

　　慧琳说她预计十年内县里必然能通上高速公路，56省道也会改建，那时候石岭一带的交通就会得到很大的改观。

　　希建佩服慧琳的精明和魄力，又问："那你怎么连景点也不好好看一看呢？"慧琳说："老同学，你看了不就等于我看了吗？"

　　与慧琳签订了合作意向书以后，希雄又去见夏局长。夏局长立即向金副县长做了汇报。

　　县政府召开常务扩大会议，专题研究龙口景区建设问题。林县长说："我翻阅了我们县的革命史和县志，龙口村曾为革命事业做出过贡献和重大牺牲。新中国成立后，他们修水渠、造梯田，成为全县学习的典型。改革开放以后，他们那种敢闯敢拼的创业精神也值得肯定。现在他们要建设景区，我们要大力支持啊。"

金副县长说："我们先支持他们把路建起来吧。"最后，县府常务会议确定下拨五百万元资金给龙口村修建公路，景区建设按百分之三十的标准给予资金扶持。

龙口村成立景区建设委员会，希雄担任主任，克聪、慧琳担任副主任，炳荣、永明、立洪这些老干部担任顾问。预算总投资五千万元，预计县里扶持资金一千五百万元。景区运行实施股份制，慧琳投资一千万元，其余两千五百万元由龙口村人投资。希文、希雄、包勇、宽亮各投资一百万元，其他的依据经济实力投资五十万元、三十万元、二十万元不等。

克敏大学毕业后，放弃了在杭州工作的机会，回龙口负责景点规划。

一年以后，一条乡村公路从山底通到了龙口。公路长十八千米，宽五米，沿途建了十五座桥，总投资一千一百万元。

两年以后的五月一日，龙口景区顺利竣工。县委书记、县长到场参加竣工典礼。景区成立管理委员会，希雄担任主任，慧琳、克聪担任副主任，克敏担任总经理，下设对外联络部、财务部、导游部、保卫部。景区推出"免费一日游"活动，本县的、外县的游客闻讯后纷纷来龙口参观游览。

紫凌组建了导游部，在导游的带领下，游客们一路观赏龙溪瀑布、二十二层梯田、白骨洞、鲤鱼潭、雷公崖、顺顺洞等景点，然后顺着林荫小道经过友谊林，再步行五千米到达虎头山景区。与此同时，景区建起农家乐、民宿、土特产店等配套设施，黄泥岗二十二层梯田、桃花坑、龙脊背分别建起有机大米、水果、茶叶基地，白骨洞、鲤鱼潭分别饲养猴子和鲤鱼供游客观赏。

邓法在家人的陪同下来到了龙口景区，龙口的人们赶忙迎了上去。邓法拄着拐杖站在白骨洞前，抬头环视周围波澜起伏的山峦，虽说白发苍苍，但目光依然深邃坚毅。他向白骨洞深深地鞠了三个躬，又转身对着山坳里的墓地深深地鞠躬……

到了年终，景区计算利润，包括利息在内亏空了两百多万元，人们的心立即悬了起来。希雄叫乡亲们不要着急，第一年开业名气还没打开，利润自然不高。

希建向慧琳告知景区里的收支情况。慧琳说比她的预计好多了，她说高速公路建成以后，景区的收益一定会有很大的提升。

县政协召开第二次会议，省特级教师、县政协委员胡希建提交了一份《关于在龙口景区建立革命传统教育基地》的议案。他提出："教育部门要重视学生德育基地建设，通过实地参观、体验等途径对学生进行革命传统教育。龙口景区有养伤洞、烈士墓、顺顺洞、永昌坝、二十二层梯田等景点，是对学生进行思想教育的理想场所。"

这份提案引起了教育部门的高度重视，分管教育的刘副县长带领教育局黄局长、旅游局夏局长在希建的陪同下来到了龙口，考察了相关景点。一个月后，教育局、旅游局联合发文，龙口景区成为县内第一批研学旅行基地之一。第二年，龙口景区又被打造成市级研学旅行基地，一批批县内县外的学生相继来龙口参观体验。

希建义务担任研学导师，他领着一群学生走进白骨洞里，指着半截大刀向学生们讲解："清同治年间，胡太公来到白骨洞里，手舞大刀，赶跑了洞里豺狗，与胡太奶奶一起在白骨洞里住了下来……"

后 记

　　长篇小说创作对我而言，就像翻越一座高山，因道路险阻，起初踯躅不前，最终在朋友们的鼓励下还是蹒跚起步了，毕竟山顶有无限美好的风光。

　　我深知生活是创作的唯一源泉，于是便拿起时光的梳子，细细梳理以往的经历，希冀找到灵感，叩开这篇小说的创作之门。

　　我出生在文成西部一个偏僻的小山村——吴岸，村子坐落在一道山梁上，天空被四周的山峦挤得窄窄的。几座木房子，几垄田地，一条小溪，一百余号人。村里的道路歪歪扭扭的，人们一出家门就要翻山越岭。在二十世纪五六十年代，劳力们为了多打粮食，冒着严寒酷暑，脸朝黄土背朝天，日出而作，日落而息。改革开放以后，村人为了过上幸福的生活，纷纷走出家门，打工、经商、办厂……直至二十一世纪初，政府实行扶贫迁村政策，村人才集体搬到西坑居住。

　　我的父亲是一位地地道道的老实农民，为了家人有饭吃，有衣穿，孩子有书读，父亲几乎每天起早贪黑，上山下地，还时常领着兄弟们去林场铲山、扛木头。我成家之后，由于家底薄，待遇低，回吴岸种过地，"放"过香菇。后来因为工作调动，搬到县城居住，转眼已二十余年了。

　　家乡虽贫瘠，毕竟是生我养我的地方。每次回老家扫墓，看见坍塌的房子，荒凉的田地，便如看见自己的长辈在深山老林里孤独徘徊一般，凄凉冷落。面对即将消逝的村庄，我的内心产生了一种浓重的使命感，那便是拿起笔来叙写家乡的故事，反映家乡人民身处逆境时不屈不挠的创业精神，《山那边》由此成形。

　　文学创作终究是一门艺术，因而《山那边》不仅仅是家乡历史的刻板记录，更是融入本人主观愿望的一个理想化世界——理想化的人物，理想化的生活，理想化的情感。

　　对于家乡，我的内心深处没有富丽堂皇的宫殿，只有一个宁静和谐的小村庄。在这个村庄里，人与人之间相互提携，和睦共处。他们也不像"桃源人"那般与世无争，毕竟他们的脉搏是与时代紧紧相连的。他们为了追求幸福美好的生活，积极创业，永不停息。我不想写一个人的奋斗史，而是要写一个村庄的创业史。由于没有中心人物，在结构处理上颇让我纠结一番，最终从《水浒》里获得启示。《水浒》先分后合；《山那边》则以创业为线索，先合后分。改革开放前，合写人们依靠集体的力量，盖新房、筑水渠、建大坝、造梯田；改革开放后，分写人们走出家门，"八仙过海，各显神通"。凡创业，必有成功与失败，这便是小说故事展开的脉络。

　　也许是爱屋及乌吧，在我作品里，人物几乎皆是正面的、上进的、可爱的，人与人之间的情感皆是真挚的、淳朴的、善良的。或许这正是小说的不到之处，人物性格缺乏应有的立体感。

我的本职工作是给领导写稿子，也算是专业的文字工作者。但此文字不是彼文字，领导的稿子既要客观严谨，又要富有鼓动性，如砌墙一般，既要严丝合缝，又要美观气派，与文学创作的随意性、意向性迥然不同，两者往往互相掣肘。自开始创作以来，我每天如同看电视一般不断变换频道，费尽周折转换思维方式，常常导致思维短路，影响创作状态。加上工作繁杂琐碎，常常一两个星期不能下笔，影响了创作的连贯性。所幸我在生活中只求安稳，"不汲汲于富贵，不戚戚于贫贱"，家里一切琐事交给内人处理也放心；做人不拘小节，谦卑低调；工作只想干好本职，不求飞黄腾达。因而我能排除干扰，心无旁骛，潜心创作，最终在两年时间里，码出这二十余万字。

在创作的过程中，文成县委宣传部、县文联领导给予我大力支持，作协的朋友、单位同事给予我悉心鼓励。特别是健旺、玉潭、选玲，亦师亦友，不厌其烦地帮助我对作品进行修改，健旺兄还替我写了序。在出版的过程中，嘉丽、克丑诸多同仁提了不少建议，在此一并表示感谢。

《山那边》创作与出版虽历时两年，实则断断续续，难免潦草。又兼我半路出家，技艺不精，纯粹随意而作，率性而为。作品毫无章法，纯属堆砌故事而已，望领导、同仁不吝赐教。

胡加斋

二〇二〇年八月于文成